CW01496790

DAGMAR HAGER

Salzkammer-blut

TOD IM SALZKAMMERGUT Alles könnte so schön sein. Bad Ischl wird Europas Kulturhauptstadt. Die Menschen feiern. Doch dann findet die Ärztin Marie Giesinger am traditionellen »Liachtbratlmontag« hinter der Almrauschhütte auf der »Katrin« die Leiche eines grausam zu Tode gegrillten Kulturmanagers. Was für ein Albtraum! Ausgerechnet Maries schwieriger Ex-Freund Ben Achleitner übernimmt die Ermittlungen und verdächtigt zudem auch noch ihre spurlos verschwundene Sprechstundenhilfe Filo Hemetsberger. Mitten hinein in die Ermittlungen platzt ein zweiter Toter. Der Linzer Anwalt Theo Pühringer ist unter merkwürdigen Umständen vom Hallstätter Skywalk gestürzt. Zwei Fälle, die auf den ersten Blick nichts miteinander zu tun haben. Bald entdeckt Ben aber doch Verbindungen und stößt auf einen Sumpf aus Manipulation, Rache und tödlicher Gleichgültigkeit. Eine mörderische Jagd quer durch das Salzkammergut beginnt. Marie ist in der Zwickmühle. Soll sie verraten, was sie weiß? Währenddessen kennen die Gegner keine Gnade.

© privat

Dagmar Hager lebt in Wien, Oberösterreich sowie Kärnten und arbeitet als Moderatorin und Redakteurin. Neben dem Schreiben ist sie vor allem als Bloggerin und Podcasterin (»Bücher sind wie Kekse«) aktiv. Sie mag ihre Freunde, ihr Mountainbike, Reisen, Berge, Bücher, Segeln und gute Gespräche.
Mehr Informationen zur Autorin unter:
www.dagmarhager.com und www.dagmarsbuchwelt.com

DAGMAR HAGER

Salzkammer-blut

KRIMINALROMAN

GMEINER

Personen und Handlung sind frei erfunden.
Ähnlichkeiten mit lebenden oder toten Personen
sind rein zufällig und nicht beabsichtigt.

Die automatisierte Analyse des Werkes, um daraus Informationen
insbesondere über Muster, Trends und Korrelationen gemäß § 44b UrhG
(»Text und Data Mining«) zu gewinnen, ist untersagt.

Immer informiert

Spannung pur – mit unserem Newsletter informieren wir Sie
regelmäßig über Wissenswertes aus unserer Bücherwelt.

Gefällt mir!

Facebook: @Gmeiner.Verlag
Instagram: @gmeinerverlag

Besuchen Sie uns im Internet:
www.gmeiner-verlag.de

© 2024 – Gmeiner-Verlag GmbH
Im Ehnried 5, 88605 Meßkirch
Telefon 0 75 75 / 20 95 - 0
info@gmeiner-verlag.de
Alle Rechte vorbehalten
1. Auflage 2024

Herstellung: Mirjam Hecht
Umschlaggestaltung: U.O.R.G. Lutz Eberle, Stuttgart
unter Verwendung eines Fotos von: © 4FR / istockphoto.com
Druck: GGP Media GmbH, Pößneck
Printed in Germany
ISBN 978-3-8392-0639-3

Für meine Lieblingsmenschen

PROLOG

Auf da Gaudi.
Zwecks Vergnügung unterwegs.

Liachtbratlmontag.

Ausnahmezustand in Bad Ischl.

Alle, die einen runden Geburtstag feierten, zogen nach dem Gottesdienst am Morgen durch den Ort und wurden von ihren Freunden und Bekannten mit Gaben behängt, von Herzen bis zu kleinen Schnapsflascherln. Danach fuhr man zusammen ins Land hinein oder auf eine der umliegenden Berghütten, um ein wohlverdientes Liachtbratl zu verzehren, einen Schweinsbraten mit Knödeln und Kraut, und es dabei so richtig krachen zu lassen. Am Abend im Ort ging es ungebremst weiter. Vorsichtshalber blieben die Geschäfte an diesem Tag geschlossen. Wenn die Bad Ischler feierten, dann g'scheit.

Um bei diesem traditionellen Brauchtum so richtig auf den Putz zu hauen, musste man allerdings kein Jubilar sein. Das stellte Marie Giesinger soeben fest, als sie sich in der gesteckt vollen Almhütte umsah, in der die etwa 80 rotwangigen Gäste den Paschern am Stammtisch zujubelten. Sie hatten sich um einen Älteren mit Gamsbarthut und Quätschn gruppiert und begleiteten ihre frechen gesungenen Gstanzln mit rhythmischem Händeklatschen.

Ein Bierglas schob sich in Maries Sichtfeld. Umklammert von Hubert Holzinger, dem schönen Hubert, ihrem

Sitznachbarn, dessen glasiger Blick Resultat der fünf davor war.

»Prost, Frau Doktor, sche, dass du da bist! Owi damit!«

Marie griff nach ihrem eigenen noch bis an den Rand gefüllten Glas, stieß bemüht lächelnd mit ihm an und stellte es, ohne davon zu trinken, zurück auf den Tisch.

Erst vor zwei Stunden hatte sie ihre Ordination geschlossen, sich ihre Sprechstundenhilfe Filomena geschnappt und war in die romantische Katrin-Seilbahn mit ihren urigen Gondeln gestiegen. Der authentische Charme der Bahn war für viele ein Grund mehr, den Ischler Hausberg zu stürmen und die grandiose Aussicht auf die Umgebung zu genießen, insbesondere auf das Goiserer Tal und den imposanten Dachsteingletscher.

Heute allerdings war nichts davon zu sehen.

Es schüttete an diesem ersten Oktobermontag, dem traditionellen Datum des Festes. Der Nebel hing schwer und die Sicht lag bei null. Was der brodelnden Stimmung in der Almhütte keinen Abbruch tat. Im Gegenteil. Man rückte einfach etwas enger zusammen und kümmerte sich nicht um das Wetter.

Sehnsuchtsvoll warf Marie einen Blick auf die prall gefüllten Teller, die Rudi Zoidl, der Hüttenwirt, ohne Unterbrechung aus der kleinen Küche hervorzauberte. Liachtbratln war seit ihrer Jugend ein Fixpunkt im Kalender gewesen, genauso wie die Dienstage danach, die man mit pelziger Zunge und jede Menge Kopfweh zu überstehen hatte. Was selbstverständlich niemanden daran hinderte, die ganze Gaudi im nächsten Jahr nicht minder ausgelassen zu wiederholen.

Endlich landete einer der Teller auch vor ihr. Mit einem Seitenblick auf ihren alkoholseligen Nachbarn, der gerade lauthals ein Gstanzl mitsang, machte sie sich dankbar, und vor allem ungestört, darüber her. Außer einem Weckerl hatte sie heute noch nichts im Magen, denn den vielen Wehwehchen ihrer Patienten war das Liachtbratln egal gewesen.

Zwischen zwei gierigen Bissen sah sie Filo amüsiert die Augen verdrehen. Mit beiden Händen hielt sich ihre Sprechstundenhilfe einen der anderen Gäste vom Leib, der sie umarmen und auf die Wange küssen wollte. Filo war eine stattliche Frau und trug ein Dirndl, das ihren wogenden Busen perfekt zur Geltung brachte, eine Tatsache, die es ihrem Verehrer sichtlich angetan hatte.

Filo verdrehte die Augen. »Ferdinaaaaand, aus jetzt. Dein Niveau lässt grüßen. Es weiß nicht, wo du bist!«

»Mensch Filo, du brauchst mal wieder einen richtigen Mann!«, schmollte der Angesprochene.

Maries Freundin nahm den blöden Spruch mit Humor. »Stimmt. Siehst du hier irgendwo einen?«

Ein Hauch Bierdunst nahm Marie fast den Atem und ließ keinen Zweifel aufkommen: Hubert war wieder da. Der Mittfünfziger war Kulturmanager und hatte ihr vorhin ohne Pause von den intensiven Vorbereitungen für das in drei Monaten beginnende Jahr 2024 erzählt, in dem Bad Ischl europäische Kulturhauptstadt sein würde. Er galt als Frauenschwarm. Maries Fall war er aber nicht. Heute schon gar nicht. Sein grünlich blasses Gesicht samt rotgeäderter Nase sprach Bände. »Ich brauch mal frische Luft vorm Kaiserschmarren. Den musst du nachher unbedingt noch kosten, Mädl. Rudi macht den allerbesten, und dazu g'hört natürlich ein Schnapserl.«

Nichts anderes hatte Marie vorgehabt, vorzugsweise aber ohne den Hochprozentigen.

Dankbar für die Pause, aber auch leicht besorgt, sah sie ihm nach, als er zur Tür wankte. Draußen ging gerade die Welt unter.

Sie nutzte die Gelegenheit, um in die Gegenrichtung auf die Toilette zu verschwinden. Wie immer zog sich die Schlange vor der Tür mit der aufgemalten Frau in die Länge. »Das sind die einzigen Momente, in denen ich gern ein Mann wär«, seufzte eine junge Brünette und kniff die Beine zusammen.

Auf dem Rückweg wurde Marie von zwei jungen Blondinen am Nebentisch abgefangen, beides Patientinnen. Sie hatten, wie viele, keine Skrupel, sie auch in ihrer Freizeit mit medizinischen Fragen zu löchern.

Danach legte ihr Ignaz Grallinger die Pranke auf die Schulter, der Chef einer großen Baufirma und ebenfalls Teil ihrer Patientenkartei, allerdings im Augenblick zum Glück ohne ärztliche Bedürfnisse. Vielmehr drückte er ihr einen Klaren in die Hand und bestand darauf, dass sie ihn vor seinen Augen hinunterkippte, um auf das Du anzustoßen. Keine Chance zu entkommen. Mit brennendem Hals kehrte sie zu ihrem Tisch zurück.

Sofort fiel ihr auf, dass Hubert immer noch fehlte.

Oje, den armen Kerl hatte es wohl ziemlich erwischt.

Die Ärztin in ihr übernahm.

Es goss Bindfäden, der Boden war schlüpfrig und fiel insbesondere direkt vor der Hütte steil ab. Besser, sie sah nach, wo er blieb. Seufzend schnappte sie sich ihre Regenjacke mit der großen Kapuze und machte sich auf den Weg.

Im Zelt vor dem Eingang hockte ein Raucher. Sie fragte ihn nach Hubert. »Hab niemanden gesehen, bin aber auch gerade erst raus, für an schnellen Tschick. Die Sucht, weißt eh!«, schnaufte der Mann. Marie besah sich kurz sein aufge-

schürftes Knie. Er zuckte mit den Schultern. »Ausg'rutscht.«
Sein Blick war verhangen und die kurze Lederhose hatte
große Mühe, unter seinem stattlichen Bauch an Ort und
Stelle zu bleiben. Außerdem roch er streng.

»Geh bitte wieder rein, damit dir nicht noch mehr passiert«, sagte sie fürsorglich, richtete sich auf und umrundete die Vorderseite der Berghütte. Die hatte weit über
hundert Jahre auf dem Buckel und besaß eine ausgeprägte
Patina. Schon seit sie denken konnte, hatte diese Hütte
Marie fasziniert.

Kurz schoss ihr das Bild einer anderen, ebenso reizen-
den Hütte in Bad Goisern durch den Kopf. Bei gutem
Wetter würde man sie mit dem Fernglas von hier aus viel-
leicht sogar sehen können, dort drüben auf der anderen
Talseite, am Fuß der Ewigen Wand. Dieses Refugium, das
Ben gehörte. Ihrer Jugendliebe.

Wie es ihm wohl gerade ging? Seit über zehn Monaten
hatte sie ihn vollkommen aus den Augen verloren. Er war
Ermittler beim LKA in Linz und letzten Herbst im Zuge
eines Mordfalles an einer bekannten Influencerin am Wolf-
gangsee wieder in ihr Leben geschneit. Dabei waren sie sich
erneut nähergekommen. Ohne Happy End allerdings. Es
war endgültig vorbei. Was zählte, war das Hier und Jetzt.

Noch mehr Pascher-Gstanzln drangen an ihr Ohr. Die
Stimmung kochte. Da die Bahn nur bis 17 Uhr fuhr, würden bald alle die zum Glück nur wenigen hundert Meter
hinüber zur Bergstation in Angriff nehmen und hoffentlich heil ins Tal gelangen.

Vorsichtig überquerte sie die glitschige Terrasse, auf der
sich an schönen Tagen die Ausflügler drängten. »Hubert«,
rief sie leise. »Bist du hier irgendwo?«

Als Antwort gab's nur Stille.

Okay, dann halt anders. Mit aller Kraft schrie Marie in den Regen. »Huuubert! Wo bist du?«

Das ungute Gefühl in der Magengrube wuchs. Unschlüssig hielt sie noch einen Moment lang inne und beschloss dann, lieber noch einmal im Inneren der Hütte nachzusehen.

Wenn auch vergeblich.

Resolut trat sie an den Tresen und fing Rudi ab. Der stämmige Glatzkopf mit dem grauen Ziegenbart stemmte gerade eine dampfende Pfanne in die Höhe. »Die Liachtbratln sind aus!«, brüllte er. »Aber Schmarren gibt's!«

»Rudi, kommst du bitte kurz nach draußen? Ich weiß, du hast Stress, aber lass mal trotzdem für einen Moment deine Leute ran!« Rudis zwei Angestellte arbeiteten im Akkord, ließen das Chaos aber dennoch mit einem breiten Lächeln an sich abprallen.

Nachdenklich musterte Rudi ihren ernsten Gesichtsausdruck, stellte die Pfanne auf einen der großen Holztische und nickte zustimmend. »Kimm!«

Im Freien nahm er einen tiefen Atemzug und wischte sich mit seinem Fetzerl, einem Schweißtuch, über die Stirn. Er wirkte angeschlagen. Kein Wunder bei den Strapazen heute. »Also, was ist los?«

»Ich kann den Hubert Holzinger nicht finden. Vor etwa einer halben Stunde ist er raus, weil er frische Luft schnappen wollte. Glaubst du, er hat, ohne Bescheid zu sagen, die Gondel genommen?«

Rudis Blick verschattete sich. »Wart kurz.«

Einen Anruf später war klar: Keiner vom Seilbahn-Personal hatte den Mann gesehen.

Der Abstieg ins Tal war lang und gefährlich. Niemand bei Verstand würde ihn bei diesem Wetter wagen. Genau das sprach der Wirt gerade auch laut aus.

»Vernunft und Huberts sechs Halbe Bier schließen sich allerdings aus«, folgerte Marie kopfschüttelnd. »Hoffentlich ist er nicht von deiner Terrasse gekippt!«

Vorsichtig lugte sie über die steile Kante, konnte jedoch in den dichten Nebelschwaden nichts erkennen. Im Umdrehen bildete sie sich ein, einen Schatten zu sehen.

»Das müssen wir schleunigst klären«, lenkte Rudi sie im selben Moment ab, »aber unauffällig. Ich hol Hilfe …«

Abrupt hielt der Wirt inne.

Beim Sprechen waren sie weitergegangen und standen nun direkt vor dem riesigen Smoker, einer Art überdimensionalem Grill, auf dem Rudi das ganze Jahr über herrliche Spareribs und Steaks garte. Und heute Tonnen von Liachtbratln. In der Brennkammer loderte die Glut, aus dem seitlich angebrachten hohen Kaminrohr strömte Rauch.

Dazwischen, in der großen zylindrischen Garkammer, steckte etwas.

»Aber …?«, rang Rudi fassungslos die Hände.

Marie schnappte nach Luft, würgte, als sie mit einem Mal den Gestank nach verkohltem Fleisch und verbrannten Haaren wahrnahm.

Auf dem Smoker lag ein Mensch.

BEN

Liagn tuat a jeda.
Niemand sagt immer die Wahrheit.

Mit fest zusammengepressten Lippen schlüpfte Benediktus Achleitner aus der kleinen roten Gondel und trat ins Freie.

Die Plattform vor der Bergstation der Katrin-Seilbahn wurde von der Außenbeleuchtung erhellt, ansonsten herrschte tiefe Dunkelheit. Zumindest hatte der Regen etwas nachgelassen. Dennoch war es eisig kalt hier oben auf über 1.500 Meter Seehöhe.

Ein paar tiefe Atemzüge später war sein Kopf halbwegs klar. Mit einem knappen »Griaß di, Kollegin!«, begrüßte er die junge Polizistin, die am Eingang auf ihn gewartet hatte. Täuschte er sich oder war sie ungewöhnlich blass?

Sie nickte nur.

»Wie schlimm ist es?«, fragte er und schob sich verstohlen ein Minzzuckerl in den Mund.

Die Polizistin schüttelte den Kopf. »Ziemlich heftig.«

Er ersparte es sich, weiter nachzufragen. In wenigen Minuten würde er sich selbst ein Bild machen.

Vor etwas mehr als einer Stunde hatte ihn die Bereitschaft des LKA in seiner Lieblingsbar in Bad Ischl erreicht, wo er gemeinsam mit einigen alten Schulfreunden den Liachtbratlmontag hatte ausklingen lassen. »Die Polizei ist schon oben auf der Katrin. Wennst in der Gegend bist, übernimm bitte gleich. Das wird ein Fall für uns, wir sind am Weg.«

Wie bitte? Eine gegrillte Leiche in einem Smoker? Hatten die vier Seiterl Bier auf seine Ohren geschlagen oder stimmte die Info tatsächlich? Sicherheitshalber hatte er sich bei Conny, der Besitzerin des »Pfiffikus«, eine Schnitzelsemmel to go bestellt und war umgehend auf die Toilette verschwunden. Jede Menge kaltes Wasser im Gesicht und auf den Unterarmen hatten zum Glück ihre Wirkung getan, ein paar große Schlucke aus der Leitung ebenfalls. Er war zwar immer noch ein ganzes Stück davon entfernt, nüchtern zu sein, aber das musste niemand wissen.

Er ließ den Geländewagen, mit dem die Polizistin gekommen war, links liegen. »Ich geh zu Fuß!« Sie zuckte mit den Schultern. »Okay, dann warte ich hier gleich auf die Spurensicherung.«

Die Steine waren schlüpfrig. Konzentriert setzte er einen Fuß vor den anderen. Wie oft er diesen knappen Kilometer flachen Schotterweg zur Almrauschhütte schon gegangen war! Aber noch nie nachts und bei Nieselregen. Dank der kräftigen Stablampe der Kollegin sah er zumindest, wohin er trat.

Die kleine Almwirtschaft kam in Sicht. Einen Moment lang hielt er inne, um das Szenario auf sich wirken zu lassen.

Über dem sonst so zauberhaften Ort lastete eine drückende Stille.

Die Kollegen hatten bereits ganze Arbeit geleistet, alles abgesperrt, Baustrahler aufgestellt und einen Sichtschutz aus rot-weiß-roten Tischtüchern gebastelt. Sämtliche Gäste hatten sie im Inneren der Hütte zusammengepfercht. Nur der Hüttenwirt sowie einige uniformierte Polizisten waren zu erkennen.

Und die Notärztin. Marie. Er hatte es befürchtet.

Langsam ging er auf die schweigende Menschengruppe zu.

Marie bemerkte ihn als Erste. »Ben, du?«, entfuhr es ihr. Auch sie war bleich, hatte die Arme schützend vor ihrem Körper verschränkt.

Wie auf Kommando fuhren alle zu ihm herum.

»Hallo, zusammen«, sagte er schlicht und wandte sich Reinhard Oberndorfer zu, dem Bad Ischler Postenkommandanten. Man kannte sich. »Servus, Reinhard! Was ist passiert?«

Der schlanke Polizist mit dem dunklen Vollbart musterte ihn kurz und machte dann eine Geste Richtung Smoker. »Griaß di, Benediktus. Das war der schöne Hubert, ich meine, der Holzinger Hubert. Kennst du ihn?«

Ben hatte noch nie von ihm gehört. In Kürze würde er allerdings mehr über das Opfer wissen, als ihm lieb war.

»So wie es ausschaut, wurde er in den Smoker gestopft«, fuhr Reinhard Oberndorfer angewidert fort. »Er ist verbrannt, oder erstickt, oder beides. Jedenfalls ist er hinüber. Wir haben alles abgesperrt und so belassen. Es hieß, die Kollegen und die SpuSi seien schon am Weg, wir dachten aber, es würde noch länger dauern.«

Ben nickte. »In einer guten halben Stunde sind sie da. Ich war zuvor schon in Ischl.«

Zögerlich ging er auf den Smoker zu, der auf einem Betonsockel vor einer hohen Bretterwand stand und ihn damit uneinsichtig machte, wappnete sich, und lugte vorsichtig über die Barriere.

Holzingers Leiche lag halb ausgezogen auf dem Rücken. Offensichtlich hatte man ihm das Hemd vom Leib geschnitten und versucht, ihn mittels Herzdruckmassage und Defibrillator wiederzubeleben. Dort, wo sich sein Gesicht befunden hatte, klaffte schwarzrot verbranntes Fleisch, Augen, Nase und Mund waren verklebt, die Haut warf Blasen. Sein halber Oberkörper war ebenfalls verbrannt. Alles vom Bauchnabel abwärts schien hingegen unverletzt. In der Tat war hier nichts mehr zu machen. Hubert Holzinger würde nie wieder einen Liachtbratlmontag feiern.

Hinter dem Toten ragte, mit weit geöffneter Abdeckung, der riesige Smoker auf. Es roch intensiv nach verbranntem Grillgut. Ben wagte sich keinen Schritt weiter. Das Terrain gehörte der Spurensicherung. Wenigstens hatte es beinahe aufgehört zu regnen. Mit etwas Glück waren nicht alle Spuren weggewaschen.

»Wer hat ihn gefunden?«, fragte er mit enger Kehle. Die verstümmelte Leiche schlug ihm auf den Magen.

»Rudi und ich.« Marie hatte sich unbemerkt neben ihn gestellt. »Hubert brauchte frische Luft und kam fast eine halbe Stunde lang nicht zurück, deshalb machten wir uns auf die Suche. Ich wollte ihm noch helfen, aber na ja …« Sie machte eine hilflose Geste.

»Habt ihr jemanden gesehen?«

Sie schüttelte den Kopf. »Es hat geregnet. Alle waren drin.« Mit dem Daumen deutete sie in Richtung Hütte.

»Was ist mit dem Hinterausgang, Rudi?«

Ben war hier aufgewachsen, kannte die Almrauschhütte in- und auswendig, und wusste daher, dass es zwischen Küche und Smoker einen nachträglich eingebauten schmalen Durchgang gab.

»Geh, bitte, Ben«, stöhnte Rudi Zoidl entnervt. »Du weißt doch genauso gut wie ich, dass meine Küche tabu ist. Da darf niemand rein außer mir und dem Personal. Wär' aber sowieso egal gewesen. So voll, wie der Laden war, gab's keine Geheimnisse.«

Mit dieser Antwort hatte Ben gerechnet. Unter Garantie hatten mindestens zehn Personen direkt am Tresen gebechert und den Zugang zur Küche blockiert. Wer genau, würde sich demnächst herausstellen. Sollte jemand den Hinterausgang benutzt haben, dann auf keinen Fall unbemerkt.

»Gibt es sonst irgendwelche Zeugen?«, wandte Ben sich erneut an Reinhard Oberndorfer.

»Die Kollegen sind gerade drin und fragen sich durch. Aber etwas getrunken haben so gut wie alle. Wird wohl nicht viel bringen.«

Ein kurzer Seitenblick auf die immer noch blasse Marie genügte, um Bens Beschützerinstinkt zu triggern. Was ihn einmal mehr fürchterlich ärgerte. Seit der sechsten Klasse hatte diese Frau ihn fasziniert und ihm sowohl die glücklichste Zeit seines Lebens beschert als auch vor einigen Jahren durch ihr Verschwinden ohne ein erklärendes Wort beinahe das Herz gebrochen. Ein wenig machte er sie außerdem immer noch für den Tod seines Bruders Andi verantwortlich. In seiner abgrundtiefen Verzweiflung hatte Ben damals einen riskanten Tauchgang im Attersee gewagt, bei dem in großer Tiefe sein Inflator vereist war. Andi hatte ihm durch einen Notaufstieg das Leben gerettet, seines dabei aber verloren. Während der Ermittlungen im letzten Jahr hatten Marie und er sich darüber ausgesprochen, dennoch blieb ein Teil seiner Seele unnachgiebig.

Unwirsch schob er die dunklen Erinnerungen beiseite. »Erzähl mir bitte genau, was ihr gemacht habt!«, forderte er sie stattdessen auf, harscher als gewollt.

Kein Wunder, dass Marie zusammenzuckte.

Dennoch hatte sie sich im Griff und erzählte ihm in knappen Worten, was geschehen war. »Als wir ihn schließlich gefunden haben, versuchten wir, den Deckel des Smokers zu öffnen, was eine ziemliche Herausforderung darstellte«, schloss sie ihren Bericht. »Hubert hatte keine Chance, wäre aber in seinem alkoholisierten Zustand wahrscheinlich ohnehin nicht in der Lage gewesen, sich zu wehren.« Sie senkte den Kopf und verschränkte die Arme. »So wie es aussieht, ist sein Hinterkopf zertrümmert.«

Ben schnappte nach Luft. »Moment mal, du glaubst, jemand hat ihn zuvor niedergeschlagen und erst dann in den Smoker gestopft?«

»Gut möglich«, antwortete sie knapp. »Die Obduktion wird es klären. Unfall war das jedenfalls keiner, da lege ich mich fest. Ohne Zweifel hast du es mit einem kaltblütigen Mörder zu tun.«

Er warf einen langen Blick auf die zugedeckte Leiche. Das fröhliche rot-weiße Karo der Tischdecke wirkte nach Maries Worten reichlich makaber.

»Hatte er Feinde?«

Rudi Zoidl meldete sich zu Wort. »Jeder hat Feinde, Ben. Hubert war zwar ein netter Kerl, aber seit er für die Kulturhauptstadt tätig war, musste er sich einiges anhören.«

Marie schüttelte den Kopf. »Aber er ist doch urplötzlich raus, weil ihm schlecht wurde. Das konnte doch keiner vorher wissen.«

»Vielleicht hat ihn jemand beobachtet und die Gelegenheit beim Schopf gepackt«, mutmaßte Rudi und rieb sich seinen Ziegenbart. »Oder ihm wurde etwas ins Getränk gekippt.«

»Halt's z'samm, Rudi!«, schnaubte Marie. »K.-o.-Tropfen in der Almrauschhütte? Der Hubert hatte literweise Bier und einige Schnäpse intus, da wird sogar dem Stärksten schlecht. Noch dazu bei der verbrauchten Luft. Die

Fenster waren wegen dem Wind und dem Regen ja alle zu. Ich hab fast nichts getrunken und hatte auch zu kämpfen.«

Ben hörte den beiden schweigend zu und behielt seine Überlegungen für sich. Vielleicht hatte Hubert rein zufällig etwas beobachtet und das als unliebsamer Zeuge mit dem Leben bezahlt.

Bislang nichts als Spekulation.

Starkes Licht blendete auf. Über Maries Kopf hinweg sah er den Geländewagen auf sie zukommen. Das Tatort-Team war eingetroffen.

Es würde eine lange, kalte und feuchte Nacht werden.

LKA LINZ

Am nächsten Morgen

Pfeilgrad in d'Höll.
Direkt in die Hölle.

»Also, was haben wir?«
Chefinspektor Christian Franz blickte erwartungsvoll in die Runde.
»Viele Menschen, die wenig gesehen haben«, fasste Ben erschöpft die Befragung der letzten Nacht zusammen.
Er war erst heute Morgen gegen halb fünf nach Linz zurückgekehrt. Tiefe Ringe unter seinen Augen zeugten von wenig Schlaf. »78 Personen und kein brauchbares Ergebnis. Wäre Marie Giesinger nicht so besorgt gewesen, hätte man Hubert Holzinger womöglich überhaupt erst heute früh entdeckt. Der Smoker steht etwas geschützt hinter dem Bretterverschlag und ist weder vom Inneren der Hütte noch vom Wanderweg aus zu erkennen. Der Wirt meinte, er hätte den Grill wie immer zunächst abkühlen lassen wollen und erst am nächsten Morgen gereinigt.«
»Mit wem war das Opfer dort?«
»Auf Einladung von Ignaz Grallinger, dem Inhaber der gleichnamigen Baufirma. Aber lass mich von vorne beginnen. Unser Opfer heißt Hubert Holzinger, ist 55 Jahre alt, ledig und kinderlos. Ein Arbeitstier. Geborener Ischler. Hat die Tourismusfachschule besucht, dann lange in Salzburg

gelebt und dort unter anderem für die Festspiele gearbeitet. Vor etwa einem Jahr kam er dann für den Job in der Arbeitsgruppe der Europäischen Kulturhauptstadt zurück. Er galt als Frauenheld, Spitzname: der schöne Hubert.« Ben hielt ein auf A4 vergrößertes Foto des Verstorbenen hoch.

Sechs Augenpaare im kleinen Besprechungsraum des LKA musterten es neugierig. »Wenn man den Typ mag«, murmelte Helene Almesberger, die einzige Frau im Team. Auf dem Ganzkörperbild trug Holzinger Lederhosen und den Sweater einer Kultmarke, dazu Sneakers. Seine schwarzgrauen Haare fielen ihm in die gebräunte Stirn, darunter strahlten braune Augen unter dichten dunklen Brauen. Er lächelte breit und präsentierte dabei eine Reihe perfekter Zähne.

»Und, magst du?«, konnte Gruppeninspektor Dino Cortone es sich nicht verkneifen zu fragen.

Helene Almesbergers entgeisterter Gesichtsausdruck sagte alles. »So einen alternden Gigolo? Ich bitte dich. Männer mit Bauchansatz sind für mich ein absolutes No-Go. Und schau dir dieses verlebte Gesicht an. Also: danke, nein.«

»Trotzdem müssen wir auch in diese Richtung ermitteln«, meinte Bens engster Kollege Peter Neumüller amüsiert. »Wenn's wahr ist, gab es nämlich, im Gegensatz zu dir, viele Frauen, denen er zusagte, und er scheint alles andere als ein Kind von Traurigkeit gewesen zu sein. Gelegenheit macht Liebe. Zumindest für eine Nacht.«

»Eifersucht, das älteste Mordmotiv der Welt«, seufzte Ben. »Hab ich den Fall eigentlich offiziell, Christian?«

Der Chefinspektor zog die Stirn in Falten. »Schaut so aus. Haut's euch auf ein Packerl. Meine Ecke ist das sowieso nicht. Man muss schon von dort stammen, um zu verstehen, wie ihr tickt. Ich halte mich lieber an die gute, alte Provinzhauptstadt mit ihren bösen Buben und Mädchen. Wir supporten von hier aus und entscheiden noch, ob wir eine Soko bilden. Ist immer ein Aufwand, weil es über Wien genehmigt werden muss.«

Ben nickte zufrieden.

Christian Franz hatte keine Zeit zu verlieren und fuhr fort. »Haben die Befragungen in der Hütte irgendetwas Verwertbares ergeben?«

»Offiziell hat niemand etwas gesehen. Aber ich möchte mich heute Nachmittag auf jeden Fall noch mal persönlich mit Marie Giesinger, Rudi Zoidl und den beiden Kellnerinnen unterhalten und mir auch den Tatort in Ruhe ansehen.«

»Was ist mit der Obduktion?«

Man hatte die Leiche auf Bens Bitte hin noch in der Nacht nach Linz gebracht. »Die beginnt um zehn. Auch da werden wir dabei sein, um ein Gefühl dafür zu bekommen, was geschehen ist.«

Ben war kein großer Freund davon, den Rechtsmedizinern bei ihrer Arbeit zuzusehen, dennoch wusste er natürlich um deren Wichtigkeit. Ohne Kaffee würde er das nach der langen Nacht allerdings nicht hinbekommen.

Er bedeutete Peter Neumüller mitzukommen. »Pack dein Zeug. Wir werden ein paar Tage in Ischl bleiben müssen. Antonia soll dir ein Zimmer buchen. Was immer *du* jetzt tust, mich findest du an der Kaffeemaschine.«

»Was hältst du denn von einem Semmerl mit frischem Beef Tartare dazu?«, fragte sein Kollege hoffnungsvoll. Er war berühmt dafür, in jeder Lebenslage essen zu können. Was man dem fülligen Enddreißiger auch ansah. Auch seiner Liebe für gewöhnungsbedürftige Motto-T-Shirts frönte er heute wieder ungeniert. In weißen Buchstaben auf schwarzem Grund spannte sich der Spruch des Tages über seinen Bauch: *Es gibt nichts Romantischeres als einen gemeinsamen Spaziergang zum Kühlschrank.*

Christian Franz gestattete die Marotte mit der Auflage, darüber stets ein Sakko oder eine Jacke zu tragen.

»Vor der Obduktion?« Ben schüttelte sich und verdrängte das Bild von Hubert Holzingers Gesicht und Oberkörper, in das sich der Grillrost des Smokers eingebrannt hatte. »Dein Saumagen in Ehren, aber ich bleibe ausschließlich bei Koffein.«

»Die Todesursache ist wohl Ersticken. Der arme Kerl bekam einfach keine Luft mehr. Die Ischler Kollegin hatte recht, sein Hinterkopf ist zertrümmert, aber gestorben ist er daran nicht.« Mit ungerührter Miene deutete Rechtsmediziner Hans Einwaller auf Hubert Holzingers Hinterkopf. Diese Verletzung stammt von der Kante des Smokers. Er muss sie sich vor seinem Tod zugezogen haben, denn die Platzwunde hat noch geblutet. Außerdem hat er Rauch in der Lunge.«

Ben verschränkte die Arme. »Was, denkst du, ist passiert?«

»Möglich, dass es Streit gab. Vielleicht wurde er gestoßen und landete zunächst rücklings auf dem Rost, wurde hochgezogen, umgedreht und mit dem Gesicht voran darauf gedrückt. Außerdem habe ich Spuren eines Brandbeschleunigers gefunden. Vermutlich hochprozentiger Alkohol. Das Feuer muss heftig gewesen sein, ehe der Deckel des Smokers es löschte. Man kann nur hoffen, dass der arme Kerl während all dem bewusstlos war und seine unfreiwillige Verwendung als Grillgut nicht mehr mitbekommen hat. Scheußliche Sache. Da kannte jemand keine Gnade.«

So viel Brutalität schrie nach einem persönlichen Motiv. Rache. Eifersucht. Wut. Ben war einiges gewöhnt, schließlich arbeitete er in der Mordgruppe, aber das hier war in seiner Grausamkeit dennoch ungewöhnlich.

»Brandbeschleuniger?«, fasste Ben nach. »Wir haben in der Wiese hinter dem Smoker eine zerbrochene Flasche Selbstgebrannten gefunden. Rudi Zoidl meinte, er habe eine dort stehen gehabt und beim Zubereiten der Liachtbratl hin und wieder davon getrunken.«

»Wenn der Schnaps mehr als 40 Prozent Alkohol hat, und davon gehe ich aus, ist es gut möglich, dass damit nachgeholfen wurde. Wie gesagt muss es eine gehörige Stichflamme gegeben und dann ziemlich gebrannt haben. Die Verletzungen würden passen. An eurer Stelle würde ich das Ding schleunigst auf Fingerabdrücke prüfen. Vielleicht habt ihr den Fall dann ja ganz schnell gelöst.«

Möglich, aber Ben glaubte nicht daran. Mit finsterem Gesicht wandte er sich ab.

Auch Peter Neumüller schien der Humor vergangen zu sein, wenn auch nicht der Appetit. Er war zwischendurch verschwunden, um sich ein zweites Beef-Tartare-Brötchen zu holen. Ein Stück Schnittlauch steckte immer noch zwischen seinen Schneidezähnen. »Super, Hans«, nuschelte er und schleckte mit der Zunge darüber, als Ben ihn mit dem Zeigefinger dezent darauf hinwies. »Wir warten dann auf deinen endgültigen Bericht.«

Im Vorbeigehen klopfte er auf Bens Schulter. »Danke, dass du auf meine Schönheit achtest, Alter, aber jetzt finden wir besser heraus, wer sich da dermaßen ausgetobt hat. Fahren wir zurück nach Ischl.«

FILO

Grantscherm.
Eine chronisch schlecht gelaunte Person.

Gedankenverloren ergänzte Filo Hemetsberger eine Patientendatei. Nach den Ereignissen von gestern Abend fühlte sie sich wie gerädert. Noch immer schien ihr unfassbar, was mit Hubert Holzinger geschehen war. Ungeachtet dessen hatte Marie die Ordi heute ganz normal aufgesperrt.

Als jahrzehntelang gefragte Hebamme hatte Filo viel gesehen und erlebt, dennoch wunderte sie sich immer noch über die Starrköpfigkeit mancher Ewiggestriger. Diese Frau zum Beispiel war Ende 60 und hatte schwere Osteoporose. Dennoch verwehrte sie sich gegen Hilfe, mit einem ihr leider nur zu bekannten Argument: »Mein Mann sagt, ich hab nix.« Gewisse Krankheiten durften schlichtweg nicht sein, egal was die Untersuchung ergab. Insbesondere bei den Frauen.

Der nächste Termin ließ auf sich warten. Gott sei Dank. Endlich ein kurzer Moment zum Durchatmen.

Die Tür knallte gegen die Wand und Gust Rachlinger marschierte herein. Da es fast 12 Uhr mittags war, umwehte ihn die übliche Wolke aus G'spritztem, Pils und Schnaps. Seit Kindertagen konnten sich Filo und er nicht leiden.

»He, Hemetsberger, wann bin i dran?«, sparte er sich jede Höflichkeit.

»Ich freu mich auch nicht, dich zu sehen, Gust Rachlinger, aber deine Leber wird's dir danken. Die Frau Doktor hat deine Ergebnisse gekriegt. Ab sofort solltest du lieber nachdenken statt nachschenken.«

»Halt die Papp'n, Speckbarbie. Schwing deinen Walarsch zur Seite und lass mich ang'lahnt.«

Derlei gewohnt, gab Filo sich ungerührt. »Beruhig dich, Gust, und nimm Platz. Es wird noch ein Weilchen dauern.«

Zehn Sekunden lang beobachtete sie aufmerksam, wie die Visage des ehemaligen Tierarztes mehr und mehr Farbe bekam. Dann explodierte der Dampfkessel. »Des machst du mit Absicht. Ich hab einen Termin. Aber du Fettfoz'n glaubst ja seit ewig, dass du etwas Besseres bist.«

Bei seiner Tirade waren jede Menge Speicheltröpfchen quer über den Tresen auf Filos Brille geflogen. Noch ehe sie reagieren konnte, öffnete sich die Tür und Marie erschien.

»Grüß Gott, Herr Doktor Rachlinger, wenn Sie bitte weiterkommen würden«, ignorierte sie dessen Aggression und gab den Weg frei. Als der Mann an ihr vorbei war, suchte sie Filos Blick und schüttelte fast unmerklich den Kopf.

Filo biss sich auf die Lippen. Schon den ganzen Vormittag über war Marie so seltsam gewesen.

Irgendetwas stimmte nicht.

DIE ALMRAUSCHHÜTTE

Geh leck.
Ausdruck der Überraschung.

»Ist das Wetter nicht der blanke Hohn?«

Mit zusammengekniffenen Augen blickte Rudi Zoidl quer über das ihnen zu Füßen liegende Goiserer Tal in Richtung Hoher Dachstein. In der Tat waren Himmel und Luft wie blankgeputzt, die Aussicht überwältigend. Einen Augenblick lang genoss Ben den kühlen Wind auf der Haut, ehe er sich dem Hüttenwirt zuwandte.

Das Absperrband um den Smoker wehte in der Brise. Noch hatte niemand die verstreut herumliegenden Hinterlassenschaften der Spurensicherung weggeräumt. Auch das Zelt, das den Tatort schützen sollte, stand noch da.

»Ich hab alles so gelassen, wie es war, nur den Deckel des Smokers zugemacht. Den werd ich unter Garantie auch nie mehr öffnen. Keine Ahnung, ob ich mir nach der Geschichte einen neuen kaufe.«

So erschüttert hatte Ben Rudi Zoidl noch nie erlebt. Der Wirt war ein gestandener Mann, seit 15 Jahren führte er die Hütte hier oben. Da sie keine Übernachtungsmöglichkeit bot und nur zu den Betriebszeiten der Gondel öffnete, hatte er geregelte Arbeitszeiten und schlief in seiner kleinen Wohnung im Ort. Der Endvierziger war legendärer Single, auch wenn so manche Besucherin ihm schöne Augen machte. Zwar war er klein, kaum 1,70, und mit seiner Glatze und dem Kinnbart, den er neuerdings geflochten trug, nicht gängig attraktiv, aber seine charmante Art und seine Kochkünste machten ihn begehrt.

Wie immer trug er eine speckige Krachlederne. Ben konnte sich nicht erinnern, je ein anderes Kleidungsstück an ihm gesehen zu haben. Entweder eine kurze oder eine lange Lederhose, derbe Schuhe, Hemd, Joppe – das war Rudi, der soeben resolut in die Hände klatschte. »Also, was mach ma? Den Kellnerinnen hab ich im Übrigen freigegeben. Die Dirndln tun mir leid, sie sind fix und fertig. Ich hab ihnen gesagt, dass ihr euch bei Bedarf meldet's und zu ihnen kommt's. Ich hoff, das passt so.«

»Zuerst möchten wir gemeinsam mit dir noch mal alles rekonstruieren«, begann Ben. »Wer wo in der Hütte war und so weiter.«

Konzentriert gingen sie die gestrigen Ereignisse noch einmal durch. Neue Erkenntnisse gab es nicht. Schließlich standen sie vor dem Smoker, der Ben immer noch schaudern ließ.

In einiger Entfernung entdeckten sie Wanderer, die neugierig herüberlugten. Rudi reagierte unverblümt wie immer. »Die Hütte ist heute geschlossen. Es gibt nix zu sehen. Schauts, dass ihr weiterkommt!«

Die Gruppe starrte zurück und blieb, wo sie war. Die üblichen Katastrophentouristen, denen nichts peinlich war. Ben hatte schon erlebt, dass Leute unter den Absperrbändern hindurchgekrochen waren, um bessere Fotos schießen zu können.

Wie immer trug Rudi sein Herz auf der Zunge. »Volltrotteln. Kimmts eini«, sagte er an die Ermittler gewandt. »Es ist kalt, und im Gastraum simma ungestört.«

Versorgt mit Kräutertee, hockten sie sich an den Stammtisch. »Niemand will etwas gesehen haben. Bei 78 Menschen finde ich das ungewöhnlich, auch am Liachtbratlmontag«, fasste Ben das Ergebnis der Befragungen zusammen.

»Sogar den Rauchern war's gestern zu ungemütlich draußen, Ben«, hielt Rudi Zoidl dagegen, »und das heißt was. Ihre Tschick oder Pfeiferl sind vielen heilig, wie du weißt. Aber der Heizstrahler fürs Vorzelt hat den Geist aufgegeben und es war eiskalt, grad so, dass es nicht geschneit hat. Umso voller war es drinnen.«

»Und du bist dir sicher, dass außer dir und dem Personal niemand in der Küche war?«

»Ganz sicher. Zum Smoker raus bin überhaupt nur ich, weil ich das den dreien nicht antun wollte.«

Ben horchte auf. »Wieso den dreien? Ich dachte, du, Hannah und Leonie habt den Laden geschmissen?«

In einer für ihn typischen nachdenklichen Geste strich Rudi sich über seinen Bart. »Ja, schon. Gestern allerdings hatte ich noch eine Hilfskraft fürs Abwaschen. Aber wo du es sagst … Den hab ich gar nimmer gesehen, nachdem wir den Hubert gefunden haben. Ist mir in der Aufregung wohl durchgerutscht, weil er halt nur ausnahmsweise da war.«

Peter Neumüller und Ben stellten zugleich dieselbe Frage: »Und wer war diese Aushilfe?«

Rudi sagte es ihnen.

MARIE

Strizzi.
Ein leichtfertiger Mensch.

Seit gestern hatte sie kein Auge zugetan.

Sobald sie die Lider schloss, ploppten die furchtbaren Bilder auf. Gewiss, sie war Ärztin, doch Hubert Holzingers grausam entstellter Anblick verfolgte sie, obwohl sie den alternden Schönling nicht einmal besonders gemocht hatte.

Sein Ruf war ihm vorausgeeilt – und er ihm gerecht geworden, als er bereits bei seinem ersten Termin in ihrer Ordination versucht hatte, mit ihr anzubandeln. Allerdings ohne jeden Erfolg.

»Nein, danke, Herr Holzinger. Ich bin Ihre Ärztin, nicht Ihr Date. Wenn ich sage: Ziehen Sie sich aus, dann meine ich das medizinisch, nicht erotisch.«

Er hatte die klare Zurückweisung mit Humor weggesteckt. »Okay, Frau Doktor, bei dir kann ich nicht landen, verstanden.«

»Ein bissl dumm ist ja süß, aber der ist echt ein Zuckerschock!«, hatte Filo den plumpen Annäherungsversuch kommentiert. »Was man so hört, stehen aber viele auf ihn. Und er lässt auch nix anbrennen!«

»Auf so einen Weiberer bin ich leider auch schon mal hereingefallen«, hatte Marie gesagt und den Kopf über ihre eigene Dummheit geschüttelt. »Am Beginn lieb und hartnäckig, aber letztlich voller Angst, hinter der nächsten Ecke eine Bessere zu versäumen. Ich hätte gewarnt sein müssen, er hatte drei Kinder von drei Frauen und eine für die jeweils andere verlassen – immer mit dem Satz: Was soll ich denn machen, wenn ich mich neu verlieb'? Jetzt ist er über 50 und man sieht ihm seinen Lebenswandel an. Keine Ahnung, ob ihn überhaupt noch eine will, beziehungsfähiger ist er sicher nicht geworden.«

»Wer zu viel Auswahl hat, für den wird Freiheit zur Mauer«, hatte Filo es auf den Punkt gebracht.

Hubert Holzinger hatte den Wink mit dem Zaunpfahl verstanden und sich Marie gegenüber seither korrekt verhalten. Immer wieder waren sie sich über den Weg gelaufen. Kein Wunder in einer Stadt mit nur etwa 14.000 Einwohnern. In der Praxis hatte er sich allerdings nicht mehr blicken lassen, was aber eher seiner guten Gesundheit geschuldet zu sein schien als einem schlechten Gewissen. Seine Frauengeschichten jedoch hatten alle den Weg hierher gefunden.

Nun wartete Marie mit einem dicken Kloß im Hals auf Ben Achleitner. Sein Kollege und er hatten sich angekündigt, sie waren überfällig. Zum Schrecken von gestern kam nun auch noch das ganze Ben-Schlamassel.

In den vergangenen Monaten hatte sie kaum an ihn gedacht, doch seit ihrem Treffen gestern geisterte er wieder durch ihren Kopf. Ja, sie waren einmal zusammen gewesen, ja, sie hatte ihn Hals über Kopf verlassen, aus Angst, sonst bei ihm und damit in Ischl steckenzubleiben. Und ja, sie hatte es hundertmal bereut. Doch nach dem Tod seines Bruders war ein Weg zurück ausgeschlossen. Was für eine Überraschung, als er letzten Oktober plötzlich wieder vor ihr gestanden hatte. Letztlich hatte sie es als Erleichterung empfunden, dass er nach der Klärung des Falles wieder aus ihrem Leben verschwunden war. Bis gestern hatte sie gedacht, ihren Frieden damit gefunden zu haben.

Von wegen.

Alles war wieder da.

Sanft legte sich eine Hand auf ihre Schultern. Filo, die genau wusste, wie sie sich gerade fühlte. Die beiden Frauen verband nicht nur eine Arbeitsbeziehung, sondern mittlerweile auch eine tiefe Freundschaft, die damit begonnen hatte, dass Marie die unvermittelbare ehemalige Hebamme als Sprechstundenhilfe eingestellt hatte. Und doch …

»Magst du einen Tee, Marie? Die beiden haben gerade angerufen, dass sie sich um eine halbe Stunde verspäten.«

»So wie es mir geht, lieber einen Schnaps.« Maries Lächeln geriet schief.

»Hätte ich auch da, wirst du aber schön bleiben lassen. Nimm lieber die hier!« Sie reichte Marie pflanzliche Beruhigungstropfen. »Normalerweise reichen 15, in deinem Fall 30.«

Marie tat, wie ihr geheißen. Dennoch zuckte sie heftig zusammen, als der Türsummer ertönte. Inzwischen war es später Nachmittag. Dunkelheit setzte ein. Seit der Früh hatte sie mechanisch die Patientenflut abgearbeitet. Seit einer Stunde jedoch saß sie hier herum, unfähig, die anstehenden Dinge zu erledigen, zu essen, oder hinaus an die frische Luft zu gehen, was ihr ohne Zweifel gutgetan hätte.

»Augen zu und durch«, bemerkte Filo resolut. Auch sie schien ein wenig nervös zu sein.

Ben wirkte müde, hatte Ringe unter den Augen. Kein Wunder, konnte er doch seit der letzten Nacht keine Ruhe gefunden haben. »Hallo, Marie«, begrüßte er sie und schien verunsichert, ob er ihr die Hand geben sollte.

Peter Neumüller hatte weniger Skrupel. »Grüß Gott, Marie, Filo!«, tönte er und reichte ihnen seine Pranke.

Den angebotenen Kaffee lehnten beide ab. Wenig später landeten sie zu viert an Maries kleinem Besprechungstisch in ihrem Büro, dessen Farbgebung in Grün, Grau und Weiß beruhigend hätte wirken können. Im Augenblick jedoch lag fiebrige Anspannung in der Luft.

»Habt ihr schon eine Todesursache? Was hat die Obduktion ergeben?«, fiel Marie mit der Tür ins Haus.

Ben fasste die Ergebnisse kurz zusammen.

»Wie grausam.« Sie schüttelte sich. Die Situation fühlte sich seltsam an, außerdem spürte sie, dass etwas passiert sein musste. Ihre feinen Antennen Ben betreffend waren in Alarmbereitschaft.

Aber auch Filo benahm sich merkwürdig. Mit verschränkten Armen saß sie da, geradeso, als ob sie sich unbewusst vor etwas schützen wollte.

Schließlich unterbrach Ben das unangenehme Schweigen. »Filo, du weißt, warum wir hier sind, nicht wahr?«

Die ohnehin schon verschlossene Miene der Frau verfinsterte sich noch mehr. Eine Antwort blieb sie schuldig.

Ihr Unbehagen ignorierend bohrte er nach. »Wo ist er, Filo?«

Die Angesprochene schloss für einen Moment die Lider, streckte dann den Rücken durch. »Ich weiß es nicht.«

»Was ist hier los?«, fragte Marie. »Wärt ihr bitte so freundlich, mich aufzuklären!«

Ohne Filo aus den Augen zu lassen, tat Ben wie geheißen. »Auf der Almrauschhütte gab es gestern nicht nur zwei, sondern ausnahmsweise drei Personen Personal. Die beiden Schwestern Hannah und Leonie Wenninger, die diese Saison fix bei Rudi Zoidl arbeiten, und einen jungen Mann namens Hannes Reiter. Er war nur aushilfsweise da, extra für den Liachtbratlmontag, empfohlen von dir, Filo. Rudi Zoidl konnte jede Hilfe gebrauchen und fragte nicht lange nach, wen er sich da in die Küche stellte.«

»Was soll das, Ben?«, fragte Marie unwirsch. »Du willst doch nicht ernsthaft behaupten, Hannes habe etwas mit dem Mord zu tun?«

Bens Blick blieb neutral. »Du kennst Hannes Reiters Geschichte genauso gut wie wir alle. Er ist vorbestraft, war wegen Totschlag im Gefängnis. Selbstverständlich gilt er als verdächtig.«

»Aber ...«, hob die perplexe Ärztin zu einer Entgegnung an, wurde aber abrupt von Peter Neumüller unterbrochen. »Marie, würdest du bitte kurz den Mund halten?«

Überrumpelt hielt die Ärztin tatsächlich inne.

Filos erboste Stimme durchdrang die Stille. »Hannes hat mit der Sache nicht das Geringste zu tun. Stimmt, er hat gestern in der Küche ausgeholfen, aber genauso wenig bemerkt wie wir alle.«

»Woher weißt du das?«, hakte Ben ein. »Du behauptest doch, keine Ahnung zu haben, wo er ist. Oder hast du ihn seit gestern doch noch mal getroffen?«

Sein lauernder Ton war unüberhörbar.

Filos Antwort kam mit Verzögerung. »Nein.«

»Und wann das letzte Mal?«

Die Sprechstundenhilfe rang die Hände. »Unmittelbar nachdem wir gestern ankamen. Ich habe bei ihm in der Küche vorbeigeschaut und Hallo gesagt. Er hatte alle Hände voll zu tun mit dem Abwasch. Das Geschirr stapelte sich meterhoch.«

»Also etwa eineinhalb Stunden vor dem Mord«, stellte Ben fest. »Als Marie Rudi Zoidl bat, ihr bei der Suche nach dem

Opfer zu helfen, war er schon nicht mehr in der Küche und spurlos verschwunden. Offenbar zu Fuß. Die Seilbahn hat er sicher nicht genommen, das haben wir vorhin überprüft.«

»Und wenn«, murmelte Filo mit immer noch viel Trotz in der Stimme, »es beweist gar nichts.«

»Stimmt schon, aber Timing und Optik sind verheerend. Ein Mann wird ermordet und just zu diesem Zeitpunkt taucht ein vorbestrafter Totschläger unter. Du wirst verstehen, dass wir ihn schleunigst finden und befragen möchten. Also wenn du *doch* etwas weißt, dann sag es uns jetzt, sonst machst du die Sache nur noch schlimmer!«

Maries Freundin hatte Ben während seiner Sätze mit so viel Abscheu betrachtet, dass sich die kleinen Härchen in seinem Nacken aufrichteten. Den Tonfall, in dem sie ihre nächsten Sätze hervorstieß, kannte er sonst nur von abgebrühten Verbrechern, nicht aber von der Frau, die er bislang wegen ihres Schicksals immer bemitleidet hatte.

»Ich. Weiß. Verdammt. Noch mal. Nicht. Wo. Er. Ist. Ihr werdet ihn leider ohne meine Hilfe finden müssen. Hannes lebt zwar offiziell bei mir, lässt sich aber oft tagelang nicht blicken.«

Peter Neumüller versuchte, der Anspannung die Spitze zu nehmen. »Filo«, gab er den Good Cop, »erklärst du mir bitte die Zusammenhänge genauer? Für mich ist deine Geschichte nämlich nur schwer nachvollziehbar. Soviel ich weiß, ist Hannes Reiter schuld am Tod deines Sohnes Justus, hat ihn im Drogenrausch totgefahren. Dennoch warst du regelmäßig bei ihm im Gefängnis, nahmst ihn unmittelbar nach seiner Entlassung bei dir auf und unterstützt ihn seither, wo du nur kannst. Wieso tust du das, wo er dir doch so viel Leid zugefügt hat?«

LINZ, 2019

In mia is koit und bong.
Ich habe entsetzliche Angst.

Fett. Alt. Hässlich.

Niemand sprach es aus, natürlich nicht, schließlich war man zivilisiert, aber sie sah ihnen an, was sie dachten.

Sah es an der Art, wie sich ihre Augen einen Tick verkleinerten, sobald sich ihre Blicke distanzlos an ihrer großporigen Haut festfraßen, an den vom Weinen verquollenen Augen, dem dünnen Haar von undefinierbarer Farbe. Blicke, die ungeniert über ihren rosa Pulli und den unförmigen Rock glitten, die an ihrer Aufgabe, ihre Leibesfülle zu kaschieren, kläglich scheiterten, und mit leiser Missbilligung an ihren abgekauten Fingernägeln kleben blieben.

Sie registrierte diese seit Langem gewohnte Gnadenlosigkeit, aber im Augenblick war in ihrem Inneren kein Platz für noch mehr Schmerz. Es war ausgefüllt bis obenhin mit dem anderen, älteren, der ungezähmt in ihr brannte und seit damals nie mehr aufgehört hatte zu lodern.

Das aus ihrer Sicht einzig Akzeptable an ihrer Erscheinung versteckte sich hinter dem Kummer, der sich in ihre Züge gemeißelt hatte. Ihr Lächeln. Ob man vergessen konnte, wie das ging? Lächeln? Es war so lange her.

Manchen fiel es leichter, schönen Menschen gegenüber barmherzig zu sein. Als ob eine optisch weniger ansprechende Kreatur nicht dieselben Gefühle hätte. Und nein, es war ihr nicht einerlei, doch nach so viel Zeit als ignorierte Randerscheinung verbarg sie sie hinter einer dicken Schicht zur Schau getragener Gleichgültigkeit, in einem anderen Leben hinter Humor.

Natürlich empfanden alle hier auch Mitleid. Es waren keine Unmenschen, lediglich Neugierige, versehen mit einem leisen, wohligen Schauer beim ungebremsten Erleben des Leides von jemandem, der ihnen nichts bedeutete, Leid, in dem man sich sonnte, ohne selbst betroffen zu sein. Ob ihnen nicht klar war, dass es auch sie jederzeit treffen konnte? Dachten sie ernsthaft, Schicksalhaftes – ein Autounfall, Krebs, ein Flugzeugabsturz – passierte immer nur den *anderen*? Erschien es ihnen so abwegig, dass alle Betroffenen bis zur Sekunde, da sie der Schlag traf, ihn auch nicht hatten kommen sehen?

Es wurden immer nur die Kinder irgendwelcher anderen Leute ermordet.

Bis es dann doch einem selbst geschah.

Justus.

Dort, vielleicht sechs Meter entfernt, saß sein Mörder.

Ein schmächtiger Kerl. Glatze. Helle Augenbrauen. Dünne Nase. Schmale Lippen. Ein ehemaliges Heimkind. Mutter drogenabhängig, Vater unbekannt.

Soeben war das Urteil verkündet worden. Totschlag. 180 Sachen in der Innenstadt. Keine Chance für den Rollerfahrer mit den Kopfhörern, der verträumt bei Grün über die Kreuzung gefahren war. Die Bremsspur 40 Meter lang, an deren Ende eine Blutlache. Darin kein Leben mehr. Nur 17 Jahre alt hatte Justus werden dürfen.

Zumindest hatte er noch die Liebe kennengelernt. Wenige Minuten zuvor hatte er sich von seiner Freundin verabschiedet, um nach Hause zu seiner Mutter zu fahren. Zu ihr.

Justus.

Und sein Mörder.

Der jetzt auf dem Weg ins Gefängnis war.

Nichts war mehr übrig vom präpotenten Gehabe, das er den ganzen Prozess über zur Schau getragen hatte. Nun hielt er den Kopf gesenkt und den Blick ins Leere gerichtet. Nur zwei Jahre älter als Justus war er, doch er durfte leben, würde irgendwann wieder freikommen und alles hinter sich lassen. Neu durchstarten. Vergessen.

Eine Perspektive, die sie nicht mehr hatte. Und schon gar nicht Justus, dort draußen auf dem Friedhof in der schwarzen Urne.

Schwarz war seine Lieblingsfarbe gewesen.

Die Wachen zerrten an dem Verurteilten. Mit dem Schuldspruch schien alle Kraft aus ihm gewichen zu sein. Vollkommen allein hatte er sich seiner Verantwortung gestellt. Niemand mochte mehr etwas mit ihm zu tun haben.

Ein Findling. Später Lehrling. Jetzt Häftling.

Er wurde abgeführt, musste auf seinem Weg direkt an ihr vorbei.

»Schau mich an, Hannes!«, zischte sie, als er nahe genug herangekommen war.

Und tatsächlich hob er den Kopf. Ihre Blicke prallten aufeinander.

Beide müde, hoffnungslos, einsam.

»Ich werde dich töten! Das ist mein Plan.«

DIE PRAXIS

Gschis.
Dinge, die einem gehörige Probleme machen.

»Meine Beweggründe gehen euch nichts an und tun auch nichts zur Sache. Es kann euch vollkommen egal sein, warum Hannes bei mir lebt. Faktum ist, dass er unschuldig ist. Wahrscheinlich ging ihm lediglich das viele Geschirrspülen auf den Geist und er hat hingeschmissen. Seit wann ist das verboten?«

Filo mochte Hannes noch so vehement verteidigen. Alle Anwesenden im Raum wussten, dass ihr Mündel sehr wohl etwas auf dem Kerbholz hatte.

Kurz nachdem sie im letzten Jahr ihre Stelle bei Marie Giesinger angetreten hatte, war sie in der Praxis niedergeschlagen und schwer verletzt worden. Den Täter hatte sie sowohl erkannt als auch gedeckt: Hannes Reiter, der auf der Suche nach Drogenersatzstoffen gewesen war. Unter dem Siegel der Verschwiegenheit hatte Filo Ben davon erzählt, später auch Marie.

Folgen hatte sein Verhalten für Hannes damals keine gehabt, eine Tatsache, die Ben jetzt mehr als sauer aufstieß. Dass er Filo und Hannes damals gedeckt hatte, konnte ihm nun zum Verhängnis werden. Hatte er einen Mörder laufen lassen?

Allerdings hatte Filo eine Anzeige verweigert und ihn gewarnt: »Ich erzähl's dir, weil ich dir vertraue, das muss strikt inoffiziell bleiben. Solltest du mir jemals wieder damit kommen, werde ich unter völligem Gedächtnisverlust leiden. Ich bin die einzige Zeugin, also fehlen dir alle Beweise.«

Bens Erwiderung kam ob dieser Erinnerung sowohl mit Verspätung als auch hörbar verärgert. »Wir werden Hannes zur Fahndung ausschreiben.«

Für ihn bestand kein Zweifel daran, dass die Frau log und sich einmal mehr vor ihr Mündel stellte. Im Augenblick musste er das so hinnehmen, aber davonkommen lassen würde er sie damit auf keinen Fall.

Die Sprechstundenhilfe nahm die Ansage ohne ersichtliche Regung zur Kenntnis.

»Wo warst *du* eigentlich die ganze Zeit?«, bohrte Ben weiter und erntete den nächsten vernichtenden Blick.

»Ich habe mich gegen einen frechen Grapscher gewehrt. Dann hat Rudi mich geholt, um Marie zu helfen, und ich lief hin. Es war scheußlich …« Sie hielt inne.

Bislang deckte sich ihre Schilderung mit dem, was im Protokoll stand, dennoch wollte Ben es noch einmal von ihr selbst hören.

»Marie und ich haben uns bei der Wiederbelebung abgewechselt. Nach ein paar Minuten gaben wir aber auf. Es war sinnlos. Zudem wurde mir übel, der Kreislauf, wahrscheinlich wegen der ganzen Aufregung. Marie riet mir, mich im Vorzelt hinzusetzen. Dort blieb ich, bis die Polizei kam. Ich habe meine Aussage gemacht und bin irgendwann gemeinsam mit allen anderen ins Tal und nach Hause gefahren. Willst du auch noch die Marke meiner Zahnpasta wissen, mit der ich mir vorm Schlafengehen die Zähne geputzt habe?«

Ben überging den Seitenhieb ungerührt. Filo Hemetsberger ohne konkrete Anhaltspunkte noch grantiger zu machen, ersparte er sich lieber.

Ein kurzes Dankeschön musste genügen, dann waren sie verschwunden.

Inzwischen war es draußen vollkommen dunkel geworden. Verwaschen drangen Geräusche durch die Fenster. Vorbeifahrende Autos, unbeschwertes Gelächter von Passanten auf dem Weg zum Zauner auf der Esplanade, Gehupe. Vollkommene Normalität, die auf die ungesunde Stille in der Ordination prallte.

Erst nach einigen Minuten des Dahinbrütens durchbrach Marie das Schweigen. Sie hatte schon den ganzen Tag über nicht gewusst, wie sie ihre nächsten und allerdringlichsten Worte formulieren sollte, und um sie gerungen. Dennoch mussten sie ausgesprochen werden.

»Filo«, setzte sie verunsichert an, nur um erneut zu verstummen, als die geschrumpfte Gestalt zusammenzuckte.

»Ich weiß eh schon, was du mich fragen willst, Marie«, seufzte die Angesprochene schließlich leise. »Also, raus damit!«

Die Ärztin rückte näher, nahm die Hand ihrer Freundin und drückte sie fest. Doch dann überwältigten sie ihre widersprüchlichen Gefühle. Unvermittelt sprang sie auf und stellte sich an eines der Fenster. Das Licht der Straßenlaternen fiel auf ihr blasses Gesicht mit den tiefen Furchen auf der Stirn und in den Mundwinkeln.

Erst nach einer Weile fuhr sie mit einem Ruck herum und stellte ihre Frage: »Warum hast du vorhin gelogen?«

Die Blicke der beiden Frauen trafen sich, durchdrungen von Trauer, Verzweiflung und Ratlosigkeit. »Danke, dass du mich nicht hast auffliegen lassen«, gab Filo die Anschuldigung zu, »warum auch immer du das getan hast. Ich …«

»Du warst an dem Abend hinter der Hütte in der Nähe des Smokers, nicht wahr?«, fiel Marie ihrer Freundin ins Wort. »Und bist von der anderen Seite zurück zum Haupteingang, damit dich keiner sieht.«

Die Ältere verzog die Mundwinkel. »Ja, es stimmt. Ich war draußen.«

»Aber warum denn bloß? Was war so wichtig, dass du dich heimlich davongeschlichen hast?« Bei den letzten Worten erstarb Maries Stimme.

Mit riesigen Augen starrte Filo sie an, als ob sie darum bitten wollte, nicht antworten zu müssen.

»Was um Himmels willen hast du gesehen, Filo?« Mit zwei schnellen Schritten überbrückte Marie die kurze Distanz zwischen ihnen, fiel vor ihrer Freundin auf die Knie und packte sie an den Schultern. »Warst du Zeugin des Mordes? Weißt du, wer es getan hat? War es Hannes? Oder hast gar *du* Hubert …?«

Alle Fragen drängten zugleich, gestellt zu werden, und doch wollte sie im Grunde nicht eine davon aussprechen, zu sehr fürchtete sie sich vor der Antwort.

Als sie kam, hätte sie sich am liebsten die Ohren zugehalten.

BEN

Ka g'mahte Wiesn.
Ein Ziel, das nicht ohne Weiteres erreicht werden kann.

»Sie lügt doch wie gedruckt!« Stocksauer drosch Ben auf das Lenkrad ein. »Wenn die nicht ganz genau weiß, wo sich Hannes Reiter befindet, fresse ich einen Besen!«

»Und ich den Putzlappen dazu«, ergänzte Peter Neumüller das Menü. »Samt Eimer.«

»Im Augenblick ist er jedenfalls unser Hauptverdächtiger. Nichtsdestotrotz müssen wir aber natürlich überall ansetzen. Welche Optionen haben wir?«

»Rudi Zoidl meinte, Holzinger habe sich wegen seines Berufs Feinde gemacht«, überlegte sein Kollege laut. »Sogar ich als Kunstbanause habe mitgekriegt, dass in Sachen Europäische Kulturhauptstadt 2024 nicht immer alles rund lief. Kein Wunder, bei so einem großen Vorhaben.«

»Was heißt das eigentlich, Kulturhauptstadt? Was müssen wir darüber wissen?«, lenkte Peter Neumüller das Gespräch in eine konkrete Richtung. Er zückte sein Telefon und tippte darauf herum. »Ah ja. Dr. Google sagt mir, dass es diesen Titel seit 1985 gibt, jedes Jahr woanders, und 2024 erstmals auch eine ländliche alpine Region berücksichtigt wurde, sprich Ischl, sowie 23 weitere Gemeinden. Holla, ist sicher keine Gaudi, die vielen Interessen unter einen Hut zu kriegen.«

»Und wenn der Holzinger für eingereichte förderbare Projekte zuständig war, kann ich mir gut vorstellen, was er um die Ohren hatte, beziehungsweise was ihm um diese geflogen ist, wenn er zu etwas Nein gesagt hat.«

Peter Neumüller scrollte weiter. »Er hat auch mehrere Interviews gegeben, um die Projekte und die Region zu bewerben. Kultur salzt Europa. Netter Slogan.«

Ben hatte schweigend zugehört. »Marketing kann er. Ich weiß nicht, wie es dir geht, aber ist es nicht an der Zeit, uns mit jemandem zu unterhalten, der dieses ganze Ding in- und auswendig kennt? Gibt's so etwas wie einen Intendanten?«

»Mit Sicherheit, aber vor allem gibt es eine enge Mitarbeiterin vom Holzinger. Und die steht samt Mailadresse und Telefonnummer genau hier.« Peter Neumüller deutete auf das Display.

Ben lugte zur Uhr am Armaturenbrett seines Dienstwagens. »Halb neun. Bei Weitem noch nicht zu spät, um dort mal vorbeizuschauen!«

Melanie Drucker war am Telefon ohne Umschweife bereit, sie zu empfangen. »Ich liege auf der Couch und schaue Netflix. Aber manchmal ist das echte Leben spannender. Her mit Ihnen!«

Ihre Wohnung befand sich nahe des Salzkammergut-Klinikums, am Fuße des Siriuskogls, im obersten Geschoss eines mehrstöckigen Neubaus.

»Der Hubert und ich haben erst seit Kurzem zusammengearbeitet. Ich bin … äh … war quasi sein Mädchen für alles. Er war charismatisch, lieb, tief drinnen vielleicht sogar ein wenig unsicher, was er mit jeder Menge Lächeln und Freundlichkeit kaschierte. Nein zu sagen, fiel ihm im

Grunde schwer«, gab die junge Blondine in hellgrauem Sweater und Jogging-Pants Auskunft. Kurz zuvor hatte sie ihnen barfuß und mit einem betroffenen Lächeln die Tür zu ihrer gemütlichen Garçonnière geöffnet und sie hereingebeten. Nun hockten sie zu dritt bei Pfefferminztee in der kleinen Essnische der Küche.

»Wie war Ihr Verhältnis zueinander?«

Sie rückte an ihrer Brille. »Korrekt. Wie gesagt, er war nett, mochte keinen Streit. Was sich aber naturgemäß in dem Job nicht ganz vermeiden ließ.«

»Wie wird man eigentlich Kulturhauptstadt?«, fragte Ben interessiert und nahm einen Schluck von seinem Tee.

»Prinzipiell kann sich jede europäische Stadt bewerben. Die Idee dahinter ist, sich der Welt zu präsentieren und nachhaltige Impulse zu setzen. Auf Deutsch: Superwerbung. Zum ersten Mal konnte sich eine ganze Region bewerben, mit einer Banner-Stadt, also Ischl. Es war eine Ausschreibung des Bundeskanzleramts.«

»Von wie viel Budget sprechen wir da?«

»Etwa 30 Millionen, vom Bund, den Ländern und Gemeinden. Das meiste ist fürs Programm reserviert, der Rest für Personal, Verwaltung, Marketing und so. Aber es gibt auch Sponsoring und Merchandising. Und von der EU kommt auch etwas.«

»Und wie war das mit den Projekten? Konnte jeder einreichen?«

»Klar. Es gab einen Online-Open-Call, also eine offene Ausschreibung. Danach wurde evaluiert. Es waren über 1.000. Rund 70 wurden genommen.«

»Nach welchen Kriterien?«

Sie streckte sich, schien ihre Gedanken zu sammeln. »Da gab's mal die EU-Vorgaben für Kulturhauptstädte und dann natürlich das Bewerbungskonzept. Programmleitung und Team entschieden letztlich. Vor Vertragsabschluss überprüfte dann noch der Controlling-Beirat die ordnungsgemäße Verwendung der Fördergelder. Es kamen nur Projekte zum Zug, die eigens für die Kulturhauptstadt erdacht wurden, also nichts Laufendes oder Infrastruktur. Das Stadttheater oder die Überdachung vom Schloss Orth haben die Gemeinden selbst finanziert, außerdem Private, und waren ohnehin geplant.«

Peter Neumüller schien bereits jede Menge Arbeit auf sich zukommen zu sehen. »Gibt's davon eine Aufstellung? Wir würden uns gern jedes einzelne ansehen. Insbesondere die abgelehnten.«

Die junge Frau war auf Zack. »Sicher. Glauben Sie ernsthaft, dass dahinter ein mögliches Mordmotiv stecken könnte?«

Ben zuckte nur mit den Schultern.

Sie verstand ihn richtig und stöhnte entsetzt auf. »Oida. Viel Spaß bei der Hack'n. Müssen Sie das selbst machen oder darf ein Kollege mit guten Nerven ran?«

Ben zwinkerte.

»Oida!«, kam es diesmal mit einer Nuance Mitleid.

»Hat es wegen einer Ablehnung eigentlich je Beschwerden gegeben?«

»Schon. Also nicht, dass einer mit einer Pumpgun oder so bei uns aufgetaucht wäre, aber an den Stammtischen oder untereinander wurde natürlich auf Teufel komm raus gemeckert. Wie halt über alles. Das ist Österreich, Jammern gehört genauso zu unserer Kultur wie die Donau und der Walzer. Ich find's nicht so schlimm, irgendwo muss der Frust ja raus. Besser so, als alles in sich hineinzufressen.«

Auch eine Sichtweise.

»Ein konkreter Fall kommt Ihnen aber nicht in den Sinn?«

Entschieden schüttelte sie den Kopf. »Nein. Da muss Ihr lieber Kollege leider ohne meine Hilfe durch. Wenn er Fragen hat oder zwischendurch Aufmunterung braucht, stehe ich aber gerne zur Verfügung.«

Damit waren sie entlassen.

»Morgen nehmen wir uns als Erstes die Kellnerinnen vor. Vielleicht erinnern sie sich nach dem Abklingen des ersten Schocks doch noch an etwas Ungewöhnliches. Im Gegensatz zum Großteil der Almrauschhütte waren sie ja nüchtern«, seufzte Ben, allerdings mit wenig Hoffnung in der Stimme.

Müde brachte er seinen Kollegen zu dessen Frühstückspension und machte sich dann auf den Weg zu seinem Zuhause hoch über Bad Goisern. Die Zubereitung der Holzknechtnocken, für die er alle Zutaten bereits hergerichtet hatte, verschob er auf einen anderen Tag.

DIE KELLNERINNEN

Aufblatteln.
Jemanden bloßstellen.

»Um neun ist Dienstbeginn beim Rudi auf der Hütt'n, Ben«, tönte es aus dem Lautsprecher. »Am besten treffen wir uns um halb acht beim Rudolfsbrunnen an der Talstation. Trinken wir noch einen Tee im Gasthaus, danach müssen wir Sachen in die Seilbahn laden.«

Bens Smartphone lag auf dem groben Holztisch vor seiner Hütte. Während er Leonie Wenninger zuhörte, schlürfte er genüsslich Häferlkaffee aus seiner riesigen grünen Lieblingstasse vom Gmundner Töpfermarkt.

Gleich nach dem Aufwachen hatte er Rudi Zoidl kontaktiert und ihn um die Telefonnummer seiner Mitarbeiterinnen gebeten – den Zwillingen Hannah und Leonie Wenninger aus Bad Aussee, die planten, irgendwann einmal selbst eine Almhütte zu bewirtschaften. In der vergangenen Sommersaison hatten sie sich bei Rudi Zoidl das Know-how dafür geholt.

Obwohl es gerade erst kurz vor halb sieben Uhr früh war, hatte er ohne Scheu Leonie angerufen.

Eine Stunde später parkte er seinen Wagen an der Talstation der Katrin-Seilbahn, direkt neben den beiden Schwestern, die einmal mehr überaus schön anzusehen waren in ihren kurzen pinkfarbenen Melissa-Naschenweng-Lederhosen. Bei den Einheimischen und Gästen hatte sich im

Frühjahr gleich herumgesprochen, dass heuer zwei fesche Brünette auf der Almrauschhütte servierten, und die Fangemeinde war rasch angewachsen, genauso wie die Trinkgeldbeutel der beiden. Hannah und Leonie waren nicht auf den Mund gefallen und hatten keine Skrupel, freche Anbandler resolut in die Schranken zu weisen.

Als Ben sich zu den beiden gesellte, tauchte auch Peter Neumüller auf, der die 20 Minuten Fußweg vom Ischler Stadtzentrum hierher zu Fuß zurückgelegt hatte. »Guten Morgen, zusammen«, grinste er über sein so unschuldig wirkendes Gesicht, das perfekt seinen messerscharfen Verstand dahinter kaschierte. »Ich geb eine Runde aus!« Sein heutiges Motto-T-Shirt trug die Aufschrift: *Schlürfwunde! Zunge am Kaffee verbrannt!*

Wenige Minuten später hockten die vier versehen mit dampfenden Tassen rund um einen Tisch in der einfachen Gaststätte. »Bitte überlegt ganz genau, ob euch nicht doch irgendetwas Ungewöhnliches aufgefallen ist«, bat Ben. »Vielleicht wäre es gut, den Nachmittag noch mal Revue passieren zu lassen.«

»Ich bin nonstop zwischen Küche und Gaststube hin und her gependelt und hatte null Zeit, um nach links und rechts zu schauen. Hin und wieder ist jemand fürs Rauchen vor die Tür, aber darauf hab ich nicht weiter geachtet, sorry«, bedauerte Hannah, die etwas Fülligere der beiden.

»Wer war in der Küche?«

Diesmal antwortete Leonie. »Nur Rudi, wir beide und der Hannes. Du kennst den Rudi, der stampert doch jeden Unbefugten sofort aus seinem Heiligtum.«

»Kanntet ihr diesen Hannes Reiter vorher eigentlich schon?«, fragte Ben, froh darüber, dass die Mädchen von selbst die Sprache auf den jungen Mann gebracht hatten.

Beide schüttelten den Kopf. »Nein, der war nie zuvor bei uns heroben und eigentlich auch nur deshalb da, weil die übliche Aushilfe, der Lorenz, krank wurde. Ich hab den Hannes überhaupt erst am Montag in der Früh kennengelernt«, überlegte Leonie.

»Und wie war euer Eindruck von ihm?«

»Ganz okay«, kam es ohne Umschweife von Hannah. »Er war ausschließlich für den Abwasch da. Ein dünner, stiller Typ, aber wir hatten kaum Zeit zum Reden. Zuerst die ganzen Vorbereitungen, und dann kamen schon die ersten Gäste.«

»Und er ist wirklich nie raus an die Luft gegangen?«

Leonie überlegte. »Schon. Hin und wieder schnell eine rauchen.«

Ben horchte auf. »Wo?«

»Hinten am Durchgang beim Smoker. Viele Pausen gab's aber nicht.«

Damit war klar, dass der junge Mann zumindest die Gelegenheit dazu gehabt hatte, Hubert Holzinger etwas anzutun. Die Frage war nur, warum. Filo behauptete steif und fest, dass Hannes Reiter und Hubert Holzinger sich nicht kannten. Er traute der Sprechstundenhilfe aber nicht und stellte die Frage laut.

Während sie überlegte, spielte Leonie mit ihren künstlichen Fingernägeln. »Nein. Ich bin mir recht sicher, dass die beiden kein einziges Wort gewechselt haben. Wie denn auch, der Hubert saß immer am Tisch, außer er ging aufs Klo, und Hannes war andauernd am Abwaschen.« Hannah nickte bestätigend. Dennoch war es denkbar, dass die beiden Männer nur so getan hatten, als würden sie sich nicht kennen.

Ben wechselte die Stoßrichtung. »Kennt ihr eigentlich Filo Hemetsberger, die bei Frau Dr. Giesinger arbeitet?«

»Filo?«, lachte Hannah auf. »Sicher. Wir waren im Sommer ein paarmal dort, wegen Kleinigkeiten, einmal weil ich mich schlimm in den Daumen geschnitten hatte. Die ist nett.«

»War euch bekannt, dass Hannes Reiter ihr Ziehsohn ist?«

»Echt? Ich weiß nur, dass sie es war, die dem Rudi vorgeschlagen hat, den Hannes als Ersatz für den Lorenz zu nehmen, als sie am Sonntagnachmittag auf einen Kaiserschmarren heroben war. Sie hat Lorenz' Absage und Rudis Gefluche darüber mitbekommen. Einen Tag vorm Liachtbratlmontag neues Personal zu finden, ist unmöglich.«

Ben überlegte, und auch Peter Neumüllers Stirn hatte sich zusammengezogen. Sollte Hannes Reiter tatsächlich in den Fall verwickelt sein, dann ohne viel Planung. Er wusste, dass er neben der Arbeit kaum Zeit für Extratouren haben würde, und Hubert Holzinger war spontan nach draußen gegangen, weil ihm übel war. Oder hatte er das Marie gegenüber nur behauptet und die Hütte absichtlich und mit gutem Grund verlassen? Etwa, um sich heimlich mit jemandem zu treffen?

Womöglich mit Hannes? Aber wozu?

Seine Gedankengänge hatten ihn kurz abgelenkt, weshalb er Leonies nächsten Satz nicht richtig verstanden hatte.

»… Flaschen rausgetragen …«

»Wie bitte?«, fragte er irritiert.

Erstaunt hielt Leonie inne. »Okay … also noch mal. Weil du gerade Filo erwähntest, ist mir doch noch etwas eingefallen. Nicht lange nachdem der Holzinger ins Freie gegangen ist, ist sie mit ein paar leeren Flaschen in der Hand ebenfalls raus ins Vorzelt. Ich dachte mir nichts dabei, weil wir dort das Leergut bis zum Abtransport lagern.«

»Ist sie wieder hereingekommen?«

»Kann ich dir nicht sagen.«

Ben wechselte einen erstaunten Blick mit seinem Kollegen. Weder Marie noch einer der anderen Gäste hatte das bislang erwähnt. Filo erst recht nicht. Aber warum hatte sie ihnen diese wichtige Information verschwiegen?

Eine Frage, die er ihr am liebsten sofort stellen wollte.

Doch das würde vorerst warten müssen. Ein Anruf in der Ordination ergab, dass sie heute geschlossen blieb. Zwei weitere, dass weder Marie noch Filo im Augenblick zu erreichen waren.

Bei beiden lief die Mailbox.

HALLSTATT

Do is koa zruck.
Es gibt kein Zurück mehr.

Das malerische Hallstatt lag direkt am gleichnamigen See inmitten des Inneren Salzkammerguts.

Der Ort, einst Zentrum des Salzhandels, hatte 800 Einwohner – und eine Million Touristen jährlich. Der kuriose und weltweit berichterstattete Grund: 2011 baute Chinas größter staatseigener Stahlkonzern, Minmetals, die Häuschen samt Kirche und See einfach nach – inmitten der subtropischen Provinz Guangdong im Süden des Reichs. Kostenpunkt: satte 900 Millionen US-Dollar. Ein Projekt für Investoren, die zum Teil sogar inmitten des – im Übrigen spiegelverkehrt zum Original kopierten – Alpenidylls lebten. Seither sahen sich nicht nur die fernöstliche Kopie, sondern auch das österreichische Original mit kaum noch zu bändigenden Touristenmassen konfrontiert.

Das chinesische Pärchen warf fasziniert ängstliche Blicke in die Tiefe. Der schwarzhaarigen Frau im dicken roten Anorak entfuhr ein erschrockener Laut. 360 Meter Luftlinie lagen zwischen ihrem Standort und den Dächern von Hallstatt – und zwar nahezu senkrecht, obwohl heute wegen des dichten Nebels die Sicht gegen null ging.

Kurz zuvor waren die beiden Touristen in knapp zwei Minuten mit der steilen Standseilbahn auf den Salzberg gekommen. Der Welterbe-Skywalk mit seiner dreieckigen, weit auskragenden Plattform galt nicht umsonst als besonderer Nervenkitzel und perfekter Platz für Selfies.

Später würden sie noch das älteste Salzbergwerk der Welt besuchen – und zuvor das Restaurant im direkt darüberliegenden Rudolfsturm, einer alten Wehranlage aus dem 13. Jahrhundert, die bis in die 1950er-Jahre als Wohnung für den jeweiligen Bergbaubetriebsleiter genutzt worden war.

Heute gab sich das Wetter regnerisch, weshalb sich die üblichen Touristenströme in Grenzen hielten. Genau genommen befand sich jetzt, kurz nach Öffnung der Bahn, niemand sonst auf der Plattform. Zudem wehte ein unangenehm kalter Wind, und es roch sogar schon ein wenig nach dem ersten Schnee.

Nichtsdestotrotz ließen sich die Chinesen ihre gute Laune nicht verderben und schossen munter Bilder, dank eines Sticks auch ein Selfie nach dem anderen. Ihr Gelächter verlor sich im nassen Grau und scheuchte einige Vögel auf, die laut krächzend protestierten.

Kurz darauf deutete der Mann fröstelnd in Richtung Restaurant, das, obwohl nahe gelegen, nur schemenhaft zu erkennen war. Ohne Pause schnatternd verzog sich das Pärchen dorthin. Den vergessenen Selfie-Stick, der an der Spitze der Plattform am Stahlgitter lehnte, bemerkte es nicht.

Erst etwa 20 Minuten später sprang die Dame im roten Anorak mit einem Mal alarmiert vom Tisch auf, deutete aufgeregt zur etwa 80 Meter entfernten Plattform und rannte ins Freie, gefolgt von ihrem Mann. Seine dicke Brille beschlug wegen der Luftfeuchtigkeit, und so vermochte er zunächst nicht zu erkennen, warum seine Frau plötzlich stehen blieb und einen nie zuvor gehörten Laut von sich gab. Ungeschickt rieb er auf den Gläsern herum, bis sie ihm entglitten und auf den Betonboden fielen. Stöhnend kniete er sich hin, tastete ungeschickt um sich. Während das nun leise Wimmern seiner Frau an seine Ohren drang, fand er die Brille endlich und rammte sie sich auf die Nase.

Bestürzt entdeckte er den Grund für das Grauen seiner Begleiterin. Durch den dichten Nebel erkannte er, dass am spitzen Ende des Skywalks eine dunkle Masse hing. Mit zusammengekniffenen Augen versuchte er, mehr zu erkennen. Noch eine Bewegung, dann löste sie sich vom Geländer und fiel, ohne einen Laut von sich zu geben, ins Nichts. Leise stöhnend sackte die Frau in sich zusammen. Der Tourist fing sie auf, legte sie zu Boden und schob ihr ungeschickt seine Tasche unter den Kopf.

Erst dann drang zu ihm durch, was soeben geschehen war.

Ruckartig hob er den Kopf, sah sich hektisch um.

Die Plattform war leer.

DIE ERMITTLER

Ka g'schmohe Huck.
Kein gemütliches Beisammensein.

Déjà-vu.

Wieder eine Bergbahn.

Wieder eine Leiche.

Auf der Katrin war es eine kleine rote Gondel gewesen, hier eine stark ansteigende orangefarbene Standseilbahn, die Peter Neumüller und Ben nach kurzer Fahrt oben auf dem Salzberg ausspuckte.

Erneut war es auch eine uniformierte Kollegin, die sie erwartete und zu einem gelb gestrichenen Gebäude mit spitzem Dach deutete. »Dort hinten ist es passiert!«

Gemeinsam machten sie sich auf den Weg die wenigen Meter hinauf zum Skywalk, einer hölzernen Konstruktion mit einem hohen Geländer aus dunklem Stahl, an deren Beginn sich ein österreichischer Ex-Politiker und Investor mit einer Plakette als Namensgeber verewigt hatte.

Es hatte ein wenig aufgeklart und aufgehört zu nieseln. Die beiden Ermittler hatten allerdings keinen Nerv für den Ausblick hinüber zum Dachstein und in Richtung Steiermark, genauso wenig wie für den spiegelglatten Hallstätter See und den halbkreisförmig in ihn hineinragenden Ort.

Kurz musterte Ben das linker Hand gelegene Restaurant, ehe er sich nach rechts wandte, einen Bogen mit der Aufschrift »Welterbeblick« durchschritt und die wenigen Treppen hinab zur dreieckigen Aussichtsplattform überwand. Da man die Bahn für einige Stunden gesperrt hatte, wurden sie erfreulicherweise nicht von Schaulustigen gestört.

Bis auf sie drei war der Ort menschenleer.

Vorsichtig warf Ben einen Blick in die Tiefe. Weit unter ihnen flatterte das Absperrband, das die Stelle markierte, an dem der Springer aufgeprallt war – etwas oberhalb der alten Hallberg-Schmiede, mitten auf dem schmalen Fußweg, der sich steil die Bergflanke empormäanderte. Ben kannte den Steig.

Mittlerweile war die Leiche abgedeckt worden. Bei einem Fall aus dieser Höhe war sie wohl kein besonders erstrebenswerter Anblick. Einige Personen schienen damit beschäftigt, die Stelle zu begutachten. Aus der Entfernung erkannte Ben keine von ihnen.

»Komm, gehen wir runter!«, schlug er vor.

»Bis zum Fundort brauchen Sie etwa 15 Minuten«, schätzte die hilfsbereite Kollegin. »Sie müssen da lang.« Die Neugierde war ihr anzusehen.

Sie machten sich auf den Weg.

Reichlich verärgert über ihre erfolglosen Versuche, Filo und Marie aufzutreiben, waren Peter Neumüller und Ben vor ein paar Stunden in einem Gasthaus am anderen Ufer der Traun gelandet, um bei Spiegeleiern mit Speck ihre nächsten Schritte zu planen.

Mitten hinein in die Aktion war ein Anruf seines langjährigen Bergkameraden Ludwig Hinterstoisser geplatzt, seines Zeichens ebenfalls Polizist in Bad Goisern. Eigentlich, um über die nächste Tour zu sprechen, die Überquerung des Höllengebirges, ehe die Hütten schlossen. Doch dann hatte ein Notruf das Geplauder unterbrochen: So wie es aussah, hatte sich ein Selbstmörder ausgerechnet den Hallstätter Skywalk für sein Vorhaben ausgesucht. Allerdings unter seltsamen Umständen. Die Feuerwehr sei bereits auf der Suche nach dem Springer, der Notarzt verständigt. Die zuständige Polizei solle nun bitte auch so schnell wie möglich anrücken. Weil der Hallstätter Posten schon lange geschlossen war und es nur noch einen Bürgerservicedienst in den Sommermonaten gab: die Goiserer.

Später hatte Ludwig sich dann noch einmal gemeldet. »Wir haben den mutmaßlichen Selbstmörder gerade anhand seines Ausweises in der Brieftasche identifiziert.«

Eine solche Information musste einen triftigen Grund haben. »Wer ist es denn?« Bens Interesse war überschaubar gewesen.

»Ein Linzer Anwalt namens Theo Pühringer. Sagt dir der Name etwas?«

Perplex hatte Ben nach Luft geschnappt. »Ein Bluthund. Hat mich im Zeugenstand bei Aussagen des Öfteren gegrillt.«

Theo Pühringer war vom Skywalk gesprungen? Kaum zu glauben! Ausgerechnet dieser erfolgsverwöhnte Pinkel, Teilhaber einer großen Kanzlei, gern gesehener Gast auf vielen Events, perfekt vernetzt bis in höchste Kreise, auf Du und Du mit Politik, Industrie und Wirtschaft? Es passte so gar nicht in das Bild, das dieser Mann abgab, mit seiner Attitüde der Unverwundbarkeit und seinem überbordenden Selbstbewusstsein, gepaart mit einer unangenehmen Aura von Macht. Ein kleiner Mann, bleich, mit blonden Haaren, auf den ersten Blick unscheinbar, auf den zweiten unterschwellig bedrohlich.

Nichts davon konnte allerdings der Grund für den Anruf gewesen sein. »Auch wenn ich ihn kannte, ist es doch offenbar Selbstmord, also kein Fall für uns. Oder etwa doch?«

Ludwig hatte gezögert. »Unklar. Die Zeugen sind sich

nicht einig. Die Frau glaubt, zwei Personen gesehen zu haben, der Mann nicht. Die Sicht war schlecht, und beide tragen dicke Brillen.« Und dann kam's. »Du hast doch gestern einen gewissen Hannes Reiter zur Fahndung ausschreiben lassen, nicht wahr? Jedenfalls prangt das Ersuchen bei uns in der Inspektion und alle wissen Bescheid. So etwas kommt nicht alle Tage vor bei uns in der Gegend.«

Jetzt war Ben wirklich alarmiert. Wieso kam jetzt plötzlich *der* ins Spiel?

»Theo Pühringer hatte dessen E-Card bei seinen Ausweisen«, war die Antwort auf seine insgeheim gestellte Frage an sein Ohr gedrungen.

Nach dieser unerwarteten Wendung hatten sie sich schnurstracks auf den Weg gemacht und die Lage auf der etwa halbstündigen Fahrt besprochen.

»Natürlich könnte es purer Zufall sein, aber hallo? Ausgerechnet Hannes Reiters Anwalt im Prozess um den Tod von Justus Hemetsberger bringt sich um, und das mit Reiters E-Card in der Tasche? Der genauso spurlos verschwunden ist wie die angebliche zweite Gestalt am Skywalk und zudem als Hauptverdächtiger in einem Mordfall gilt?«

Peter Neumüller hatte, genüsslich ein Extrawurst-Semmerl kauend, zugestimmt. »Ich bin bei dir. Wir müssen den Kerl in der Tat schleunigst finden, und der beste Weg führt zweifelsohne über die liebe Filo Hemetsberger.« Nach dem letzten Bissen hatte er, zum fünften Mal binnen zehn Minuten, deren Telefonnummer gewählt und beim Warten ungeduldig mit den Fingern aufs Armaturenbrett getrommelt. »Komm schon, du Spinatwachtel, heb ab!«

Schließlich hatten sie unverrichteter Dinge an der Talstation haltgemacht. Die Sprechstundenhilfe blieb ebenso verschwunden wie ihr Ziehsohn.

»Griaß euch, Kollegen!« Ben trat näher, musterte kurz die abgedeckte Leiche, verzichtete aber auf einen Blick unter die Plane. Mit Ausnahme von Ludwig Hinterstoisser kannte er tatsächlich niemanden der fünf anderen Anwesenden. Also stellte er Neumüller und sich vor und erntete neugierige bis erwartungsvolle Blicke.

»Wir sind hier, weil es einen möglichen Zusammenhang dieses Falles mit einem anderen drüben in Ischl gibt«, klärte er auf. »Kanntet ihr den Anwalt?«

Wollte er nicht als Kieberer aus Linz gelten, musste er von Anfang an mit allen per Du sein. Eine eherne Regel in dieser Ecke.

Ein älterer Mann in Jeans und Trachtenjanker meldete sich als Erster zu Wort. »Ich bin der Gändl Fritz, der Geschäftsführer der Bahn. Ich kannte Theo schon seit ein Zeitl. Nie im Leben hätte ich gedacht, dass er so etwas macht.«

Die anderen Männer nickten bestätigend. Ihre Einschätzung deckte sich mit Bens, und doch hatte Theo Pühringer es, wie es schien, getan.

Der Ermittler legte den Kopf in den Nacken und blickte hinauf zur Aussichtsplattform, die weit über ihm markant auskragte und ihn ein wenig an ein Raumschiff aus Star Wars erinnerte. Was musste in einem Menschen vorgehen, sich von dort in die Tiefe zu stürzen? Verzweiflung? Hoffnungslosigkeit? Todessehnsucht? Nichts davon schien auf den ersten Blick passend.

»Weiß jemand etwas von der zweiten Person, die die Zeugin erkannt haben will?«

Kollektives Kopfschütteln. »Es herrschte dichtester Nebel. Zwar gibt's eine Webcam, aber auf der ist nichts zu sehen, das haben wir als Erstes überprüft.«

Ben hatte es befürchtet. Nicht nur der Fall machte es

ihnen schwer, auch das Wetter. Er langte in seine Jackentasche und zeigte ein Foto von Hannes Reiter in die Runde. »Kommt euch der bekannt vor?«

Bis auf Ludwig Hinterstoisser schüttelte einer nach dem anderen den Kopf. »Nie gesehen!«

»Ich würde mir gern Theo Pühringers Haus ansehen. Vielleicht finden wir dort Hinweise. Lebte er allein?«

Fritz Gändls Gesicht verschloss sich. »Soviel ich weiß, hat ihn seine Frau verlassen. Darüber sprach er aber nicht. Weiber waren selten Thema bei uns.« Er überlegte weiter. »Vielleicht weiß die Burgi mehr. Burgi Lackner. Sie kümmerte sich ums Haus, wenn er nicht da war. Ich frag sie um den Schlüssel.«

Nach einem kurzen Gespräch reckte er den Daumen in die Höhe. »Sie kommt hin.«

Ben bedankte sich und machte sich, amüsiert über Peter Neumüllers entsetzten Gesichtsausdruck, zu Fuß auf den Weg ins Tal. Das entrüstete Gefluche seines Kollegen über die unfreiwillige Bergabtour überhörte er geflissentlich.

Das Domizil des Anwalts lag direkt an der malerischen Müllerstiege im Herzen des Ortes.

Nach etwa zwei Dritteln der Strecke wandte Ben sich nach links, um über einen schmalen Weg von oben direkt ans bergseitige Ende der steilen Treppe zu gelangen. Der Ausblick über den Ort war so berühmt wie spektakulär, weshalb viele teils vollkommen untrainierte Touristen mit roten Köpfen für Fotos vom Ortszentrum heraufkeuchten. So gerieten die Hunderten Stufen für die Ermittler auch um diese Jahreszeit zum Menschenslalom.

Vor einem weiß getünchten und wohl noch aus dem Mittelalter stammenden Häuschen wartete eine sportliche

Einheimische im Dirndl. Die grauhaarige Frau stand auf einem schmalen Zugang aus Holz, der direkt von den Treppen abzweigte und an einer verwitterten braunen Holztür endete.

»Grüß Gott, die Herren«, begrüßte sie die Männer knapp, »hier ist der Schlüssel. Legen Sie ihn bitte in die Milchkanne, wenn Sie wieder gehen.«

Trotz der nur wenigen Worte war Ben ihr seltsamer Unterton nicht entgangen. »Danke, Frau Lackner. Einen Augenblick noch, wenn's recht ist!«

Resolut stemmte sie die Arme in die Hüften und wartete ab.

»Wie lange haben Sie für Dr. Pühringer gearbeitet?«

»Ich habe nicht für ihn *gearbeitet*, sondern nur hin und wieder nach dem Rechten gesehen.«

Wieder war da diese seltsame Nuance in ihrer Stimme. Ben, der die inneren Salzkammergutler kannte, versuchte es direkt. »Sie mochten ihn nicht besonders, nicht wahr?«

Mit ihrer ebenso unverblümten Antwort bestätigte sie seine Vermutung. »Das stimmt.«

»Warum nicht?«

Sie wich aus. »Man redet nicht schlecht über Tote.«

»Bitte, Burgi«, schwenkte er auf den Vornamen um, »helfen Sie uns weiter. Wir müssen wissen, was passiert ist. Alle behaupten, er sei keiner, der sich hoamdraht.«

Ihr Seufzen geriet tief. »Das seh ich auch so. Für mich war er nichts als ein geldiger Onduscha hinter einer Loavn.«

Insgeheim musste Ben lächeln. Auch Peter Neumüller schien die bildliche Beschreibung zu gefallen. »Ein reicher Angeber mit zwei Gesichtern? Wieso das?«

Die Frage war zu viel des Guten. *Gredert*, also Ortstratsch, gab es nicht für Fremde, auch nicht für die Polizei.

»Wie gesagt, bitte vergessen Sie den Schlüssel nicht«, vermied sie die Antwort und wandte sich ab. Die Männer ließen sie gewähren. Sollten sie fündig werden, würde man sich wiedersehen.

Das Innere des kleinen Häuschens spiegelte die Fassade wider. Gediegen, gepflegt, ganz im Stil der Gegend eingerichtet. An den Wänden prangten Krickel und Geweihe und ließen keinen Zweifel daran, dass hier ein leidenschaftlicher Jäger zu Hause gewesen war.

Das Erdgeschoss bestand aus einem einzigen großen Raum, einer Wohnküche samt Sofa, Esstisch, Eckbank und Herrgottswinkel. Eine schmale, knarrende Holztreppe führte ins Obergeschoss, das ein Schlafzimmer, ein geräumiges Bad samt Toilette, eine kleine Kammer mit einem Stockbett sowie einen großen Schrankraum beherbergte. Er war vollgestopft mit praktischer Kleidung und derben Schuhen. Ein Computer, ein Laptop oder anderer Bürokram fand sich nirgends. Theo Pühringer schien nicht zum Arbeiten hier gewesen zu sein.

»Alles wirkt so unpersönlich, findest du nicht auch? Keine Deko, keine persönlichen Gegenstände, nicht einmal im Bad. Alles ist penibel sauber. Fast schon steril. Hier sieht's aus wie in einer Frühstückspension, nicht wie in einem Privathaus«, stellte Ben fest und warf einen Blick aus dem Fenster hinunter auf den Ort. Ein solches Häuschen hätte ihm auch gefallen, allerdings nicht in Hallstatt, wo sich die Touristen auf Armeslänge vorbeiwälzten und ungeniert Blicke durch die Fenster warfen. Nicht umsonst hingen überall Schilder, die darum baten, keine Drohnen aufsteigen zu lassen. Er bevorzugte es einsamer.

»Es gibt nirgendwo einen Abschiedsbrief oder etwas, was seine Entscheidung begründet.« Ratlos sah Peter Neumüller sich um. »Und er war Jäger. Wo bewahrte er seine Waffen auf? Irgendwo muss es einen absperrbaren Waffenschrank geben. Ist schließlich Pflicht. Vielleicht auch einen Tresor.«

»Warte!«, stoppte Ben seinen Kollegen mit erhobener Hand und musterte die niedrige Decke im oberen Flur. Ah ja, da war sie! Die Luke. Auch in seinem Elternhaus gab es diese Vorrichtung, die man wegen Platzmangel an einem Haken oder Griff nach unten ziehen konnte, woraufhin eine Leiter ausklappte, über die man in den Raum unterm Dach gelangte.

Er reckte sich nach oben und zog an einem dezent angebrachten Metallring. Versperrt! Ben war versucht, einfach draufzuballern, entschied sich dann aber doch für eine weniger brutale Methode: einen Anruf bei Burgi Lackner.

»Wissen Sie von dem Raum unter dem Dach?«

Das kurze Zögern sagte alles. »Das Dach war tabu«, fauchte sie dann angeekelt in den Hörer.

»Warum?«

»Keine Ahnung, was dieses alte Saubatl so trieb.«

Ben glaubte ihr keine Sekunde. Unter Garantie hatte sie spioniert und war auf unerlaubte Erkundungstour gegangen. Ihm war es einerlei, in Kürze würde er selbst sehen, was sich über ihren Köpfen verbarg.

»Das heißt, Sie haben nie jemanden im Haus angetroffen?«

»Nein, ich durfte nur dann rein, wenn er nicht da war.«

»Gibt's einen Schlüssel für das Schloss der Dachluke?«, kam Ben auf den Grund seines Anrufs zurück.

Diesmal kam die Replik ohne Umschweife. »Im Schlafzimmer steht eine schirche rosa Stehlampe. Er liegt im Schirm.«

Es funktionierte. Ohne Probleme sprang das Schloss auf, im nächsten Moment glitt die Leiter leise quietschend auf sie zu. Vorsichtig kletterte Ben hinauf, zögerte und steckte dann resolut den Kopf in den dunklen Durchlass. Peter Neumüller hielt indessen unten die Stellung.

Die automatische Beleuchtung sprang an. Mit einem Schubs schob Ben sich zur Gänze nach oben. Sah sich um.

Was zum Henker war denn *das?*

»Peter, komm rauf, das gibt's doch nicht!«, fing er sich, und machte seinem Kollegen Platz.

Der Raum unter den Dachschrägen war fensterlos und niedrig, aber erstaunlich groß. Ein seltsamer Geruch hing in der Luft, eine Mischung aus Scheuermitteln und etwas Verdorbenem. Zur Rechten befanden sich eine massive Vitrine mit Glastüren, in der, indirekt beleuchtet, etwa 20 Gewehre und Feuerwaffen zur Schau gestellt wurden, sowie ein gut bestückter Weinkühlschrank.

Genau in der Mitte stand ein seltsames Ungetüm, das, durch Strahler an der Decke perfekt inszeniert, auf Holzpflöcken ruhte: ein Sarg.

»War der ein Vampir?«, entfuhr es Peter Neumüller entgeistert.

»Ein Blutsauger auf jeden Fall«, resümierte Ben, der von den fetten Honoraren des Anwalts gehört hatte.

Langsam trat er näher. Der Deckel des geöffneten Schreins bestand aus Holz, in das in Kopfhöhe ein Glasfenster eingelassen war. Vorsichtig zog er an einem seitlich befestigten Hebel. Daraufhin klappte die komplette Unterseite mittig der Länge nach auf.

»So etwas heißt Sparsarg.«

Fasziniert runzelte Ben die Stirn. »Woher weißt du denn das schon wieder?«

In gespielter Verzweiflung stöhnte Peter Neumüller auf. »Schule. Geschichte. Chiara, meine Mittlere, hatte mal einen Test darüber. War eigentlich eher in der Wiener Gegend Usus. Früher konnten sich viele keine Särge leisten. Weil sie dennoch eine würdige Beerdigung wollten, borgten sie sich halt einen gebrauchten aus.«

»Du meinst, man hat die Leiche …«

»Genau. Man schob das Trumm über das ausgehobene Grab, zog am Hebel, und der Leichnam plumpste raus. Effizientes Recycling.«

»Himmel!«, entfuhr es Ben entgeistert. »Dagegen ist das Beinhaus drüben bei der Kirche ja noch harmlos.«

»Was ist da?«, fragte Peter Neumüller, während er an den Waffenschrank trat und interessiert die Karabiner, Pistolen und Schrotflinten musterte.

»Dort lagern über tausend teils kunstvoll bemalte Schädel sowie jede Menge Röhrenknochen. Sie sind nach Familien geordnet und mit den Sterbedaten versehen.«

»Bemalt?«

»Genau. War lange üblich. Nach etwa 15 Jahren unter der Erde öffnete man die Gräber, ließ die Gebeine im Sonnen- und Mondlicht ausbleichen und dann von Künstlern verschönern. Ein Zeichen der Liebe für die Verstorbenen.«

»Kann ich mir diese ganz spezielle Form von Familiensinn mal ansehen?«

»Kein Problem. Zwei Euro, und du bist dabei. Ein weiteres Hallstätter Businessmodell. Der letzte Schädel kam 1995 rein, der rechts neben dem Kreuz. Wenn du genau schaust, siehst du sogar noch den Goldzahn der jungen Frau.«

»Netter Ausflug in Skelettkunde, Herr Fremdenführer, aber hübsch bemalte Knochen helfen uns im Augenblick kein bisschen weiter«, kam Peter Neumüller zurück auf den Grund ihres Hierseins. »Der Sarg sieht für mich aus wie ein Original.«

Dass es sich bei diesem ungewöhnlichen Einrichtungsgegenstand um kein Fertigbauteil aus dem Baumarkt handelte, hatte Ben auch schon bemerkt. »Vielleicht war er Sammler.«

»Oder Fetischist.«

Sorgsam musterte Ben jeden Quadratzentimeter des Raumes, während er seine Gedanken zusammenfasste. »Ich vermute mal, dass unser honoriger Herr Rechtsanwalt hier seine ganz speziellen Vorlieben auslebte. Ich würde mir gern noch einmal den Geschäftsführer der Bahn vorknöpfen, diesen Fritz Gändl. Die beiden waren Jagdkumpane, vielleicht weiß er etwas. Rufst du ihn bitte an? Und wenn wir schon die wundersam verschollene Frau Hemetsberger nicht finden können, dann vielleicht ihre beste Freundin, die einzigartige Frau Doktor Giesinger. Zu der fahren wir als Nächstes.«

25 Minuten später stand ihnen Theo Pühringers völlig entgeisterter Jagdfreund gegenüber. »Aber …«, rang er um Worte. »Ich wusste nichts von diesem Dachboden. Überhaupt war ich nur ein- oder zweimal im Haus, wir trafen uns zumeist mit den anderen am Stammtisch.« Angewidert musterte er die Spezialanfertigung. »Herrgott, noch mal!«

Wenn Fritz Gändl schauspielerte, dann hervorragend. Hier würden sie vorerst nicht weiterkommen.

Wieder draußen wandte Ben sich spontan nach links und klopfte an die Tür des Nachbarhauses. Es war eng an jenes von Theo Pühringer gebaut und ebenso verwinkelt. Hinter dem verwitterten Holz blieb es ruhig. Dennoch meinte Ben, an einem winzigen Fenster neben der Tür eine Bewegung wahrgenommen zu haben. Doch wenn die Salzkammergutler nicht wollten, dann war nichts zu machen. Und der hier wollte ganz offensichtlich nicht.

»Lassen wir es«, rief Peter Neumüller, der auf den Stiegen stehen geblieben war.

Ben warf einen langen Blick in Richtung der Scheibe und hob die Hand, überzeugt davon, gesehen worden zu sein.

Direkt entlang des Seeufers wanderten sie zurück zum Auto und überlegten dabei ihr weiteres Vorgehen. »Es ist jetzt kurz nach fünf. Ab sofort beschatten wir das Haus von Filo Hemetsberger«, beschloss Ben. »Übernimmst du bitte die erste Schicht? Ich informiere die Kollegen der Streife. Falls sich bis, sagen wir, 22 Uhr nichts tut, sollen sie für die Nacht übernehmen, und ich hole dich ab. Ich fahre indessen nach St. Wolfgang zu Maries Garçonnière. Gnade ihr Gott, wenn sie da ist. Dann grille ich sie, aber so richtig.«

»Schlechte Wortwahl, angesichts Hubert Holzingers Art des Dahinscheidens«, folgerte Peter Neumüller trocken. »Ich mache das alles, eh klar, aber bleibst du bitte vorher beim Supermarkt stehen, damit ich mich futtertechnisch eindecken kann?«

Bei Marie brannte kein Licht. Nur im Geschoss darunter schien jemand da zu sein.

Ihre wunderschöne kleine Wohnung im Ortsteil Au war Teil eines Anlageobjektes direkt am See, dessen fünf andere Einheiten nur während des Sommers, und auch da kaum, genutzt wurden. Marie lebte als Einzige permanent hier. Zwei der Nachbarn hatten sie gebeten, einmal im Monat nach dem Rechten zu sehen, und bezahlten dafür in Naturalien. Zumeist mit sehr gutem Rotwein oder Champagner.

Er legte sich auf die Lauer. So wie er sie einschätzte, würde sie früher oder später kommen, es sei denn, sie wäre untergetaucht, was aber kaum anzunehmen war. Auf der Website und dem Anrufbeantworter ihrer Ordination hatte sie kundgetan, heute wegen Krankheit geschlossen zu halten. Er kannte Marie als sehr pflichtbewusst.

Mit mulmigem Gefühl musterte er das teuer renovierte Häuschen daneben. Hier hatte sich letztes Jahr das Drama um die junge Influencerin Louisa Starenberg abgespielt. Man hatte ihren Herzschrittmacher manipuliert und den Mord ihrem Ex-Lebensgefährten, einem bekannten Fußballer, in die Schuhe geschoben.

Es schien verwaist. Über kurz oder lang würde es aber wohl wieder genutzt werden. Unter Garantie gab es genügend Wohlhabende, die das Unglück fremder Leute weniger berührte als die Möglichkeit, sich eine so außergewöhnliche Immobilie unter den Nagel reißen zu können.

Ungeduldig sah er auf die Uhr.

Inzwischen war es nach neun. Noch immer rührte sich nichts. Er beschloss, es noch eine Stunde lang zu versuchen und es ansonsten für heute sein zu lassen. Um kurz nach halb zehn verlöschte auch das Licht im einzig bewohnten Apartment. Gelangweilt heulte Ben den nahezu vollen Mond an, der den See und die Umgebung in einen milchigen Schein tauchte.

30 Minuten später brach er mit dem Vorsatz ab, morgen in der Ordination vorbeizuschauen. Ein kurzes Telefonat ergab, dass auch Peter Neumüller sich bereits unverrichteter Dinge zu Fuß auf den Weg in seine Frühstückspension gemacht hatte und die uniformierten Ischler Kollegen für die Nacht die Stellung hielten.

BEN

Schmähstad.
Sprachlos.

Waldarbeiten waren seit jeher so gefährlich wie anstrengend.
In früheren Zeiten kamen die Holzknechte im Salzkammergut unter der Woche so gut wie nie nach Hause. Als
Nachtlager dienten ihnen schlichte Hütten. Weil es kaum
Lebensmittel gab, erfanden die hungrigen Männer eine
simple, nahrhafte Speise: Holzknechtnocken. Sie vermischten Mehl und Salz mit heißem Wasser, formten aus dem
Teig Nocken und ließen sie ein paar Minuten lang kochen.
Danach wurden sie in viel Schmalz überm offenen Feuer
beidseitig goldbraun gebraten und verzehrt, entweder mit
Sauerkraut oder mit Apfelmus.

Ben, der nicht schlafen konnte, hatte sich für die Variante
mit den Äpfeln entschieden. Just in dem Augenblick, da
er den letzten Bissen hinunterschluckte, meldete sich sein
Smartphone, um im nächsten Moment wieder zu verstummen.

17 Minuten nach ein Uhr. Weder war es eine gute Idee
gewesen, sich um diese Zeit ein dermaßen schweres Essen
zu gönnen, noch das Telefon nicht schon längst auf lautlos geschaltet zu haben.

Nach einem kurzen Zögern siegte die Neugierde.
Marie?
Was um alles in der Welt war jetzt schon wieder passiert?

Alarmiert rief er zurück.

Erst nach dem fünften Klingeln wurde abgehoben. »Hallo, Ben.«

Zwei Worte, nicht mehr als ein Flüstern. Aber sie reichten aus, um zu erkennen, dass Marie um Fassung rang. Wie gut er diese Frau kannte! Nuancen reichten, um ihre Gefühlslage zu durchschauen, auch wenn 16 Jahre vergangen waren, seit sie zusammengelebt hatten.

»Was willst du? Es ist mitten in der Nacht?«, fragte er, und erschrak über seinen ungewollt harten Ton.

Die Antwort kam mit einiger Verzögerung. »Nichts. Ein Pocket Call. Gute Nacht.«

Verdutzt starrte Ben auf sein Telefon. Einfach aufgelegt? Was sollte das? Er drückte die Wahlwiederholung, landete aber umgehend auf der Mailbox, so wie auch beim nächsten Versuch.

Irritiert lehnte er sich an sein Betthaupt. Eines war gesetzt: Marie hätte ihn nie im Leben ohne triftigen Grund mitten in der Nacht aus dem Bett geholt. Verliebte Sehnsucht war definitiv auszuschließen. Die anderen Möglichkeiten? Angst? Eine Bitte um Hilfe?

Ängstlich hatte sie nicht gewirkt. Eher verunsichert. Wenn er richtiglag, brauchte sie also wieder einmal seine Unterstützung. Und da sie ihn ausgerechnet jetzt angerufen hatte, musste es dringend sein, ungeachtet der Tatsache, dass sie das Telefonat abrupt und unverrichteter Dinge beendet hatte.

Manchmal bist du so ein Rindvieh, Alter, schalt er sich, nicht so sehr wegen deiner absurden Essensgelüste zu Unzeiten, sondern weil du dir jetzt gleich deinen Autoschlüssel schnappen und dich auf den Weg nach St. Wolfgang machen wirst …

Als er aus dem Auto stieg, umfing ihn tiefe Dunkelheit.

Vorsichtig sah er sich um. Wartete ab. Lauschte. Täuschte er sich, oder zuckten an der Vorderseite des Gebäudes Lichtreflexe über die Wasseroberfläche? Es hatte zugezogen und nieselte leicht, Mond oder Sterne kamen also nicht infrage, außerdem vermochte er, von seinem Standort aus nur einen kleinen Teil des Sees einzusehen.

Der Carport war leer.

Irgendetwas störte ihn.

Mit einem Mal maximal auf der Hut kletterte er über den mannshohen Zaun, der die Anlage vom Zufahrtsweg trennte. Zwischen einer Kirschlorbeerhecke und der Hausmauer befand sich ein schmaler Durchgang, über den man die dem See zugewandte Seite des Komplexes sowie einen breiten Steg erreichte. Wie Ben wusste, war Maries Wohnung von dieser Stelle aus zum Teil einsehbar.

Vorsichtig betrat er das glitschige Holz und hoffte, in seiner schwarzen Kleidung mit der Umgebung zu verschmelzen. Wieder ein Lichtreflex. Nervös lugte er nach oben.

Er erkannte ihre Silhouette sofort. Sie lehnte, den Blick scheinbar ins Nichts gerichtet, regungslos an der Terrassentür. Hinter ihr flackerte Kaminfeuer, die einzige Lichtquelle im ansonsten dunklen Wohnbereich.

Plötzlich schlich sich ein Schatten an, eine Person mit einem dunklen Sweater, die Kapuze über den Kopf gezogen. Marie wurde von hinten gepackt und gab einen erschrockenen Laut von sich. Hektisch tastete Ben nach seiner Waffe. Ein metallischer Gegenstand blitzte auf. Doch noch ehe er eine Warnung brüllen konnte, ließ der Hoodie Marie wieder los.

Während Ben versuchte, das Geschehen auf die Reihe zu bekommen, nahm Marie der Gestalt den Gegenstand aus der Hand und zündete ihr eine Zigarette an. Im Licht des Feuerzeuges erkannte er deren Gesicht sofort. Wut wallte auf. Fassungslosigkeit. Und der Wunsch, diesem falschen Biest gehörig die Meinung zu sagen.

Auf Maries Terrasse rauchte niemand anders als Hannes Reiter.

HANNES

Ausg'schamt.
Durchtrieben.

Klein. Bleich. Zitternd.

Das Häufchen Elend umklammerte ein Kissen und saß mit trotzigem Gesicht und untergeschlagenen Beinen auf der Couch.

Hannes Reiter war jetzt 23, konnte aber mit seiner fragilen Gestalt auch für 16 durchgehen. Seine Glatze ließ ihn noch schmächtiger wirken, obwohl er vermutlich genau das Gegenteil damit bezweckte. Auch diverse Tattoos, eines sogar am Kopf, vermochten den Eindruck nicht zu verwässern. Auf seinen Wangen flammten hektische rote Flecken. Als Ben wie ein Berserker in die Wohnung gestürzt war, hatten sich für einen Moment ihre Blicke gekreuzt. Seither starrte der junge Mann verkrampft zu Boden.

Marie allerdings schien unbeeindruckt von Bens ungezügeltem Zorn und stand mit verschränkten Armen und erhobenem Haupt zwischen den beiden Kontrahenten.

»Guten Abend«, ließ sie sich nicht aus der Ruhe bringen, »bitte setz dich.«

Ihr freundlicher Ton nahm ihm ein wenig den Wind aus den Segeln. Er zwang sich zur Ruhe und sondierte die Lage. Gefahr schien vom Verdächtigen nicht auszugehen, vielmehr strahlte er Verunsicherung aus.

»Schön, Sie endlich zu treffen, Herr Reiter.« Die Süffisanz

in Bens Stimme war nicht zu überhören. Absichtlich nahm er genau gegenüber Platz. Konfrontationsposition. Sofort schien der junge Mann noch mehr in sich hineinzukriechen.

Ohne abzuwarten, bis Marie Platz genommen hatte, machte Ben weiter. »Also, was ist hier los? Wieso versteckst du einen Mordverdächtigen?«

Beim letzten Wort war der leichenblasse Bursche zusammengezuckt.

Marie suchte seinen Blick. »Wie immer hast du mich schnell durchschaut, Ben. In dem Moment, als ich den Hörer aufgelegt habe, ahnte ich, dass du wohl früher oder später hier auftauchen würdest. Ich hoffe, ich habe mit meinem Anruf bei dir keinen Fehler gemacht. Hörst du bitte auf mit dem Zähnefletschen, damit wir dir alles erklären können?«

Sie hatte genauso recht wie ihn einmal mehr geschickt manipuliert. In diesem Fall war es ihm gleichgültig. Er wollte Antworten, also musste er gute Absichten demonstrieren.

Betont langsam lehnte er sich zurück. »Du hättest auch einfach nur ehrlich sein können«, verkniff er sich dennoch nicht, anzumerken.

»Stimmt. Aber auch wenn es dir kaum denkbar erscheint: Ich habe Angst. Hannes hat Angst. Ihr vorverurteilt ihn alle, ohne euch zuerst anzuhören, was er zu sagen hat.«

Sie atmete aus und verstummte.

»Ich will es aber hören.«

»Das habe ich gehofft. Nicht ich, sondern Hannes war es, der mich davon überzeugt hat, dass es das einzig Richtige ist, dich anzurufen, und ich habe ihm versprochen, dass er dir vertrauen kann. Ist das so?«

»Das hängt ganz davon ab, was jetzt kommt.«

»Die Wahrheit, Ben.«

DIE FRÜHSTÜCKSPENSION

Einschneiden.
Essen.

Besonders groß war seine Auswahl an T-Shirts nicht. Weil er sehr schnell gepackt und seine Älteste noch eine schulische Frage gehabt hatte, waren lediglich drei in seinem Reisekoffer gelandet. Nur eines davon war noch frisch.

Unglücklich musterte Peter Neumüller die Kleidungsstücke. Ausgerechnet das graue, das am Bauch so spannte, kam infrage. Leider traf der Spruch auf der Vorderseite perfekt zu: *Lieber Bauch statt Lauch.*

Als er den Kopf durch die Öffnung steckte, vibrierte sein Telefon. In der Tat war es der bereits erwartete Anruf aus der Zentrale mit dem Morgen-Update.

»Ich habe jetzt etwa die Hälfte der abgelehnten Kulturhauptstadt-Projekte durch«, hörte er Helene Almesbergers Stimme, der der Job zugefallen war. Am Vortag hatte ein Kurier die Akten aus Bad Ischl gebracht. Auch ein Online-File hatte seine Kollegin erhalten.

»Kommst du zurecht?«, fragte er.

»Halb so wild, Peter, ich habe schon ganz andere Dinge machen müssen, als Ordner zu durchforsten und hin und wieder zu telefonieren. Das meiste scheint nichts herzugeben, aber es gibt ein Projekt, das mir aufgefallen ist. Nicht wegen des Inhalts, der eher trivial ist, aber wegen desjenigen, der es eingereicht hat.«

Peter Neumüller wurde hellhörig. Umso mehr, als er den ihm nur zu bekannten Namen hörte.

Da schau her! Aus *der* Ecke hatte er es nicht kommen sehen.

Schnell wählte er Bens Nummer, erreichte ihn aber nicht. Seltsam, es war fast acht Uhr morgens. Normalerweise war sein Kollege da schon seit zwei Stunden auf den Beinen. Aber bitte, dann ging sich zumindest noch ein kleines Frühstück aus.

Erst beim zweiten Kaffee und mitten in herrlichen »Ham & Eggs« kam der Rückruf. Ben klang verschlafen. »Was für eine Nacht«, stöhnte er durch den Hörer.

»Du kannst dich gleich von mir trösten lassen, denn ich habe Hammer-Neuigkeiten. Stell dir vor, wer auf der Liste mit den abgelehnten Projekten aufgetaucht ist.«

Er hielt inne, um die Spannung zu erhöhen ... und hörte Ben am anderen Ende der Leitung herzhaft gähnen.

»Langweile ich dich?«, erkundigte er sich.

»Sorry, Peter«, entschuldigte sich sein Partner, »ich habe kaum geschlafen. Aus gutem Grund. Wenn du *meine* Big News hörst, wirst du ebenfalls umkippen.«

Der gutmütige Polizist war weit davon entfernt, verschnupft darüber zu sein, dass man ihm die Pointe versaut hatte. »Wer zuerst?«

»Du«, entschied Ben.

»Es ist kein Geringerer als Rudi Zoidl. Der wollte oben bei seiner Hütte einen Kunstspielplatz für Kinder und einen Kulturwanderweg finanziert bekommen. Wurde aber nicht genehmigt.«

»Ach, ja, der Rudi«, bemerkte Ben mit einem seltsamen Unterton, der Neumüller am Frühstückstisch aufhorchen ließ. Noch mehr Zynismus folgte. »Versteh ich nicht, wo das doch so nett klingt. Ich bin mir sicher, es gibt Ideen, die deutlich weniger interessant und nützlich für die Allgemeinheit sind.«

Peter Neumüller wusste nicht so recht, wie er auf die Tonlage seines Kollegen reagieren sollte. »Seh ich auch so. Ich schlage vor, Rudi gleich heute Vormittag danach zu fragen. Insbesondere möchte ich wissen, warum er uns die erfolglose Eingabe verschwiegen hat.«

»Das machen wir auch. Zufälligerweise weiß ich nämlich, dass er sich diesen Kinderspielplatz vor der Hütte schon lange wünscht, aber so etwas kostet viel Geld. Mit der Ablehnung hat ihm der Holzinger sicherlich einen dicken Strich durch die Rechnung gemacht.«

Sehnsüchtig starrte Peter Neumüller auf die Rindfleisch-Gemüse-Sulz von einem Goiserer Fleischer, die verführerisch duftend auf der kleinen Etagere vor ihm lag. Sie würde perfekt zum noch unangetasteten Kornweckerl auf seinem Teller passen. Doch das musste noch warten.

»Und jetzt du«, forderte er seinen Kollegen stattdessen dazu auf, sein Wissen preiszugeben.

»Weißt du was, ich komm zu dir in die Pension. Das ist nichts fürs Telefon. Und nach *der* Nacht brauche ich heute mindestens drei Espressi, damit ich in die Gänge komme.«

An alle Geschwindigkeitsbeschränkungen konnte sich Ben nicht gehalten haben, denn nur wenig später stand er mit gierigem Blick am kleinen Frühstücksbuffet und lud auf.

In Kürze würde er Eier, Müsli und zwei Nussbrote mit Honig auf die Holzknechtnocken pappen, die sich seit Mitternacht keinen Zentimeter bewegt zu haben schienen und ihm nach wie vor wie Steine im Magen lagen. Genauso wie das vorhin Gehörte.

Auf die fünf Minuten kam es nun auch nicht mehr an, also genoss Ben einige Bissen des herrlichen Essens, das in Kombination mit dem Koffein seine Lebensgeister weckte.

Die Pension war klein, sie saßen allein im Gastraum.

Soeben hatte Peter Neumüller Ben in Sachen Rudi Zoidl auf den letzten Stand gebracht. »Er erwartet uns um elf auf der Hütte. Zwar ist das Wetter wieder bescheiden, aber ein paar Unverwüstliche gibt's immer.« Kauend fuhr er fort. »Auch der endgültige Obduktionsbericht ist da. Dino schickt ihn gleich durch. Es gibt aber offenbar wenig Neues.«

Nun war Ben an der Reihe. Bei einer Tasse grünem Tee klärte er seinen neugierigen Kollegen darüber auf, warum er vorhin am Telefon so gereizt gewesen war und was ihm so nachhaltig den Schlaf geraubt hatte.

IN DER NACHT IN MARIES WOHNUNG

Heenalempan.
Ein weinerliches Kind.

Die vergangene Nacht hatte ruhig begonnen und sich immer dramatischer entwickelt.

Nachdem Hannes Reiter sich lange verkrochen hatte, überraschte er Marie mit der Zusage zu einem gemeinsamen Abendessen in ihrer Wohnung, und dort mit geschliffenen Sätzen, die sie ihm nie im Leben zugetraut hätte. Wofür sie sich ehrlich schämte.

»*Du hast noch alle Chancen* ist mein Spitzenreiter des Psycho-Schwachsinns, den ich im Knast einfach nicht mehr hören konnte. In Wahrheit interessierte sich doch kein Schwein für meine Gefühle, vielmehr stülpte mir jeder ungefragt seine eigenen über und fühlte sich dabei auch noch als Gutmensch. Zum Kotzen, die ganze Bagage.«

»Bis Filo kam?«

»Bis Filo kam, ja. Sie war die Erste, die kein Mitleid heuchelte. Die anderen waren stets von Haus aus abgrundtief böse, von oben herab, oder gaben vor, es ehrlich zu meinen. Filo geilte sich nicht auf an falscher Betroffenheit, pissverlogener Mitmenschlichkeit oder nicht ernst gemeinter Hilfsbereitschaft. Sie griff mich nicht an oder legte mir ungefragt ihre Hand auf die Schulter, oder sonst wohin.«

Insbesondere hinter dem letzten Satz steckten jede Menge Abscheu und Aggression. Filos Ziehsohn hatte offenbar, neben vielen anderen, auch Probleme mit körperlicher Nähe und Intimität. Hatte er soeben auch sexuelle Gewalt angedeutet?

»Warst du erstaunt, als sie plötzlich vor dir stand? Ausgerechnet sie?«

»Es hat mich fast umgehauen. Ich riet ihr, sich zu schleichen.«

»Tat sie aber nicht, oder?«

»Nein. Unglaublich, oder? Sie kam immer und immer wieder. Wie ein Bumerang. Irgendwann ging sie mir dann nicht mehr nur auf den Geist, sondern machte mich auch neugierig.«

Mittlerweile hockten die beiden so ungleichen Menschen auf dem Sofa im Wohnzimmer. Kein Licht brannte, lediglich einige Scheite im Kamin. Versonnen spielte Marie mit einem langstieligen Feuerzeug und wurde nicht so recht schlau aus ihrem Gegenüber. Tief drinnen nagte es. War er gefährlich, oder konnte sie ihm trauen? Zumindest hatte er mittlerweile seine bockige Verstörtheit ein wenig abgelegt.

»Warum hilfst *du* mir?«

Was für ein eleganter Themenwechsel. Wie sehr Marie diesen jungen Kerl doch unterschätzt und sich wie die meisten in Vorurteilen verfangen hatte, obwohl sie sich aufgrund ihres Berufes für einfühlsam hielt. Hannes Reiter war hochintelligent. Hochsensibel. Unterschwellig schwang allerdings noch etwas mit. Etwas Bedrohliches, das sich nicht greifen ließ.

Sie schob ihr Missbehagen zur Seite, wollte Antworten. Füllte die Stille zwischen ihnen mit Schlucken ihres noch zu heißen Tees. Überlegte sich ihre nächsten Worte genau.

»Filo ist der ungewöhnlichste Mensch, den ich kenne. Ich werde immer für sie da sein. Genau genommen helfe ich also ihr, nicht dir.«

»Danke für alles, Marie. Uneigennützigkeit kommt in meinem Leben nicht oft vor.«

Das Schicksal hatte Hannes Reiter bisher eine Riesenportion Schwierigkeiten vor die Füße geknallt und nur sehr wenige Menschen, die es gut mit ihm meinten. Kein Wunder, dass er hart, verschlossen und misstrauisch geworden war.

»Magst du mir vielleicht alles von Anfang an erzählen? Ich bin keine Gefängnispsychologin, sondern einfach nur Marie«, schlug sie vor, ahnend, dass er ihr lediglich Bruchstücke seiner Geschichte offenbaren würde, nur das unbedingt Notwendige. Sich zur Ruhe zwingend wartete sie ab, wie tief er sie, wenn überhaupt, in seine Vergangenheit mitnehmen würde.

Während er sich Zeit ließ und nachdachte, spiegelte sich das Kaminfeuer in seinen hellen Augen. Ein eigenartiger Schauer durchlief sie, als sie sich mit einem Mal auf sie richteten und zu durchdringen schienen. Die Tattoos, insbesondere jene am Kopf sowie die schwarze Träne auf der Wange, verstärkten das unheimliche Gefühl zusätzlich. Auf eine verquere Art fühlte sie sich bloßgestellt, ausgezogen und durchschaut.

Erst nach einer gefühlten Ewigkeit senkte er die Lider. Insgeheim atmete sie auf.

»Okay. Bisher weiß nur Filo etwas. Sonst gab's nie jemanden, der sich ohne Hintergedanken dafür interessierte.«

Einen kleinen Teil des nun Folgenden kannte Marie bereits. Seine Kindheit als weggelegter Säugling einer minderjährigen Drogenabhängigen, die Pflegefamilien, den Raubüberfall mit 13, noch strafunmündig. Die klassische Karriere eines Outlaws auf der untersten Stufe der Gesellschaftsleiter, Tendenz fallend.

»Ich hatte die falschen Freunde. Wollte ich nicht komplett abstürzen, musste ich da raus. Also suchte ich mir eine Lehrstelle und entdeckte Langstreckenlauf. Das war super. Die Rettung, wenn man so will. Stundenlang allein im Wald oder entlang der Donau dahinzutraben, kanalisierte meine Wut. Ich meldete mich in einem Verein an. Sie wollten mich zu Wettkämpfen schicken, aber davor graute mir. Was mir taugte, war das gezielte Training nach Plan, es gab mir Struktur und Halt. Wenigstens in einem Bereich war alles in Ordnung.«

Er wollte kein Mitleid, also bekam er auch keines, auch wenn das, was er erzählte, dazu angetan gewesen wäre.

»Ich war auf dem Weg zum Lehrabschluss, plante die duale Matura und hatte meinen Sport. Ich galt als Spinner, niemand wollte etwas mit mir zu tun haben, ob Mitschüler, Lehrer, die im Sportverein oder meine Pflegeeltern. Mädchen sowieso nicht. Menschen sind mir ein Rätsel, das spüren sie.«

Gleich würde er zum Punkt kommen. Marie versteifte sich, umklammerte das Feuerzeug wie einen Haltegriff.

»Dann kam dieser Dreckstag, dieser gottverdammte Samstag im September. Nach der Arbeit ging ich laufen. Im Donaupark in Linz traf ich sie dann. All die alten Arschlöcher auf einem Haufen. Sie fingen mich ab. Wir quatschten. Dann zückte einer das Scheiß-Speed, die Partydroge. Du fühlst dich wie Gott damit, dir gehört die Welt, wirst nicht müde. Frag mich nicht, warum, aber irgendwann hatten sie mich, und statt so schnell wie möglich von dort zu verschwinden, schluckte ich es. Danach fehlt mir ein Teil meiner Erinnerung. Irgendwann stieg ich völlig zugedröhnt in meine Karre und mähte nur wenige hundert Meter später Justus nieder. Der arme Kerl hatte keine Chance, und ich danach erst recht nicht. Ich hab's versaut.« Sein steinharter Kiefer zeugte von seinem inneren Kampf, der Wut über seine eigene Dummheit, vielleicht auch von Reue.

Weil sie hören wollte, wie Filo ins Spiel gekommen war, unterdrückte sie den Wunsch nach Frischluft und einer Toilette und überließ sich wieder der tiefen Stimme ihres Gastes, die sie mitnahm in die veränderte Welt nach dem Unfall.

»Was folgte, sehe ich wie in Watte gepackt. Mir war alles egal. Der Prozess rauschte an mir vorbei, als ob ich nichts damit zu tun hätte. Auch das Urteil. Drei Jahre. Diesen einen Moment mit Filo allerdings habe ich völlig klar. Als ich abgeführt wurde, kam ich ganz nah an ihr vorbei. Da stand sie, klein, dick, unscheinbar, und ich dachte: Das ist seine Mutter, was will die hässliche Alte von mir? Immer noch schäme ich mich dafür. Ich hatte dieser Frau alles genommen und empfand nichts. Unsere Blicke kreuzten sich, doch was sie sagte, passte überhaupt nicht zu ihrem Gesichtsausdruck. Der war nämlich weich, fast gütig. ›Ich werde dich töten, das ist mein Plan!‹«

Marie hatte das dringende Bedürfnis nach einer Höhle, in die sie sich zurückziehen könnte, hielt all das kaum noch aus. »Danke, dass du so offen bist, Hannes«, stammelte sie, »aber es setzt mir zu. Gönnst du uns bitte eine Pause?«

»Passt schon, ich bin ein sehr intensiver Mensch, ich weiß, bitte entschuldige. Wie gesagt, ich hab's nicht so mit Gefühlen, deshalb geh ich jetzt besser.«

Ohne ihr noch einen Blick zu schenken, sprang er auf und verschwand. Auch ihn schien das Erzählen aufgewühlt zu haben.

Hatte Marie sich soeben noch unwohl gefühlt und nach Rückzug gesehnt, so fühlte sie sich mit einem Mal allein und überfordert. Ihr fehlte ein Vertrauter, mit dem sie reden konnte. In Wahrheit, so ungern sie es sich eingestand, fehlte ihr Ben.

Es war falsch, Hannes Reiter zu verstecken. Sie tat es ausschließlich Filo zuliebe, was es nicht besser machte. Sie behinderten die Polizeiarbeit und machten ihn immer verdächtiger, obwohl er unschuldig war. Filo hatte ihr erzählt, was auf der Hütte wirklich geschehen war, sonst hätte Marie niemals zugestimmt, ihn aufzunehmen.

Was sollte sie bloß tun? Ihren eigenen Instinkten trauen oder Hannes und Filo weiterhin decken?

Die Belastung zerriss sie beinahe.

Spontan wählte sie Filos Nummer. Doch ihre Sprechstundenhilfe hob nicht ab. Sie hätte Marie aber ohnehin nur angefleht, Hannes zu beschützen, war nicht objektiv.

Nein, diese Entscheidung musste Marie allein treffen, selbst auf die Gefahr hin, Filos Vertrauen zu verlieren.

Die Tränen, die sich wegen all des Stresses nicht länger zurückdrängen ließen, machten es auch nicht besser. Schluchzend rang sie nach Luft.

Als sie die Hand auf ihrer Schulter spürte, schrie sie erschrocken auf.

Hannes.

Er musste die Tür hinter sich offen gelassen haben.

»Was ist, Marie?«

Sein fragender Blick traf auf ihren verheulten.

Ungeschönt brach aus ihr heraus, wie sie sich gerade fühlte. »Ich kann das nicht mehr, Hannes, weiß nicht ein noch aus. Hilf mir bitte!«

Er seufzte. »Mir ist schon klar, dass ich mich nicht auf

ewig verstecken kann. Ich hab nur so eine Scheißangst, weil ich nix getan habe.«

Dass es zutraf, nützte ihr nur leider im Augenblick nicht das Geringste.

Seine tiefe Stimme zitterte, als er ihr einen vollkommen überraschenden Vorschlag machte.

»Ruf doch deinen Polizistenfreund an. Wenn du dabei bist, ist es vielleicht leichter für mich zu reden.«

Wie bitte? Ben anrufen? Hatte sie richtig gehört?

»Meinst du das ernst? Was ist mit Filo?«

»Lass sie schlafen. Es ist meine Entscheidung. Du kennst sie, sie wäre nicht hilfreich. Besser, wir stellen sie morgen vor vollendete Tatsachen, egal, was herauskommt.«

Ehe sie beide es sich anders überlegen konnten, griff Marie mit weichen Knien zum Hörer und wählte Bens Nummer. Angesichts seiner schroffen Art verlor sie jedoch sofort den Mut, legte voller Reue auf und schaltete auf Flugmodus.

»Ich krieg das jetzt nicht hin, Hannes. Mir ist so schlecht. Warten wir noch ein paar Stunden, ich probiere es in der Früh noch einmal.«

Er nickte nur. Fühlte er sich dankbar oder eher verwirrt über die Gnadenfrist? Sie vermochte es nicht zu sagen.

Obwohl es ihr nicht recht war, entsprach sie seiner nächsten Bitte. »Wäre es okay, wenn ich auf deiner Couch schlafe? Ich möchte nicht allein sein.«

An zu Bett gehen war nicht zu denken.

Irgendwann wurde die Sehnsucht nach einer Zigarette übermächtig. Lag nicht noch irgendwo eine alte Schachtel? Vielleicht in einer Schublade? Tatsächlich entdeckte sie unter einigen Kaugummipackungen eine kleine Blechdose mit Zigarillos. Und weil es schon egal war, schenkte sie sich dazu noch ein Glas Weißwein ein.

»Hast du auch einen Tschick für mich, Marie? Mir ist so kalt«, kam es von der Couch.

Seite an Seite stierten sie auf das Wasser.

»Weißt du, wie es ist im Knast?«, durchbrach seine eindringliche Stimme die Dunkelheit und klang nach purer Verzweiflung. »Das ist eine eigene Welt, und ich krachte dort rein, so gestört und menschenscheu, wie ich war. Ich fühlte mich wie in einem Aquarium, konnte meine Umgebung sehen, tat so, als ob ich sie verstand, war glitschig, für niemanden greifbar, stumm, ständig angeglotzt, trieb umher, aber nichts drang zu mir durch. Allein hinter Glas ist es sehr einsam, dort ist niemand. Erst durch Filo erhielt mein Fischglas Sprünge …«

Viel zu heftig zog Marie an ihrem süßlichen Glimmstängel.

»Sie macht mir bis heute Angst mit ihrer Zuneigung, ich verdiene sie nicht. Und doch hatte ich sie von Anfang an. Wie kann sie mich mögen? Ich habe ihren Sohn umgebracht. Ist sie vielleicht krank, Marie? Will sie mich zu Tode lieben? Sich auf diese schräge Art und Weise an mir rächen? Oder hat sie etwas ganz anderes vor? Ich kann mich nicht gegen sie wehren, ihr nicht entkommen. Ich hab so Schiss.«

Auch sie vermochte nicht nachzuvollziehen, was Filo antrieb. Wozu sie imstande war. Noch nie hatten sie über diesen heikelsten Punkt aus ihrer Vergangenheit gesprochen. Marie schätzte und mochte ihre Sprechstundenhilfe über alles, half und vertraute ihr. Und doch war da dieser Hauch Verunsicherung, dieser Teil von Filos Persönlichkeit, zu dem sie keinen Zutritt hatte. Und der ihr, sie gestand es sich erstmals ein, genauso Angst machte wie Hannes Reiter.

»Ich hol mir noch einen Zigarillo, okay?«

»Sicher«, sagte sie und dämpfte ihren eigenen aus, um danach wieder auf den See zu starren. Es war eine dunkle

Nacht, die gut zu den Abgründen passte, in die Hannes Reiter sie in den letzten Stunden gestoßen hatte.

Der junge Mann kehrte zurück. »Hilfst du mir bitte mit dem Anzünder? Ich krieg ihn nicht an.«

Kurz darauf läutete es Sturm und Ben Achleitner platzte herein.

Abwartend verschränkte Ben die Hände. Die beiden so unterschiedlichen Menschen ihm gegenüber hatten einiges zu erklären.

Hannes Reiter wirkte weiterhin dermaßen verhuscht, dass von ihm wohl wenig mehr zu erwarten war als hektisches Herumkauen an seiner Nagelhaut.

Marie suchte nach einem Anfang. »Du kennst Hannes' Vorgeschichte. Darauf möchte ich nicht weiter eingehen. Sollte sie Thema werden, wird er dir selbst alles erzählen, genauso wie Filo, wenn du darauf bestehst, obwohl es ihre Privatsache ist, warum sie Hannes hilft.«

Trotzdem Hannes anwesend war, sprach Marie in der dritten Person von ihm. Sie war feinfühlig, würde das nicht ohne vorherige Absprache tun. »Seine Strafe wegen Justus' Tod hat er abgebüßt. Er hatte Probleme, wieder ins Leben zu finden, und machte Fehler, du weißt, welche.« Damit spielte sie auf den Überfall in ihrer Ordination an, bei dem Hannes Reiter Filo letztes Jahr niedergeschlagen und schwer verletzt hatte. »Aber auch das tut jetzt nichts zur Sache und ist ein zweites Paar Schuhe.«

Unter Garantie würde Ben Filo danach fragen. Hannes Reiter sowieso, doch der schien vergessen zu haben, wie man spricht.

»Wie du weißt, vermittelte Filo Hannes kurzfristig den Job bei Rudi Zoidl. Hannes wollte zunächst nicht, fühlte sich schlecht, sagte nur Filo zuliebe zu. Anfangs lief alles gut, alle waren nett zu ihm. Doch dann ...«

Während Marie nach Worten suchte, um das Geschehen in Worte zu fassen, durchbrach ein leises Räuspern die Stille. Erstaunt vernahm Ben zum ersten Mal seit dem Gerichtssaal wieder Hannes Reiters Stimme. Er hatte vergessen, wie tief sie klang, ein Timbre, das man dem schmächtigen Körper kaum zutraute.

»Du, Marie, ich glaube, ich möchte das doch lieber selbst erzählen ...«

Gehemmt brach er ab, als ob er sich mit diesem Ausbruch von Mut selbst überrascht hätte. Auffordernd lächelte Marie ihm zu.

Wohl um die Courage nicht zu verlieren, stieß der junge Mann die Worte nun so schnell hervor, dass Ben Mühe hatte, ihnen zu folgen.

»Es war so heiß in der Kuchl, deshalb bin ich immer wieder raus, um eine zu rauchen. Seit dem Knast halte ich viele Menschen auf einem Haufen nicht mehr gut aus. Außerdem fühlte ich mich nicht wohl. Es war nie jemand da, außer der Rudi mit den frischen Bratln. Es war super im Regen und der Stille. Doch dann ...« Er brach ab. Wieder musste ein Stückchen Nagelhaut daran glauben. »... war da plötzlich dieser große Typ in einer dunklen Jacke. Ich kenn sowieso kaum jemanden, und er hatte die Kapuze auf, deswegen wusste ich nicht, wer es war. Jedenfalls hatte er ordentlich getankt und klammerte sich an den Griff vom Bräter. Ich wollte schon wieder rein, weil die Tschick alle war, aber dann holte der Dude plötzlich seinen Pimmel raus, zielte und pinkelte auf den Rost. War echt abgefahren, zum Glück lag kein Fleisch mehr drauf.«

Das musste Ben erst einmal sacken lassen. Hubert Holzinger, der auf Rudi Zoidls geliebten Smoker urinierte.

Mittlerweile schien Hannes Reiter selbstsicherer geworden zu sein. Man nahm ihn ernst. Viel Schutz und Geborgenheit hatte es in seinem gebeutelten Leben bisher wohl nicht gegeben, erst recht nicht im Gefängnis.

»In dem Moment kam der Rudi dazu. Mann, war der wütend, ich sag's Ihnen. Er ist wie ein Wahnsinniger hin zum Holzinger und riss ihn weg. Der wehrte sich, war aber zu dicht, taumelte und knallte schließlich mit dem Hinterkopf auf den Grillrost. Dann kippte er um wie ein gefällter Baum und blieb bewegungslos am Boden liegen.«

Der junge Mann sagte die Wahrheit, daran bestand für Ben kein Zweifel. Rudi Zoidl hatte sie eiskalt an der Nase herumgeführt. *Er* war es gewesen, der den Kulturmanager umgebracht hatte, wenngleich es sich eher nach einem Unfall anhörte. Was nichts an den tödlichen Tatsachen änderte. Und obwohl alles in Ben danach drängte, sofort zu dem niederträchtigen Wirt zu fahren und ihn zu verhaften, riss er sich zusammen, denn Hannes Reiter war noch nicht fertig.

»Rudi war am Arsch, heulte beinahe, versuchte, den Mann aufzuwecken, aber der rührte sich nicht mehr. Dann bemerkte er mich. Alter, das war ein Blick. Ich hab im Knast einige Scheißkerle mit bösen Augen erlebt, aber *seiner* machte mir echt Angst. ›Du wirst allen sagen, dass du von nichts weißt‹, befahl er mir, ›und danach auf ewig die Gosch'n halten. Mich hast du nie gesehen, verstanden? Bei deinen Vorstrafen wird dir sowieso niemand glauben, und ich werde alles abstreiten und behaupten, du würdest lügen und nur von dir ablenken.‹«

Ben schämte sich. Wie alle, mit Ausnahme von Filo und Marie, war auch er wegen der Vorgeschichte dieses dürren Kerls nur zu gern auf ihn als Hauptverdächtigen verfallen.

»Es gab nur eine Person, die mir helfen konnte, und das war Filo«, fuhr der junge Mann mit enger Kehle fort. »Ich schlich um die Hinterseite der Hütte, versteckte mich im Wald und rief sie an. Wie immer war sie cool und kam raus. ›Tu so, als ob du von nichts weißt‹, riet sie mir, aber das war Bullshit. Ich bin doch sofort verdächtig, wenn sie den Toten finden, sagte ich. Und dann knallten meine Sicherungen durch. Wie ein Verrückter rannte ich zu Fuß den Berg runter, irrte die ganze Nacht planlos in der Kaltenbachwildnis herum, war nah dran, in die Traun zu springen. Ich kann nicht mehr in den Knast zurück. Nie mehr.«

Marie tastete beruhigend nach seiner Hand und erzählte den Rest der Geschichte. »In der Früh fand Filo Hannes am Fluss und brachte ihn heim. Dann kamt ihr mit eurem Verdacht in die Ordination. Damit war Hannes dort nicht mehr sicher. Ich bot ihm Unterschlupf an, bis alles geklärt wäre, und quartierte ihn in der Wohnung unter mir ein. Für die habe ich einen Schlüssel, weil die Besitzer nie da sind, auch nicht im Sommer. Wirst du ihn jetzt verhaften?«

So wie es aussah, gab es dafür derzeit keinen Grund.

»Was war mit Filo?«, fragte Ben stattdessen.

»Beim Zurückgehen zur Almrauschhütte hörte sie Rudi und mich nach Hannes rufen. Sie versteckte sich, aber ich entdeckte sie, besser gesagt, sah einen Schatten, ohne zu realisieren, dass sie es war. Sie stahl sich zurück ins Vorzelt und kam dann gemeinsam mit den anderen zurück, um zu helfen.«

Sie fixierten sich. Dachten beide dasselbe.

Schließlich war es Ben, der jenes entscheidende Detail in Worte fasste, das den Mord in ein vollkommen neues Licht rückte. »Als Filo und Hannes sich versteckten, lag Hubert Holzinger am Boden, lebte aber noch. Wer aber stopfte ihn während der paar Minuten, in denen er allein war, in den Bräter? Wer hat ihn also *wirklich* umgebracht? Wenn es so war, wie ihr behauptet, dann kommen dafür weder du, Marie, noch Hannes, Filo und wahrscheinlich auch nicht Rudi Zoidl infrage. Hubert Holzinger starb nicht durch den Sturz auf den Hinterkopf. Er ist verbrannt und erstickt. Ihr alle habt Schuld, aber Mörder seid ihr keine.«

DIE ALMRAUSCHHÜTTE

A blede Blunz'n.
Eine dumme Frau.

Die randvollen Schnapsgläser standen unangetastet auf dem Tresen. Davor starrten sich drei Menschen schweigend an. Zwei davon erwartungsvoll. Einer reuig.

»Rudi, du hast so richtig Mist gebaut«, rügte Ben den Wirt, nachdem Peter Neumüller und er ihn mit ihrem neu erworbenen Wissen konfrontiert hatten.

»Ich wollte den Hubert doch nur davon abhalten, meinen Smoker zu versauen. Das müsst ihr mir glauben. Der tat öfters so blödes Zeug, wenn er getrunken hatte. Einmal hat er in einen Kaiserschmarren gespuckt, den ich gerade servieren wollte, weil er den Gast nicht mochte.« Die Verzweiflung klang echt.

»Bis dahin war es eine Verkettung unglücklicher Umstände«, half Ben dem zerknirschten Glatzkopf weiter, »aber Hannes Reiter so einzuschüchtern, war letztklassig.«

»Das war echt deppert von mir, ich weiß, ein Kurzschluss. Ich werde mich bei ihm entschuldigen, und wenn er mag, kriegt er einen fixen Job.«

»So einfach wirst du nicht davonkommen, Rudi, über das Strafmaß wird die Staatsanwältin entscheiden. Du hast Hubert Holzinger im Affekt verletzt, dich danach verdrückt und ihn hilflos am Boden liegen lassen, genauso wie Hannes und Filo. Ihr habt euch alle drei nicht mit Ruhm bekleckert und müsst euch zumindest wegen unterlassener Hilfeleistung und Täuschung verantworten.«

Rudi Zoidl nickte. »Das geschieht mir altem Deppen nur recht. Trotzdem bin ich heilfroh, ihn nicht umgebracht zu haben. Damit könnt ich nicht leben.«

»Gestoßen hast du ihn aber. Wer, glaubst du, könnte die Situation ausgenutzt haben?«

»Keine Ahnung. So gut kannte ich den Hubert jetzt auch wieder nicht.«

»Hast du irgendjemanden gesehen, nachdem du Hannes Reiter die Hölle heiß gemacht hast?«

Kopfschütteln. »Ich bin im Schock sofort an ihm vorbei nach drinnen, weil die Kaiserschmarren fertig werden mussten. Mein Hirn war Matsch. Komischerweise war für mich etwas Stinknormales wie eine Rein voller Schmarren fast wie ein Anker.«

Peter Neumüller lugte durstig nach dem Schnaps, verkniff es sich aber, danach zu greifen. Man war im Dienst. Aber zumindest eine Frage im Zusammenhang mit dem Hochprozentigen passte. »Wir haben eine zerbrochene Flasche Selbstgebrannten beim Smoker gefunden. Mit ausschließlich deinen Fingerabdrücken drauf. Kannst du dir das erklären?«

Perplex rieb sich der Wirt mit dem Handrücken über die Stirn. »Sicher. Ich hab immer eine draußen. Das weiß jeder. Manchmal dauert's ein wenig, bis alles fertig ist, dann vertreib ich mir so die Zeit. Wenn das Wetter schöner ist, bin ich dabei selten allein. Warum fragst?«

Peter Neumüller winkte ab und stellte stattdessen eine weitere Frage. »Warum ist der Hubert denn überhaupt auf die Idee gekommen, auf den Smoker zu pinkeln? Was ist passiert zwischen euch?«

Der Hüttenwirt, diesmal in einer speckigen, langen Lederhose, grünkariertem Hemd und Joppe, schloss für einen Moment die Augen. »Weiß ich nicht.«

Mit einem lauten Knall landete Bens flache Hand auf dem Tresen. »Verdammt, Rudi, es reicht. Ich bemühe mich hier wirklich, dir deinen Arsch zu retten, aber wenn du so weitermachst, trete ich in ihn hinein, dass es nur so kracht. Raus damit, warum hatte der Hubert einen dermaßen großen Hass auf dich?«

Nach einem Moment Schockstarre langte Rudi Zoidl nach einem Schnapsglas und stürzte es hinunter. Danach musste das zweite daran glauben. Peter Neumüller sah schon seine Felle für das dritte davonschwimmen, doch es blieb unangetastet.

»Ich weiß es doch wirklich nicht. Wie g'sagt, kam er im Suff öfters auf blöde Ideen. Außerdem … hat er doch *mir* die Frau ausgespannt. *Ich* hätte stocksauer sein müssen«, stieß er hervor, um nach einer kurzen Pause – plötzlich sehr leise – noch einen Satz nachzuschieben: »Dabei hat sie mir eh gar nicht so gut gefallen.«

»Welche Frau?«, fragte Ben, hellhörig geworden.

Lachend betraten Leonie und Hannah Wenninger den Gastraum. Die Köpfe der drei Männer ruckten herum und musterten die Kellnerinnen mit den frechen Zopffrisuren und den fröhlichen rosa Dirndlkleidern. Sofort erkannten die jungen Frauen die Lage. Ihre gute Laune erstarb. Leonie fasste sich als Erste. »Wir warten draußen, bis ihr fertig seid. Komm, Hannah!« Mit diesen Worten griff sie ihre Schwester am Oberarm und zog sie durch die Tür zurück ins Freie.

Beim Anblick der beiden lief Rudi Zoidl rot an. Seine Lage war ihm sichtlich peinlich, doch er hatte sich die

Suppe selbst eingebrockt und musste sie auch ganz allein wieder auslöffeln. Ohne Zweifel würde er lange Gegenstand des Ortstratsches sein – und sein Leben in nächster Zeit einem Spießrutenlauf gleichen. Mal abgesehen von den möglichen strafrechtlichen Konsequenzen. Auf unterlassene Hilfeleistung stand bis zu ein Jahr Haft. Noch war unklar, ob er wegen Hubert Holzingers Pinkelaktion auf Notwehr plädieren konnte.

Vielmehr als der Seelenzustand seines Gegenübers interessierte Ben aber dessen geheimnisvolles Pantscherl. »Also erzähl, wer war die Dame?«

Rudi Zoidl schnaubte abfällig. »Blanca heißt's. Aus Peru. Ich kenne sie von der Wies'n letztes Jahr in München. Ich war Gast, sie servierte und stolperte mir im Hofbräu-Festzelt über die Füße. Wir lachten. Ich half ihr. Wie es dort halt schnell einmal passiert, kam danach eines zum anderen. Zwei Wochen später stand sie plötzlich auf meiner Terrasse. Mir sind beinahe die Teller runtergefallen vor Überraschung. Ich mein, a fesche Katz war's ja schon mit ihren schwarzen Haaren und den schönen Zähnen, die 45 hättest du ihr niemals gegeben, aber wehe, die hatte was getrunken, dann zuckte sie immer völlig aus. Und bei der Vollblunz'n floss der Prosecco in Strömen.« Entgeistert schüttelte der Hüttenwirt den Kopf.

Ben musste sich das Lachen verkneifen, und auch Peter Neumüller biss sich angesichts der bildlichen Schilderung auf die Lippen. Der urige, bodenständige Hüttenwirt und eine rassige Latina vom anderen Ende der Welt – die Vorstellung war einfach zu komisch.

Als sie ihre Gesichtsmuskeln wieder unter Kontrolle hatten, half Peter Neumüller dem Gehörnten auf die Sprünge. »Und dann kam der schöne Hubert.«

»Genau. Ungefähr eine Woche später. Bis dahin saß Blanca den ganzen Tag auf meiner Terrasse, schlürfte gratis Sprudel und unterhielt sich mit den Leuten. Als er auftauchte, bekam sie Stielaugen. So schöne Haare wie ein schwarzer Löwe, zirpte sie, und ein Lächeln wie ein Filmstar. Der Hubert war kein bisschen besser, grinste sie an wie ein Hutschpferd und bemerkte nicht einmal, dass die Ploberger Susi, seine Begleitung, wütend abdampfte. Blanca war wie alle seine Weiber, je billiger der Schmäh, desto erfolgreicher. Kurz drauf packte sie ihre Sachen und verschwand. Ihr könnt euch vorstellen, dass es ungefähr fünf Minuten gedauert hat, bis mir wer steckte, wohin.«

»Warst du eigentlich nicht auch deshalb grantig auf ihn, weil man dir dein Projekt in Sachen Kulturhauptstadt abgelehnt hat?«, wollte Peter Neumüller als Nächstes wissen.

Der Wirt schien ehrlich erstaunt. »Aber das war doch nur ein Scherz. Letzten Sommer hatte ich den ›Fleisch trifft Fisch‹-Tag mit Livemusik von den ›Vier Goiserern‹. Meine Terrasse war getreten voll. Die Leute wollten nicht heim, weil Wetter und Stimmung super waren. In einer Musikpause fragte dann der Gitarrist der Partie, der Trenkwalder Klaus, warum ich eigentlich keinen Kinderspielplatz hätte. Seinen vier Kindern, alle unter zehn, sei fad. ›Weil der Geld kostet, das ich nicht hab‹, sagte ich. Und er: ›Lass ihn dir doch von der Kulturhauptstadt finanzieren. Reiche ein Projekt ein. Kultur und Kinder, oder so.‹ Er kannte sich da aus und wusste, wie man das angeht. Ich hab's dann aber sofort wieder vergessen, bis irgendwann die schriftliche Ablehnung vom Hubert kam.«

»Es wäre doch perfekt gewesen. Ich kann mir nicht vorstellen, dass dir das egal war!«

Rudi Zoidl tat gleichgültig. »Getaugt hätte es mir schon, aber war halt nicht. Hubert kam sogar persönlich zu mir, erklärte, dass er zwar zugestimmt hätte, die anderen aber nicht, entschuldigt hat er sich trotzdem.«

Das klang plausibel. Dennoch würden sie mit dieser Blanca sprechen müssen, offenbar Hubert Holzingers Freundin, von der sie allerdings soeben zum ersten Mal gehört hatten. Ihr bisheriger Wissensstand: Er sei leidenschaftlich ledig und ein Frauenheld gewesen.

Ein lautes Knurren durchbrach die kurzfristig eingetretene Stille. Peter Neumüllers Magen meldete sich nachdrücklich. »Dagegen bin ich machtlos. Wenn es Mittag wird, entwickelt der Kleine ein Eigenleben.« Grinsend tätschelte er seinen stattlichen Bauch.

Dankbar ergriff Rudi Zoidl die Chance, das Thema zu wechseln. »Ich hab eine echte Spezialität fertig: Oaschmoizfleg.«

Der Ermittler riss die Augen auf. »Oasch… was?«

Jetzt war der Wirt voll in seinem Element. »Oaschmoizfleg, Peter, haben nix mit deiner Kehrseite zu tun. Das sind Eierschmalzfleckerl. Du machst eine Teigrolle aus Mehl, Wasser, Salz und verquirlten Eiern, schneidest sie in Scheiben, verteilst Eierspeise drauf und machst Tascherl, die du in einer echten Rindsuppe kernig kochst und dann mit Schnittlauch und gerösteten Zwiebelringerln servierst. Sind gleich fertig. Magst?«

Bei der Schilderung und dem Duft aus der Küche lief auch Ben das Wasser im Mund zusammen. Umgehend hockten sie sich an den Stammtisch und ließen sich verwöhnen, auch wenn beiden Polizisten klar war, dass sie den hervorragenden Koch ganz klar vom immer noch Tatverdächtigen trennen mussten.

Pappsatt traten sie, nach jeweils zwei Tellern Suppe, ins Freie. In diesem Moment näherte sich eine große Gruppe älterer Herrschaften mit zwei Berner Sennenhunden der Hütte und deutete laut lachend darauf.

»Gutes Timing«, stellte Peter Neumüller fest und winkte, bereits auf dem Weg zu dieser ominösen Blanca, Rudi Zoidl zu. Dank der Ischler Buschtrommeln, diesmal in Form der stets bestens informierten Wenninger-Schwestern, wussten sie, dass die Frau offenbar Arbeit als Kellnerin auf einer Hütte am Loser hoch über Altaussee gefunden hatte.

Nach ein paar Metern warf Ben noch einmal einen Blick zurück.

Der Hüttenwirt lehnte mit gebeugtem Rücken und gesenktem Kopf am Geländer, das die Terrasse vom Abgrund dahinter trennte. Er wirkte erschöpft und angespannt.

Von Bad Ischl kommend führte die B 145, die Salzkammergut-Bundesstraße, vorbei an Bad Goisern über den Pötschenpass hinüber ins malerische Altaussee. Der Luftkurort am Fuße des Losers war nicht nur Hotspot für Touristen, sondern auch beliebte Zweitwohnsitzgemeinde vieler Wiener und sogar Drehort eines James-Bond-Abenteuers. Der Berg hatte seinen Namen aus dem Mittelalter, als man hinüber ins Ennstal *gelost*, also gehört, hatte, ob es irgendwo Kampflärm gab.

»Was machen wir eigentlich mit dem Hannes Reiter?«, fragte Peter Neumüller, nachdem er das Auto gestartet und das Navi aktiviert hatte. Doch noch ehe er den Automatikhebel auf »Drive« stellen konnte, signalisierte ihm sein Smartphone den Eingang einer Nachricht. Neugierig überprüfte er das Display. Sogleich entfuhr ihm ein entsetztes »Oh nein, bitte nicht!«

Alarmiert wandte sich Ben seinem Kollegen zu. »Was gibt's?«

Verzweifelt streckte ihm der Mann am Steuer das Telefon entgegen. »Mein freies Leben ist zu Ende.«

Das Foto zeigte einen Teenager mit einem kleinen Hund am Schoß. Das Mädchen lächelte fröhlich, der braunrote Winzling schien zu schlafen. Ben verstand. »Dein Widerstand war zwecklos. Jetzt haben sie dich verhaftet!«

»Für mindestens 15 Jahre.«

Ben konnte sich ein breites Schmunzeln nicht verkneifen. Jahrelang hatte Peter Neumüller sich mit Händen und Füßen gegen die Anschaffung eines Familienhundes gewehrt. Letztlich waren die Gegner unüberwindbar gewesen, allen voran seine selbstbewusste Tochter Luna. »Sieht nach einem Ruby aus, nicht wahr?«

Der überrumpelte Ermittler gab mehr Gas als nötig. »Ein Spaniel. Wenn es wenigstens ein Labrador oder etwas Handfesteres gewesen wäre. Was um Himmels willen soll ich denn mit so einem Winzköter?«

»Herzig ist er aber schon«, konstatierte Ben nach einem weiteren Blick auf das Bild. »Wie wird er denn heißen?«

»›Ich mag dich nicht‹, ›Giftzwerg‹ oder noch besser ›Friss Luna‹«, grummelte der überrumpelte Polizist, doch Ben wusste es besser. In Wahrheit war er schon längst geschmolzen und spontan verliebt in das neue Familienmitglied.

Mit einem undefinierbaren Grunzlaut warf sein Kollege das Handy auf den Rücksitz. »Also, was ist jetzt mit dem Jungen?«

»Einstweilen gar nichts. Außer dass er dem Holzinger

nicht geholfen hat, ist ihm im Augenblick nichts vorzuwerfen.«

»Kann er sich erklären, warum Theo Pühringer seine E-Card in der Brieftasche hatte?«

Der wunde Punkt. Natürlich hatte Ben danach gefragt, doch Hannes Reiter hatte behauptet, sie schon ewig nicht mehr benötigt und nicht vermisst zu haben. Den Anwalt hätte er nach dem Prozess kein einziges Mal gesehen.

»Seltsam. Da müssen wir dranbleiben. Und überprüfen, ob Pühringer ihn nicht doch im Gefängnis besucht hat«, ergänzte der Mann am Steuer. »Dann hätten wir Reiter bei einer Lüge ertappt und könnten einhaken.«

Gute Idee, dachte Ben. Mit in die Hand gestütztem Kinn musterte er die vorbeiziehende Landschaft. Erst als die Straße zum Pötschenpass hin anstieg, formulierte er seinen nächsten Gedanken. »Könnte er die zweite Gestalt am Skywalk gewesen sein, so es sie wirklich gab?«

Vor der ersten Kehre schaltete Peter Neumüller herunter, weil sich vor ihm ein Lkw mit Schneckentempo bergan quälte. »Möglich. Aber ob wir ihm das nachweisen können ...«

»Wir brauchen etwas Handfestes. Beweise. Ich spüre in den Fingerspitzen, dass der Kerl uns etwas verschweigt oder lügt.«

Der wie so oft starke Gegenverkehr auf dieser Hauptverbindung ins Ausseer Land verhinderte jedes Überholmanöver. Eine Tatsache, die Peter Neumüller gar nicht zusagte. Trotz seines behäbigen Äußeren war er ein rasanter Autofahrer.

»Wie wirkte Reiter auf dich, als du ihm von Pühringers Tod erzählt hast?«

Noch einmal ließ Ben diesen Teil des nächtlichen Gesprächs Revue passieren. Seltsamerweise fand er keine

Antwort auf die Frage. »Kann ich dir nicht sagen. Er hielt beim Reden andauernd den Kopf gesenkt. Vielleicht aus Kalkül, vielleicht, weil er wirklich down war. Ich bin mir nicht sicher, was ich von dem Burschen halten soll. Er wirkt so verschreckt wie verschlagen. Gesetzt ist jedenfalls, dass wir es uns derzeit sparen können, Filo oder Marie zu löchern. Die stehen beide klar auf seiner Seite.«

Als sie die Passhöhe erreichten, versuchte Ben, seine widersprüchlichen Gefühle zu sortieren. Wie immer triggerte Marie in ihm eine ganze Palette an Emotionen, vom Beschützerinstinkt, den er wohl zeitlebens für sie empfinden würde, bis hin zu großer Verärgerung. Immer schon war sie äußerst geschickt darin gewesen, sich nicht durchschauen zu lassen. Dass er ihr keine Sekunde lang vertrauen konnte, hatte er auf schmerzhafte Art und Weise lernen müssen. Kaum tauchte sie in seinem Leben auf, fühlte er sich als Schachfigur in ihrem Spiel. Hannes Reiter bei sich zu verstecken, war zwar nicht verboten, dennoch empfand Ben es als hinterfotzig, auch wenn sie in der Nacht ehrlich gewesen war. Was blieb, war die hundertprozentige Überzeugung, dass sie mehr wusste, als sie zugab. Und dass er es aus ihr herauskitzeln würde, egal wie.

»Hoffen wir, dass sich Altaussee nicht als Sackgasse entpuppt«, holte er sich selbst zurück ins Hier und Jetzt. »Außerdem möchte ich Theo Pühringers Nachbarn in Hallstatt auf den Zahn fühlen. Die Häuser stehen dort dermaßen eng, gut möglich, dass sie etwas mitgekriegt haben. Es muss eine Heidenarbeit gewesen sein, den Sarg auf den Dachboden zu schleppen, und die Leute sind neugierig.«

Der Rest der Fahrt verlief schweigend. Ben genoss das Panorama, insbesondere den markanten Gipfel des Loser, daneben die gewaltige Trisselwand. Höchste Zeit, bald wieder einmal den traumhaft schönen Steig an deren rechter Flanke in Angriff zu nehmen, der über Bergwiesen, einen steilen Hochwald und Felsen zum Gipfelkreuz führte. Dort oben fiel es ihm leicht, die Welt hinter sich zu lassen. Zumindest für kurze Zeit.

Peter Neumüllers zusammengezogene Stirn verriet, dass auch er intensiv nachdachte, wobei unklar war, ob über die Fälle oder über sein neues Leben als Hunde-Herrchen wider Willen.

ALTAUSSEE

G'spusi.
Liebschaft.

Die Frau war bildhübsch und strafte ihre Mitte 40 Lügen.

Trotz ihrer hohen Schuhe reichte sie Ben gerade mal bis zum Kinn. Das ganze Persönchen konnte keine 50 Kilo wiegen, samt Kleidung. Ihre langen Haare waren in der Mitte gescheitelt und fielen ihr bis fast auf die Hüften, dunkle, selbstbewusste Augen blitzten. Die Terrasse der großen Berghütte am Ende der Loser-Bergstraße war gut gefüllt, und nicht wenige Köpfe drehten sich mehr oder weniger verstohlen nach der zarten Latina im blauen Dirndl um, männliche wie weibliche.

Peter Neumüller schien ebenfalls Mühe zu haben, sich zu konzentrieren. Als Grund vermutete Ben weniger die spektakuläre Aussicht auf die Berge als jene auf ihr Gegenüber. Das im Übrigen seinen Kollegen gerade anstrahlte und in hart gefärbtem Englisch nach seinem Begehren fragte.

»You speak german?«, stotterte Peter Neumüller, ebenfalls nicht unbedingt akzentfrei.

Amüsiert genoss Ben das Schauspiel. Es passierte ihm nicht zum ersten Mal, dass er auf einer heimischen Almhütte des Deutschen kaum mächtiges Personal erlebte. Da war es zumindest von Vorteil, wenn es hübsch anzusehen war. Aber auch wenn viele Touristen wegen der urtümlichen Gastfreundlichkeit ins Salzkammergut reisten, zählten zuletzt gutes Essen, Trinken und die grandiose Landschaft mehr als tadellose Sprachkenntnisse. In Zeiten wie diesen war man froh, überhaupt Hilfskräfte zu bekommen.

Ben erlöste seinen Kollegen und übernahm.

15 Minuten und gefühlt 30 Augenaufschläge später waren sie schlauer. Auch dahingehend, dass diese intelligente Frau zwei Nummern zu groß war für einen geraden Michl wie Rudi Zoidl. Und dass sie besser Deutsch konnte als angenommen.

»Also«, fasste er das Gehörte noch einmal zusammen und nahm einen großen Schluck von seinem inzwischen gebrachten Wasser, »es war in etwa so, wie Rudi es uns geschildert hat. Sie stammt ursprünglich aus Lima in Peru und kam zusammen mit ihrem ersten Ex, einem Restaurantbesitzer, nach Mallorca. Der darauffolgende und mittlerweile zweite Ex, der eine Bar betreibt, holte sie nach München. Nach der Trennung jobbte sie auf dem Oktoberfest, wo sie Rudi buchstäblich in die Arme fiel. Als sie hörte, er sei Wirt, packte sie die Gelegenheit beim Schopf. Hubert Holzinger allerdings scheint sie sehr gemocht zu haben. Die Affäre lief seit einem knappen Jahr, wenn auch diskret. Etwa einmal die Woche kam er zu ihr, in der nächsten fuhr sie zu ihm. Dank ihrer Ehe mit dem Deutschen ist sie EU-Bürgerin und ganz regulär im Land.«

Peter Neumüller hatte schweigend gelauscht und dabei die köstliche Cremeschnitte verschlungen, für die die Hütte berühmt war. Er schluckte den letzten Bissen hinunter und konstatierte trocken: »Die weiß von nichts, oder?«

»Ein totes Ende«, bestätigte Ben achselzuckend. »Sie sagt, der Rudi habe die Trennung aus ihrer Sicht locker weggesteckt, und nie Probleme gemacht.«

»Glaubst du ihr?«

»Warum nicht, sie hat keinen Grund zu lügen.«

»Zumindest keinen, den wir kennen«, resümierte Peter Neumüller. »Interessant fand ich auch, dass sie meinte, Hubert habe seine Frauen regelmäßig ausgetauscht.«

Auch Ben beschäftigte dieser Teil des Gesprächs. Nicht nur beruflich.

Blanca hatte es so formuliert: »Sobald eine Freundin wollte mehr, er floh. Immer dieselbe Schleife, dieselbe Worte: Ich will doch nur *glücklich sein*. Hat nicht verstanden, dass war *er* Problem, nicht sie. Brauchte bewundert werden, ist Narcicista, da war wenig Selbstwert. Ich hab genau gewusst, was tun, damit er bleibt.«

Eine seltsame Beziehung, aber Ben ersparte sich Bewertungen, war er doch selbst dahingehend keine Leuchte. Beschrieb sie damit nicht auch ein wenig seine eigene Persönlichkeit? *Seine* Frauengeschichten, bei denen er nach unterschiedlich langer Zeit auch stets an diesen Punkt kam, sie möglichst rasch loswerden zu wollen? Lag es nicht viel mehr an *seinen* Defiziten, dass er sie irgendwann immer als anstrengend oder langweilig empfand? War auch er ein Narzisst?

»Darin könnte ein wunderbares Mordmotiv liegen«, unterbrach Peter Neumüller seinen selbstkritischen Gedankenfluss. »Wir sollten die Damenparade jedenfalls einige Jahre zurückverfolgen und abgleichen, wer am Liachtbratlmontag ebenfalls auf der Hütte und nicht gut auf ihn zu sprechen war.«

Vollkommen richtig. Gut möglich, dass eine der Verflossenen die günstige Gelegenheit zur Rache ausgenützt hatte. Eine Ex mit gehörig Aggressionspotenzial allerdings, aber dass es sie gab, erlebte Ben in seinem Beruf des Öfteren.

Insgeheim zog er den Hut vor dieser Blanca. Sie hatte Hubert Holzingers Charakter rasch durchschaut, ihn an der langen Leine gehalten und sich damit für ihn interessant gemacht.

»Die Gute scheint tatsächlich kein Mordmotiv zu haben, also haken wir sie vorerst ab und nehmen nach ihrer Aussage auch Rudi Zoidl aus der Gleichung. Was jetzt?«

»Klinken putzen in Hallstatt?«, schlug Ben vor. »Ich fahre.«

Als sie in Obertraun an der Abzweigung zur Krippenstein-Seilbahn vorbeirauschten, läutete Peter Neumüllers Telefon. »Das Büro. Mal sehen, was es Neues gibt.«

Die Straße schlängelte sich noch einige Kilometer direkt entlang des Hallstätter Sees, ehe Ben rechts auf einen kleinen Parkplatz einbog, an einer Stelle, die er sehr mochte. Hier genoss man sowohl einen ungehinderten Blick auf den Ort als auch hinüber zur anderen Seeseite, an der die Bahnlinie verlief und daneben der malerische Wanderweg. Einige Jahre zuvor hatte er beim Seerundlauf mitgemacht, einem Halbmarathon, und dadurch die Strecke zu schätzen gelernt. Soeben legte die kleine Fähre ab, die den Bahnhof mit Hallstatt verband.

Helene Almesbergers Stimme drang aus dem Lautsprecher und brachte sie gewohnt präzise auf den neuesten Stand. »Ihr wolltet Hintergrundinformationen zu Theo Pühringer. Es gäbe viel zu sagen, bei Weitem nicht nur Gutes, aber belassen wir es vorerst bei ein paar relevanten Aspekten. Er war schon in Pension. Während seiner aktiven Zeit machte er sich einen Haufen Feinde, wurde einige Male auch ernstzunehmend bedroht, zum Glück ohne Folgen. Den Fall Hannes Reiter übernahm er pro bono, wohl, weil er viel mediale Aufmerksamkeit erhielt. Pühringer hatte den Ruf, so skrupellos wie mediengeil zu sein. Und blechgeil, seine Porsche-Sammlung war legendär.«

Eine typische Almesberger. Ben schätzte die unverblümte Art seiner Linzer Kollegin über alles. »Was hat die Überprüfung in Gerasdorf ergeben?« Hannes Reiter war im einzigen Jugendgefängnis Österreichs eingesessen.

»Wenig. Außer, dass Filo Hemetsberger regelmäßig kam. Anfänglich wollte Reiter sie nicht sehen, später ständig. Ich wüsste nur zu gern, wie sie das schaffte. Er galt als unzugänglich und kontaktscheu.«

»Theo Pühringer war nie da?«

»Nicht laut Besucherdaten. Offenbar wollte er nach dem Prozess nichts mehr mit dem Jungen zu tun haben. Er hatte seinen Zweck erfüllt.« Ihre Missbilligung war nicht zu überhören. »Und noch etwas. Pühringer war krank, hielt es aber unter Verschluss. Die Spatzen pfeifen Krebs von den Dächern. Details kenne ich noch nicht, wie immer ist es ein G'würks mit dem Datenschutz.«

Ben bedankte sich artig und rollte los.

Schon wieder diese vermaledeite Filo. Sie war der Schlüssel zu vielem, besonders zum Rätsel Hannes Reiter. Per Spracherkennung bat er darum, in der Ordination anzurufen.

Doch nicht Filo hob ab, sondern Marie. Ihre Stimme klang belegt.

»Marie, Ben hier. Wo ist Filo? Ich möchte bitte mit ihr sprechen.«

»Hallo, Ben«, kam es leise zurück. »Dir auch einen wunderbaren Tag.«

Die letzte Nacht hatte ihnen beiden zugesetzt. Wenn sie so wenig geschlafen hatte wie er, hatte sie einen harten Vormittag hinter sich. »Ist sie da?«

»Leider nicht, Ben. Sie hat sich für heute spontan freigenommen. Wahrscheinlich ist sie bei Hannes und will ungestört sein.«

Sie klang so erschöpft, dass er sich zu sorgen begann.

»Wir sind jetzt in Hallstatt und müssen etwas erledigen. Fährst du bitte, sobald du kannst, heim und überprüfst, ob die beiden da sind? Und vorher noch an ihrem Haus vorbei? Nur, damit wir allen Möglichkeiten nachgegangen sind. Sobald wir fertig sind, kommen wir auch.«

»Mach ich. Auf Wiederhören.«

Am liebsten wäre er sofort zu ihr gefahren, um sie … ja was eigentlich?

Selbst ein scharfer Biss auf die Lippen half nicht gegen die sich aufdrängende Verunsicherung.

Der Anteil an Liebe im Rahmen seiner Emotionen für sie war doch bei null.

Oder?

AN DER MÜLLERSTIEGE

Ausfratscheln.
Jemanden mit Nachdruck befragen.

Zwei Fälle.

Die womöglich zusammenhingen, vielleicht aber auch nicht.

Während sie kreuz und quer durch das Salzkammergut hetzten, durchleuchteten die Kollegen in Linz Hubert Holzingers berufliche Vergangenheit. Bislang mit wenig Erfolg. Bis auf seine Frauengeschichten hatte er ein eher langweiliges Leben geführt, auch seine berufliche Karriere war linear verlaufen. Außer einigen Strafzetteln wegen Geschwindigkeitsübertretungen gab es keine Verfehlungen. Wem bloß war er dermaßen auf den Schlips getreten, dass er es mit dem Leben bezahlt hatte?

Eisig kalt war's. Erkennbar auch an der Kleidung der Touristen: primär Daunenanoraks, da und dort ein dickerer Mantel, das Schuhwerk eine Mischung aus Sneakers und Moon Boots.

»Hallstatt? Wie unschwer zu erkennen ist, bist du entweder chinesischer oder indischer Tourist, davon genervter oder gut daran verdienender Einheimischer, ausländischer Kellner, hast als Österreicher die falsche Abzweigung erwischt oder bist Polizist«, gab Peter Neumüller sich keine Mühe, seine Abneigung gegen die Überfüllung des Ortes zu verbergen, die heute noch größer war als bei ihrem Besuch gestern.

»Oder ein reicher, toter Anwalt«, ergänzte Ben die Aufzählung.

Im Ortskern wandten sie sich nach links, um die Müllerstiege zu erklimmen, ordentlich gebremst durch eine große deutsche Reisegruppe samt Führer. Den Schlüssel zum Haus hatten sie wohlweislich behalten, mit dem Argument, sich eventuell noch einmal umsehen zu müssen.

Vor Theo Pühringers Domizil angekommen, musste Peter Neumüller erst einmal durchschnaufen.

»Ein Hund zum Spazierengehen wird deiner Fitness nicht schaden«, konnte Ben sich nicht verkneifen zu stänkern.

Sein Kollege nahm es gelassen. »Stimmt. Aber bei unserem Wetter lohnt sich eine Badehosenfigur sowieso nicht. Und zum Klingelknopfdrücken reicht meine Kondition allemal«, sagte er und demonstrierte es gleich an der einstmals grünen Holztür am Haus links neben jenem von Theo Pühringer. Interessiert musterten die Kollegen die beiden zerknautschten Milchkannen, die liebevoll mit Spätblühern gefüllt waren.

Erst nach einer gefühlten Ewigkeit wurde geöffnet. Vor ihnen stand ein uralter Mann in derben Hosen samt Trägern sowie einem Hut mit Gamsbart auf dem Kopf. Sein Gesicht mit den tiefliegenden Augen und der Adlernase war über und über mit Falten durchzogen. Im Mundwinkel hing eine Pfeife. »Wos is'?«, fragte er nicht unfreundlich und schenkte ihnen ein weitgehend zahnloses Lächeln.

»Grüß Gott, wir sind Benediktus Achleitner und Peter Neumüller von der Polizei«, stellte Ben sie vorsichtshalber etwas lauter vor. »Dürfen wir kurz hereinkommen? Wir hätten ein paar Fragen zu Ihrem Nachbarn, Theo Pühringer!«

»Freili wohl, kimmt's! Aber nit eina, setz ma uns auf des Bankerl. Die Sonn' scheint so schön!«

Das *Bankerl* entpuppte sich als schmales Brett, das über zwei Holzpflöcke gelegt worden war. Der winzige Hallstätter mochte darauf gut Platz haben, Peter Neumüller hingegen versuchte erst gar nicht, seine Körperfülle darauf zu verteilen. Ben hingegen quetschte sich höflichkeitshalber daneben.

»Wissen Sie ...«

»I bin der Kilian Voglhuber, per Sie war ich schon lang nimmer mit wem!«, unterbrach ihn der Hausherr zwinkernd.

Bens Hoffnung stieg, einen zwar betagten, aber gewitzten Zeugen vorzufinden, dem nichts so schnell entging, auch wenn er es sich nicht anmerken ließ.

»Danke, Kilian«, stimmte er gerne zu. Wie häufig bei Befragungen gab Peter Neumüller den stillen Beobachter, der mit verschränkten Armen an der Balustrade lehnte und ihnen so ein wenig Schutz vor den vorbeiströmenden Touristen bot.

Just in dem Moment, da Ben nach einem Anfang suchte, schwirrte eine Drohne über ihre Köpfe, deren Besitzer allerdings nicht auszumachen war.

»Verflixtes Krafl!« Der Fluch kam laut und grantig. Kilian Voglhuber schüttelte die Faust. »Die Leit' sind, wie sie sind, aber das Teufelszeug schieß i bald einmal ab!«

Ohne Zweifel befand sich in dessen Beständen mindestens ein gut gepflegtes Gewehr.

Ben schenkte ihm einen Moment, um sich wieder zu beruhigen, ehe er ohne Umschweife zum Punkt kam. »Ziel dann bitte ausschließlich auf die Drohne, Kilian. Dein Nachbar hat einen Sarg auf seinem Dachboden. Weißt du etwas darüber?«

»Sicher.«

»Was denn?«

»Dass er einen hat.«

»Woher denn?«

Das Lachen des Alten ging ungebremst in einen Hustenanfall über. Eine Wolke aus Pfeifenrauch raubte Ben den Atem. Er hielt die Luft an und hoffte auf das Beste.

»Ist eng hier.«

Volltreffer.

»Wer hat ihn gebracht?«

»Er.«

Theo Pühringer hatte also reichlich erfolglos versucht, sein Projekt vor den Nachbarn geheim zu halten.

»Was hast du dir dabei gedacht?«

»So a zwoaheimischer Spinner.«

Dass der Tote als zugereister Zweitwohnbesitzer nicht bei allen beliebt gewesen war, wunderte Ben nicht. Seine offensichtlich nicht unbemerkt gebliebenen Marotten erst recht nicht.

»Wie lange ist das ungefähr her?«

»A Zeitl.«

»Weißt du, was er bei sich so alles getrieben hat?«

Die nächste Wolke Pfeifenrauch. Danach langes Schweigen.

Kein Nein.

»Hast g'sehen, wer so alles da war?«

Wieder Stille. Dann: »Manchmal.«

»Wer denn?«

»Wer interessiert di denn?«

Ben zückte ein Foto von Hannes Reiter.

Der Alte hatte scharfe Augen, die mehr gesehen hatten, als seinem Nachbarn lieb sein konnte. Dennoch blieb die Antwort vage.

»G'wiss ist es nit.«

»Waren öfters Leut' da?«

Jetzt schürzte Kilian Voglhuber die Lippen.

Also ja.

Wieder die Drohne. Das Gesicht des Alten fror ein. Umso mehr, als er diesmal erkannte, wer sie steuerte. »Schleich di, du Depp!«, schrie er dem jungen Asiaten so laut wie wütend zu. »Ich sitz mi a net mit meinem Oasch auf deinen Balkon!« Er griff hinter sich und präsentierte ein rotes Schild, auf dem eine durchgestrichene Drohne zu sehen war, samt den Worten *No Drone in my Zone!*

Perplex über so viel einheimischen Unmut brachte der Gast sich und sein verschmähtes Gerät in Sicherheit. Stille kehrte ein. Mit Unschuldsmiene und geschlossenen Augen paffte Kilian Voglhuber genüsslich seine Pfeife, als sei nichts gewesen.

»Du kennst mich Kilian, nicht wahr?« Bens Frage kam nicht so spontan, wie es schien.

Was folgte, war ein amüsiertes Nicken. »Eh klar. Du bist der Bub vom alten Achleitner drüben in Ischl, dem Tischler. Jetzt g'hört dir die Ladreiter-Hütte in Goisern.«

»Du hast dich über mich erkundigt, stimmt's? Erst dann hast du die Tür aufg'macht.«

Langsam öffnete der Alte die Lider. »Freili wohl.«

»Und warum bist du nicht schon beim ersten Mal herausgekommen?«

»Da wollt i no nit.«

Ben ahnte, warum. Kilian Voglhuber wusste etwas. Reden würde er allerdings nur mit jemandem, dem er vertraute. Wenn man die letzten paar Minuten denn reden nennen wollte.

»Schau, Kilian, drüben auf der Katrin ist am Montag einer umgebracht worden. Dein Nachbar ist vom Salzturm gesprungen. Und dieser junge Mann hat irgendetwas damit zu tun. Wir sollen herausfinden, was. Hilf uns bitte.«

Obwohl kaum möglich, erschienen noch mehr Falten auf der Stirn des runzeligen Hallstätters. »Mein Nachbar war er nit lang. Die vorher hab i mehr mögen. Schade um sie.«

Mit einem Mal hüpfte er behände auf. Schon auf dem Weg nach drinnen führte er eine Art Selbstgespräch. »Der liebe Gott ist ein harter Knochen und sieht alles. Vor dem kann man auch schlimme Dinge nur schwer verstecken, egal wie lang die Ahnleut' schon tot sind. Griaß enk, Buam!«

Weg war er.

»Was ist denn mit dem los?« Peter Neumüller wurde sichtlich nicht schlau aus Kilian Voglhuber. »Und was machen wir jetzt?« Da hinter den Häusern steiler Fels aufragte und es zur Rechten keine unmittelbaren Nachbarn gab, machte auch weiteres Klinkenputzen keinen Sinn.

Ben rieb sich übers Gesicht. Überlegte. »Jetzt, mein lieber Kollege, darf Tobias ein wenig in der Vergangenheit graben.«

Noch immer auf der Beng hockend, zückte er sein Telefon und wählte die Nummer von Tobias Kofler, dem besten IT-Spezialisten des LKA. Schon öfters hatte dessen Knowhow sie bei kniffligen Fällen weitergebracht.

Er meldete sich sofort.

»Kannst du mir bitte möglichst schnell eine Aufstellung der aktenkundigen unnatürlichen Todesfälle in Hallstatt und Umgebung liefern? Unfälle. Selbstmorde. Morde. Alles, was wir haben, und so lange zurück wie möglich. Und dann wäre es noch wichtig herauszufinden, von wem Theo Pühringer das Haus gekauft hat.«

Die Antwort aus Linz schien zufriedenstellend auszufallen.

»Weihst du mich vielleicht irgendwann in deine Gedankengänge ein?« Bens immer mehr überforderter Partner stieß sich von der Kante ab und setzte sich nun doch im Zeitlupentempo auf das schmale Holzbrett. Erstaunlicherweise war im Augenblick nicht ein Tourist in diesem Bereich der Stiege unterwegs.

Jovial klopfte Ben ihm auf die Schulter und erhob sich. »Klar doch. Aber das Hinsetzen hättest du dir sparen können. Komm mit!«

Seit seiner Jugend hatte er gelernt, auch das zu verstehen, was nicht direkt gesagt wurde, und in diesem Fall zog er hoffentlich die richtigen Schlüsse. Sicher war er sich nicht, aber eine Chance bestand.

»Wohin denn?«

»Wirst du bald sehen!«

Vorbei an drei bunt gekleideten, aufgeregt gestikulierenden Männern nahmen sie die steilen Treppen bergab in Angriff.

»Das ist wahre Brutalität«, schimpfte Peter Neumüller und hoffte, dass sich all die Mühe lohnen würde. Zehn Minuten und etliche Höhenmeter später schienen sich in seinen Knien Glassplitter zu befinden. »Warum mache ich hier mit dir Extremklettern und sitze nicht schon längst bei einer Leberknödelsuppe?«

Ben legte ihm die Hand auf den Oberarm. »Die kriegst du jetzt, versprochen.«

Goldene Worte in den Ohren des geplagten Polizisten. »Und noch vor dem Schweinsbraten will ich Klartext. Versteh einer euch seltsames Bergvolk, ich tu's nicht!«

»Vielleicht geht sich sogar noch ein Bauernkrapfen aus, je nachdem wie lange Tobias braucht, um etwas herauszufinden. Und klar bringe ich Licht in dein Dunkel, du

Großstadt-Fuzzi. Wenn ich es halbwegs richtig verstanden habe, hat der alte Kilian nämlich einiges angedeutet, ohne viel zu sagen.«

Wohlig lehnte Peter Neumüller sich zurück. Sogar ein Espresso nach dem herrlichen Bauernkrapfen mit viel Zucker und Marillenmarmelade war drin gewesen, hier im Bräu, einem traditionellen Gasthof direkt am See. Inzwischen war es später Nachmittag. Tobias Kofler hatte sich bislang nicht gemeldet.

Ben reichte es für heute. »Ich fahre jetzt zurück auf die Hütte. Magst du dir gleich hier ein Zimmer nehmen oder soll ich dich zurück nach Ischl bringen?«

Diesmal war es an Peter Neumüller, ohne viel Auskunft zu verschwinden.

Kurz darauf kam er zurück und wedelte mit einem Schlüssel. »Frühstücksbuffet inklusive. Ich bleibe, hole mir nur noch schnell meinen Koffer aus dem Auto. So wie ich unser Genie kenne, gibt es keine Ruhe, bis es etwas ausgräbt, und wenn es die ganze Nacht dauert. Dann bin ich morgen schon vor Ort. Eine Sauna gibt's auch.«

»Pass nur auf, dass du da drin nicht platzt mit dem vielen Essen intus. Ich brauch dich noch!«

MARIE

Na, Wusch!
Das ist jetzt aber schon sehr interessant.

Marie hatte Bens Bitte entsprochen und war nach dem
Schließen der Praxis an Filos Haus in der Rettenbachwaldstraße vorbeigefahren, hatte aber niemanden angetroffen. Weiterhin ging ihre Freundin auch nicht ans Telefon, genauso wenig wie Hannes.

Zu ihrem großen Erstaunen waren allerdings sowohl
ihre Wohnung als auch die darunter leer. Dass Filo und
Hannes zusammensteckten, stand für sie außer Zweifel.
Wahrscheinlich schilderte der junge Mann seiner Ziehmutter gerade die Ereignisse der letzten Stunden und deren
guten Ausgang.

Die Nacht ging ihr nach. Hannes Reiters Erzählung,
Bens Auftauchen und die Fragen, die er gestellt hatte. Zum
ersten Mal hatte sie von diesem Anwalt gehört, Theo Pühringer, und von dessen Verbindung zu Hannes. Insbesondere die Unklarheit über Hannes' E-Card ließ ihr keine
Ruhe. Zu seltsam schien ihr dieser Zusammenhang, den es,
laut Hannes, gar nicht gab.

Das war der Punkt. Bis dahin hatte sie dem jungen Mann
jedes Wort geglaubt. Aber bei Bens Frage hatte er gelogen, dessen war Marie sich sicher. Sie war Ärztin. Es ging
um eine E-Card. So schwer konnte es nicht sein, gewisse
Dinge zu überprüfen.

Wie sehr sie sich danach sehnte, mit Filo zu sprechen. Über Hannes. Warum sie immer und immer wieder ins Gefängnis marschiert war oder warum sie wie ein Fels hinter ihm stand und sich für ihn in rechtliche Grauzonen begab, manchmal sogar darüber hinaus. Obwohl sie die Antwort ahnte, musste sie alles aus Filos Mund hören. Ungeschönt. Es war keine Zeit mehr für Rücksichtnahme oder Privatsphäre, stattdessen gehörte die Vergangenheit zur Gänze auf den Tisch. Hoffentlich kehrte Filo bald zurück, vorzugsweise gleich mit Hannes im Schlepptau.

Unwillig schob sie die Gedanken an die beiden weg, loggte sich mit ihrem Passwort in den Patientenrechner ein und suchte Hannes' Datei heraus.

»Dann wollen wir mal nachsehen, ob ich dich bei einer Lüge erwische, mein Lieber«, sagte sie und tippte los.

Ihr Jagdinstinkt erwachte.

Es dauerte nicht lange, bis sie tatsächlich fündig wurde.

»Na, *das* ist nun wirklich interessant«, murmelte sie über die unzweifelhaften Fakten auf dem Screen.

Nachdenklich stützte sie das Kinn in die Hände.

BENS HÜTTE

Des taugt ma goa nit.
Eine Alternative wäre mir angenehmer.

Von Hallstatt aus war es nur der berühmte *Hupfer* hinüber nach Goisern und zu seiner heiß geliebten Behausung. Vor einigen Jahren hatte Ben sie vom alten Hubsi
Ladreiter, einem Ischler Faktotum, geerbt und seither viel
Zeit hier verbracht. Sie war rudimentär ausgestattet, aber
gemütlich, mit ihrem Kachelofen samt Sichtfenster und
den einfach gezimmerten Möbeln. Letztes Jahr hatte er
das Plumpsklo durch eine Biotoilette ersetzt und einen
größeren Abwassertank für Dusche und Abwasch vergraben. Geschirr, Bettwäsche und Kühlschrank hatte er neu
gekauft, ansonsten aber sehr darauf geachtet, dass alles so
blieb, wie er es übernommen hatte.

Müde stellte er den Motor ab, blieb aber noch einen
Augenblick lang im Auto sitzen. Was für ein ereignisreicher
Tag es doch gewesen war, von Rudi Zoidls Oaschmoizfleg
über eine raffinierte Pocahontas bis hin zum alten Voglhuber und seinen kryptischen Aussagen. Bei der Erinnerung
an das entrüstete Gesicht des Drohnenpiloten und Kilians
rotes Schild entfuhr ihm ein Lacher. Irgendwann würde
der Alte vielleicht tatsächlich einmal losballern. Verdenken konnte er es ihm nicht.

Die Sonne war längst untergegangen, die Luft hatte empfindlich abgekühlt. Beim Ausatmen bildeten sich Atemwolken. Dennoch hockte er sich auf die Hausbank neben der Eingangstür und starrte Löcher in die Luft, bis ihm zu kalt wurde.

Ein wenig Entspannung konnte nicht schaden.

Wie in den guten alten Zeiten des Hubsi Ladreiter stellte er die Flasche Zirbenschnaps auf den Tisch und schenkte sich ein. Zuerst einen Kleinen, dann noch einen, mit dem er sich in die Eingangstür stellte.

Die Vernunft gebot ihm, sich schlafen zu legen, aber die Gedanken kreisten unaufhörlich. Nicht nur die an den vergangenen Tag, sondern auch jene um Marie. Irgendwie hatte diese Frau kein Ablaufdatum. War es möglich, dass er sie auf eine perverse Art in seinem Leben brauchte und es sich einfach nicht eingestehen konnte?

Wenn man sich etwas vorstellt und dann tritt es unerwartet ein, erschrickt man naturgemäß. Genauso erging es Ben, als sich Scheinwerfer die Straße heraufschoben und sich nicht, wie erwartet, an seinem Häuschen vorbeischlängelten, sondern direkt davor zum Stillstand kamen. Aus dem dazugehörigen Auto stieg niemand Geringerer als das Objekt seiner Überlegungen der letzten Minuten.

Am liebsten hätte er die Augen zugemacht und sich zusammengerollt wie ein Hund. Warum war sie hier? In seiner Schutzzone? Ausgerechnet in diesem Moment, da er sich so verwundbar und ausgeliefert fühlte.

Gleich ihr erster Blick durch die Windschutzscheibe bohrte sich in ihn hinein. Noch nicht einmal ganz ausgestiegen war sie, da prallten sie schon aufeinander.

Bei früheren Gelegenheiten, an denen sie hier gewesen war, hatte zumindest nie eine Prise Humor gefehlt. Diesmal schon, was ihre Anwesenheit für ihn noch einmal belastender machte. Sie wirkte so ernst, wie er sich fühlte.

»Hallo, Ben. Entschuldige den Überfall. Aber ich denke, du wirst ihn mir verzeihen, wenn du hörst, was ich zu sagen habe.«

Sie wählte also den direkten Weg ohne Gesülze oder Smalltalk. So wie es aussah, wollte sie die Sache ebenfalls schnell hinter sich bringen. Was war bloß mit der Unbeschwertheit passiert, die sie, trotz der Ereignisse in der Vergangenheit, wiedergefunden zu haben glaubten?

»Komm rein«, bot er an und folgte ihr nach drinnen. Noch war er nicht dazugekommen, den Kachelofen auf Touren zu bringen, doch das holte er nun nach. Zwar hatte der Kamin tagsüber die Wärme gut gehalten, aber Ben fror von innen heraus.

Sein ungebetener Gast setzte sich an den alten Jogltisch, legte die Daunenjacke ab und harrte mit verschränkten Händen der Dinge.

Die Flasche Zirbenschnaps stand immer noch da, also nahm er ein zweites Glas und schenkte ein. Statt zu protestieren, stürzte Marie es in einem Zug hinunter.

Ben tat es ihr gleich. »Möchtest du mit einem Tee nachspülen?«

»Danke, nein, aber Wasser wäre fein.«

Als auch das erledigt war, gab es keine Ablenkung mehr.

»Raus damit, warum bist du hier?«

Sie kam sich sichtlich verloren vor. »Ich habe etwas Wichtiges Hannes Reiter betreffend entdeckt, aber im Augenblick kann ich nur daran denken, wie verkrampft wir beide sind, wie verletzend zueinander. Es tut mir weh. Wir müssen das ein für alle Mal klären.«

Erstaunt hatte Ben dem Ausbruch gelauscht. Eine reuige Marie? Viel lieber hätte er ihr den Kopf gewaschen, sie endlich in ihre Schranken gewiesen, ihre Macht über ihn gebrochen.

Doch jetzt tastete er vorsichtig nach ihrer Hand und berührte sie absichtlich, zum ersten Mal seit Langem. Gefährliches Terrain, sie spürten es beide. Und doch ließen sie es zu. Zumindest für ein paar Sekunden oder, wie Ben sich insgeheim eingestehen musste, für eine kurze und für ihn sehr kostbare Zeit.

Sie war schon lange nicht mehr seine Geliebte, aber dennoch existierte da dieses Band, das wohl immer da sein würde, diese Verbundenheit, die es nur geben konnte, wenn man sich lange kannte und viel miteinander erlebt hatte. Es war nicht zu leugnen, nur zu akzeptieren. Was noch lange nicht hieß, dass er es wieder verstärken sollte. Nur: Wo waren die Grenzen? Er würde sich dem stellen müssen, nur nicht jetzt.

Marie sah das offenbar anders. Kurz erhöhte sie den Druck ihrer Finger, die sich um seine rechte Hand gelegt hatten, dann begann sie, seine Haut zu streicheln, sehr sanft, sehr eindringlich, sehr …

Er entriss ihr das soeben geherzte Körperteil und richtete sich auf.

Sie tat es ihm gleich, wenn auch sichtlich irritiert.

»Hör auf damit, das ist vorbei«, würgte er heraus.

»Bist du dir da sicher?«

Nein.

Vielleicht.

Doch.

Nur die letztere Variante ließ er zu. Und sagte es, mit weniger Überzeugung in der Stimme, als ihm lieb war.

Natürlich durchschaute sie ihn sofort. Mühelos wie stets. Sie könnte jetzt grausam sein, entschied sich aber für Milde. »Ist gut«, hörte er deshalb und war froh darüber.

Beide wussten, dass Waffenstillstand war, mehr nicht.

»Also, was ist Sache?«, wandte Ben sich wieder neutraleren Dingen zu.

»Hannes Reiter. Du magst ihn nicht, oder?«

»Ein schwieriger Typ.«

»Finde ich auch. Er weckt mein Mitgefühl, er macht mir Angst. Alles zugleich. Ich habe bei ihm das Gefühl einer unkontrollierbaren Kanonenkugel, weiß nicht, was er als Nächstes vorhat, traue ihm alles zu. Aber eines weiß ich ganz genau: Er hat weder Hubert Holzinger noch Theo Pühringer getötet. Ja, er hat im Drogenrausch einen Menschen totgefahren und wer weiß, ob er nicht irgendwann einmal auch absichtlich einen umbringt, aber in diesen beiden Fällen ist er unschuldig. Auch Filo verstehe ich nur bis zu einem gewissen Grad und bin ehrlich gesagt heilfroh, wenn Hannes wieder weg ist. Seine Gegenwart beunruhigt mich.«

Er rettete sich in die nächste Frage. »Und was hast du jetzt herausgefunden?«

»Hannes Reiters E-Card. Du hast ihn danach gefragt. Ob er sich erklären kann, wie sie in Theo Pühringers Brieftasche gelangen konnte. Er leugnet jeden Zusammenhang, aber ich glaube ihm nicht. Du doch auch nicht, oder?«

»Nein.«

»Für mich gibt es nur eine logische Erklärung: Die beiden müssen einmal zusammen bei einem Arzt gewesen sein, nicht bei mir, obwohl ich Hannes' Hausärztin bin. Richtige Hilfe, die sich nicht ohne E-Card herstellen ließ. Es musste also etwas Gröberes passiert sein, eine schlimme Verletzung, eine Vergiftung oder Ähnliches. Also rief ich mir seine Daten über die elektronische Gesundheitsakte ELGA auf. Und weißt du was? Sie haben keinen anderen Arzt aufgesucht, aber …«

»Ein Krankenhaus?«, vermutete Ben.

»Schlaues Kerlchen!«

Sprühte da soeben ein winziger Funken des verloren geglaubten Humors? Ihre Blicke kreuzten sich, die Mundwinkel verzogen sich zu so etwas wie einem Lächeln.

»Vor etwa zwei Wochen brachte die herbeigerufene Rettung gegen Mitternacht zwei Männer ins Salzkammergut-Klinikum Bad Ischl, das in dieser Nacht Aufnahme hatte. Einen Theo Pühringer und den halb besinnungslosen Hannes Reiter. Er atmete kaum.«

Ben schwante Böses. »Der Sarg ...«, rutschte ihm heraus.

Überrumpelt hielt Marie inne. »Was für ein Sarg?«

Ben entschied sich für die Wahrheit und erzählte ihr unter dem Siegel der Verschwiegenheit von ihrem merkwürdigen Fund auf dem Dachboden des Anwalts. »Kann es sein, dass die beiden dort oben Spielchen spielten, irgendetwas mit erotischem Ersticken oder so?«

Unwillkürlich legte Marie ihm ihre Hand auf den Arm. Als er zusammenzuckte und ihn zurückzog, senkte sie die Lider, musste sich sichtlich beherrschen.

»Entschuldige bitte, ich ...«, rang er um Worte.

»Schon gut«, unterbrach sie ihn und rückte ein wenig von ihm ab. »Wird nicht wieder vorkommen.«

Sein Gesicht wurde heiß. Sie hatte doch nur nett sein und spontan Nähe schaffen wollen. Und er reagierte wie ein verkrampfter Elfjähriger.

Um der Situation die Spitze zu nehmen, tat sie so, als ob nichts gewesen wäre. »Keine Ahnung, was die zwei so getrieben haben. Der ELGA-Eintrag beweist nur, dass sie auch nach dem Gefängnis Kontakt hatten. Wo und wie auch immer. Und wie Pühringer zu Hannes Reiters E-Card kam. Er muss noch keine Gelegenheit gehabt haben, sie ihm zurückzugeben.«

»Was war denn die Ursache für den schlechten Zustand des Jungen?«

»Ich darf es dir nicht sagen, Ben, das ist ja mein Dilemma. Im Grunde übertrete ich meine Befugnisse in Sachen Datenschutz schon, indem ich hier bin. Kannst du verstehen, warum ich gezögert habe, überhaupt zu kommen?«

Natürlich konnte er. Nicht nur, dass ihre persönliche Beziehung unerfreulich kompliziert war, kam nun auch noch das Übertreten der ärztlichen Schweigepflicht hinzu. Er rechnete ihr hoch an, dass sie ihm dennoch gegenübersaß.

Besser gesagt stand. Weil er so sehr in seine Gedanken versunken gewesen war, hatte er nicht bemerkt, dass sie sich erhoben hatte und bereits in Richtung Eingangstür unterwegs war.

»Marie …« Auch dieser Versuch, die Spannung zwischen ihnen zu mildern, schlug fehl.

Abrupt hielt sie inne, schlang, ihm den Rücken zugewandt, die Arme um sich, stand stocksteif mitten im Raum. Was ging in ihr vor?

»Erinnerst du dich noch an den Song, den du mir öfters vorgespielt hast? Insbesondere als ich zum ersten Mal bei dir in deinem Zimmer war, damals nach der Schule? Ich mochte ihn sehr und habe ihn mir oft angehört. Bis heute …«

Noch ehe er antworten konnte, fiel die Tür hinter ihr zu.

Die letzte halbe Stunde hatte ihn Nerven gekostet und ein konfuses Gefühl hinterlassen. Wie sollte er ihre seltsame Bemerkung zum Schluss deuten? Was wollte sie ihm damit sagen? Vermisste sie ihn? Die alten Zeiten? Und welchen Song hatte sie gemeint?

Er grub in seinem Hirn. Es musste Prince sein, jenes längst verstorbene amerikanische Ausnahmetalent. *The Most Beautiful Girl in the World.*

Er rief Spotify auf, drückte auf Start. Gleich mit den ersten eingängigen Takten drängten sich jede Menge Erinnerungen in sein Bewusstsein. Sein Jungenzimmer, die zuckersüße Marie auf seinem Bett, das erste Händchenhalten, der erste Kuss, das erste Mal …

Was ließ er hier bloß mit sich anstellen? Wie kam er dazu, nun zurückgestoßen zu werden in die zauberhafte Phase der ersten Verliebtheit?

Gnadenlos umschmeichelte ihn die helle Stimme des nur 1,60 kleinen Sängers, prügelte den Text auf ihn ein.

… you're the reason that God made a girl …

Wie unbeschwert und geschmeichelt sie damals beim Zuhören gelacht hatte. »Bravo, Benediktus, vielleicht schaffst du es so ja doch, mich rumzukriegen!« Dann hatte sie ihn geküsst. Mitten auf den Mund.

Unwillig hielt er den Song an, sog dankbar die wohltuende Stille ein. Sein Blick fiel auf das Schnapsglas mit den Abdrücken ihres Lippenstiftes. Kurz überlegte er, ob es ihm helfen würde, es an die Wand zu pfeffern, nahm es mit zur Spüle und wusch es ab.

Weil Schlaf ihm wie ein Fremdwort erschien, setzte er sich in den bequemen Lehnstuhl vor dem Kamin und genoss das wärmende Feuer. Die Zeit verstrich.

Er klebte fest. In unnützen Erinnerungen. Bei der Suche nach Zusammenhängen. In seinem Bemühen, Ruhe und Ordnung in sein Leben zu bekommen.

Mittlerweile war es weit nach Mitternacht. Ein Drink? Dann würde wohl der Alkohol, den er sich einbildete zur Stärkung zu brauchen, schnell zur Schwachstelle werden.

Weil womöglich die ganze Flasche dran glauben müsste. Mit vorhersehbarem Ergebnis: viel Kopfweh, wenig Antworten.

In einem letzten Anflug von Vernunft stand er auf und ging zu Bett, noch immer überzeugt davon, eine weitgehend schlaflose restliche Nacht in Angriff zu nehmen.

DAS BEINHAUS

Ma, de Leit'!
Generalisierung von unzulänglichen menschlichen Verhaltensweisen.

Ben schlug die Augen auf und forschte in sich hinein.

Nichts tat weh, nicht sein Kopf, nicht sein Magen. Verwundert registrierte er, dass er sofort eingedämmert sein und stundenlang gut und fest geschlafen haben musste.

Die Smartwatch zeigte halb acht. Wenn Tobias etwas gefunden …

Das Handy läutete.

»Die Liste mit den Namen und Unfällen ist bei dir. Hat ein wenig gedauert, sollte aber jetzt komplett sein, alles, was aufzutreiben war, auch vor der Digitalisierung. Zeitungsartikel sowieso.«

Ben nahm das Handy ans andere Ohr. »Perfekt, danke. Ich schau sie mir gleich an, brauche aber zuerst noch einen Kaffee. Seit wann bist du denn schon munter?«

»Halb fünf. Aus einem guten Grund, der dich aber nichts angeht.«

Ben hätte ohnehin nicht gefragt. Der ITler hielt sein Privatleben unter Verschluss. Sie verstanden sich gut, ihr Kontakt war allerdings, bis auf ein gelegentliches Feierabendbier, rein beruflich.

Ehe er nachfragen konnte, erhielt er auch schon die nächste Antwort. »Den Grundbuchauszug vom Pühringer-Haus habe ich auch angefügt. Einen der vielen. Der Gute investierte fleißig in Immobilien. Nicht nur in Hallstatt. Bad Ischl. Altaussee. Gmunden. Attersee. Wien. Alles dabei.«

Langsam, aber hartnäckig kroch die Erinnerung an gestern in Bens Kopf. Er schob die unliebsamen Gedanken gleich wieder zur Seite und beschloss, früh den Dienst anzutreten.

Die Dusche fiel eiskalt aus, der Kaffee kochend heiß. Um Punkt acht saß er hinter dem Steuer und avisierte sich bei Peter Neumüller, der schon beim Frühstück saß. »Die Josefa, also die Wirtin, ist der Wahnsinn. Die Spezialität des Hauses sind göttliche Roggen-Bierweckerl mit einem Aufstrich aus Grammelschmalz, Knoblauch und Hühnerleber.«

»Um die Uhrzeit?«, ekelte sich Ben.

»Bei dem, was sie alles anbietet, fällt das schon unter Brunch.«

»Der Mix aus Frühstück und Mittagessen, gerne auch abgekürzt mit: Fressen.«

»Kauen beruhigt mich. Wann bist du da?«

»In zehn Minuten, und bitte lass mir noch etwas übrig.«

Die nette Wirtin servierte Ben Pfefferminztee. Dazu holte er sich selbst gebackenes Nussbrot, Honig und resche Topfengolatschen.

Beim Essen brachte er seinen Kollegen auf den neuesten Stand und bemühte sich darum, das Gespräch mit Marie emotionslos, aber ohne Lücken zusammenzufassen. Von dem Prince-Song erzählte er nichts.

Peter Neumüller präsentierte eine in perfekte Skepsis-Falten gelegte Stirn. »Theo Pühringer und Hannes Reiter hatten also auch nach dessen Entlassung aus dem Gefängnis Kontakt. Wer weiß, wobei der Kerl noch gelogen hat. Gut möglich, dass es ein perfektes Mordmotiv gibt, vielleicht sogar *doch* auch bei Hubert Holzinger. Wir brauchen dringendst den Obduktionsbefund des Anwalts. Mal sehen, ob wir den beschleunigen können. Anschließend knöpfen wir uns den kleinen Scheißer Reiter vor. Bisher haben wir leider zu wenig, um ihn in U-Haft zu nehmen, obwohl bei ihm Fluchtgefahr besteht. Wir müssen alles versuchen, um herauszukriegen, mit welchem Befund der Kerl in Ischl eingeliefert wurde.«

»Ich bin ganz bei dir, Peter«, stimmte Ben zu und musterte mit einem schiefen Seitenblick das heutige Motto-T-Shirt. *Der mit den Eseln spricht.*

Peter Neumüller bemerkte es. »Neu gekauft. Keine Sorge, da kommt ein Sweater drüber. Hat Tobias sich eigentlich schon gemeldet?«

Motiviert zückte Ben die Unterlagen, die er sich noch rasch ausgedruckt hatte. Seine Hütte war rudimentär, aber einen Drucker und auch einen leistungsstarken WLAN-Router leistete er sich.

Sorgsam überflogen sie Tobias Koflers Sammelsurium an menschlichen Schicksalen, Verkehrsunfällen, Bränden, tragischen Busunfällen. Selbstmorden. Bergtoten. Auch am berüchtigten Seewand-Klettersteig, den er selbst schon mehrfach bezwungen hatte. Einen Mord allerdings hatte es schon länger nicht mehr gegeben.

Beim Abendessen gestern hatte Ben seinen Kollegen eingeweiht. »Wenn Kilian sagt, der liebe Gott ist ein harter Knochen, der alles sieht, egal wie lange die Ahnleut' schon tot sind, dann wollte er uns vielleicht mehr oder weniger dezent auf das Beinhaus hinweisen. Viele seiner Vorfahren liegen dort. Den Zusammenhang sehe ich noch nicht, weswegen wir gleich als Erstes dorthin schauen werden. Und wenn er meint, die vorherigen Nachbarn seien besser gewesen, kann er damit auch umschreiben, dass ihnen vielleicht etwas zugestoßen ist. Wie gesagt, all das ist weit hergeholt, und vielleicht steckt nichts dahinter, fix ist für mich aber, dass Kilian die Bemerkung nicht zufällig so von sich gegeben hat. Also überprüfen wir's.«

Nun war es Peter Neumüllers Telefon, das sich mit einem dezenten Brummen meldete. Konzentriert hörte er zu, um sich nach ein paar Minuten mit zwei kurzen Worten zu verabschieden. »Super. Danke.«

Genüsslich biss Neumüller in ein Salzstangerl mit Schinken und verzehrte es mit drei großen Happen. »Wenn wir hier fertig sind, haben wir einen Termin. Eine der Geschäftsführerinnen der Kulturhauptstadt ist auch eine Schulkollegin und langjährige Bekannte vom Hubert Holzinger. Sie war es auch, die ihn ins Team geholt hat. Helene hat mit ihr telefoniert. Um eins ist sie bereit, mit uns zu sprechen.« Noch im Aufstehen schnappte er sich zwei süße Buttermilch-Weckerl und steckte sie in seine Jackentasche. »Für unterwegs!«

Auf dem Straßenschild stand in weißer Schrift auf blauem Grund: Kirchenweg. Direkt darunter war eine schwarze, längliche Tafel angebracht. Zuoberst prangte ein prächtig verzierter Totenkopf, darunter in goldenen Lettern *Beinhaus* samt einem Pfeil und der überaus hoffnungsvollen Angabe: fünf Minuten.

Weil Ben schon nicht mehr zu sehen war, trabte Peter Neumüller ebenfalls los, erreichte nach wenigen Metern ein diesmal rotes Schild mit dem Wort *Kuriositätenkabinett* darauf und landete schließlich vor einer Kirche. Ein

Stück entfernt stand Ben vor einem Glaskubus, in dem ein kleines Kassenhäuschen untergebracht war.

»Schau, das ist das Beinhaus in der Krypta unter der Michaelskapelle. Hier lagern Gebeine aus mehreren Jahrhunderten. Solche Karner gibt es öfters in der Gegend, aber der ist der einzige weltweit, in dem ganze Familien-Generationen liegen. Sei also gottesfürchtig und andächtig, und vor allem: fluche nicht!«

Voller Tatendrang wandte er sich einer jungen, dunkelhaarigen Frau hinter der altmodischen Kassa zu. Sie saß in einem Hochstuhl und blickte ihnen mit ernster Miene entgegen.

»Grüß Gott, Polizei!«

Mit missmutig zusammengezogenen Augenbrauenbalken quittierte sie Bens Marke. Sie war auf eine natürliche Art und Weise hübsch und wirkte zurückhaltend, um nicht zu sagen abweisend. Ben verspürte wenig Lust, auf ihre Laune einzugehen.

»Wir wären da drin jetzt bitte gerne ungestört!«

Mit einer übertriebenen Geste deutete sie auf den Eingang. »Sie haben Glück. Heute ist es zu kalt und windig. Der Ansturm ist nicht so stark wie üblich. Außerdem ist es noch früh. Was ist passiert?«

Ben antwortete nicht und folgte Peter Neumüller ins Innere, aufmerksam begleitet von ihren wasserblauen Augen. An ihrem Frauenstammtisch würde sie einiges zu erzählen haben.

Der Raum war so niedrig wie winzig und vollgestopft mit menschlichen Schädeln und Röhrenknochen. In der Mitte erhob sich ein schlichtes Kreuz.

Wenig begeistert sah Peter Neumüller sich um. »Meinen Hund lass ich hier lieber nicht rein.«

Ein Totenkopf reihte sich an den nächsten, in allen Größen, die meisten bunt bemalt und versehen mit Namen und Sterbedaten. »Schau, es gibt tatsächlich auch einige Voglhubers.« Interessiert beugte er sich weiter nach vorne. »Anna, Josefa und Franz.«

Ben begutachtete unterdessen einen Schädel auf der gegenüberliegenden Seite, machte Anstalten, ihn hochzuheben. Peter Neumüller grauste es. »Jesus!«

»Nein, der hieß Johann Lackner, geboren 1902, gestorben 1952.«

»Was ist mit dem?«

»Nichts, er ist nur sehr schön bemalt und wahrscheinlich ein Vorfahre von Theo Pühringers Hausbesorgerin.«

»Und die, die neben dem Kreuz auf den Büchern stehen?«

»Das waren Priester. Kannst du alles draußen nachlesen, da gibt's Tafeln.«

»Verzichte. Sag mir lieber, was du hier zu finden gedenkst.«

Ratlos sah Ben sich um. »Ich habe keine Ahnung. Vielleicht ein Geheimversteck unter den Schädeln der Voglhubers?«

Peter Neumüller schnaubte. »Das glaubst du doch selbst nicht. Ich sag dir, was ich denke. Der alte Kilian hat dich an der Nase herumgeführt und einfach nicht mehr alle Tassen im Schrank.«

Langsam schwante Ben, dass sein Kollege recht haben könnte. Diese Krypta erwies sich im wahrsten Sinne des Wortes als totes Ende.

»Ich komme mir so richtig bescheuert vor«, meinte er niedergeschlagen.

Sein Kollege klopfte ihm jovial auf die Schultern. »Willkommen in meiner Welt. Mir geht's auch oft so, insbesondere bei meinem Weiberhaufen zu Hause. Stichwort Hund.«

»Was für ein unglaublicher Schuss ins Knie. Komm, gehen wir.«

Draußen zogen sich die Wolken inzwischen immer mehr zu. Außer ihnen schien heute tatsächlich niemand das Bedürfnis zu haben, diesen seltsamen Ort zu besuchen. Nach wie vor waren sie allein mit der ernsten jungen Frau im Walkjanker, die sie genauso neugierig wie vorhin und um keinen Deut freundlicher musterte.

»Waren Sie erfolgreich?«, wollte sie ohne Umschweife wissen, doch wiederum gab Ben ihr keine Auskunft.

»Kennen Sie den alten Kilian Voglhuber?«, fragte er stattdessen und trat zu ihr. Erst jetzt bemerkte er das kleine Namensschild an ihrem Revers, das sie als eine »Ingrid« auswies.

»Hat er wieder irgendetwas angestellt?«, kam prompt die Gegenfrage, die zugleich eine Antwort war.

»Passiert das öfters?« So schnell würde Ben sich nicht in die Karten blicken lassen. Mit einem Seitenblick registrierte er, dass Peter Neumüller inzwischen doch die Informationstafeln studierte, wenngleich mit gut gespitzten Ohren.

»Ach wo, der ist doch ein ganz Lieber. Aber ärgern kann er sich halt immer so schön, vor allem über rücksichtslose Touristen.«

»So klein ist Hallstatt gar nicht, aber Sie scheinen einiges über ihn zu wissen.« Es konnte nicht schaden, den unwissenden Städter zu mimen.

Sie zuckte mit den Schultern. »Früher waren wir mal Nachbarn. Und er ist sehr hilfsbereit.«

»Nachbarn?« Ben horchte auf.

»Ja, ist aber lange her, jetzt wohnen wir woanders.«

»Warum?«

»Weil man manchmal umzieht im Leben. Was dagegen?«

»Handelt es sich dabei zufällig um das Haus, das dann Theo Pühringer gekauft hat?«

War ihr Gesicht schon vorher verschlossen gewesen, so setzte sie nun noch eines drauf. Ihre ungewöhnlich hellen Augen gerieten zu Schlitzen. »Ist das jetzt eine Befragung, Herr Polizist?« Natürlich wusste sie mittlerweile, wie wohl alle, dass sich der Anwalt vom Skywalk gestürzt hatte.

Sofort machte Ben einen Rückzieher. »Nein, natürlich nicht. Reine Routine, wie man so schön sagt.«

Dass die junge Frau weder naiv noch dumm war, dafür aber sehr gut informiert, stellte sie mit ihrer Antwort eindrücklich unter Beweis. »*Reine Routine?* Seit wann ermittelt das LKA bei einem Selbstmord?«

Es war wohl höchste Zeit, die Gangart zu ändern. »Verzeihen Sie bitte unsere Unhöflichkeit. Ich bin Benediktus Achleitner, das ist Peter Neumüller. Wir sind in der Tat beim Landeskriminalamt, ermitteln aber in einer anderen Sache. Im Zuge der Nachforschungen ist auch Theo Pühringers Name aufgetaucht. Darf ich wissen, wer Sie sind?«

Zum ersten Mal stahl sich so etwas wie ein Lächeln in ihr Gesicht. Ob seiner schlechten Manieren wohl zurecht, war sie bisher zurückhaltend gewesen und hatte sie mit ihrer Leck-mich-am-Arsch-Attitüde in die Schranken gewiesen. Nicht nur in Hallstatt wollte man anständig behandelt werden, selbst wenn man *nur* in einem Kassenhäuschen saß und Tickets verkaufte.

»Ingrid Kirchschlager.«

Ging doch.

»Darf ich Ingrid sagen und noch einmal fragen, ob Sie in dem Haus gelebt haben, das Theo Pühringer übernommen hat?«

Diesmal bekam er seine Antwort. »Ja, schon. Es gehörte früher meiner Familie.«

»Verkauft hat es eine Anni Kirchschlager.«

»Meine Tante.«

»Kannten Sie den Anwalt?«

»Nur vom Sehen. Ich hatte wenig mit ihm zu tun. Er ging Jagen und zum Stammtisch. Nicht meine Generation und schon gar nicht mein Typ.«

Kurz überlegte Ben, ob er ihr von Kilian Voglhubers kryptischen Sätzen erzählen sollte, entschied sich aber dagegen. Auch so hatte er sich lächerlich genug gemacht mit seiner vermeintlichen Bauernschläue und war Hirngespinsten nachgehetzt.

Zwar hatte das Gespräch mit der jungen Hallstätterin ihnen bestätigt, was Tobias Kofler herausgefunden hatte, mehr aber auch nicht. Stimmen kündigten außerdem nun doch erste Knochen-Schaulustige an, also war es an der Zeit weiterzuziehen.

Ausgesprochen höflich bedankten sich die beiden Polizisten bei der vielleicht 20-Jährigen und machten sich auf den Weg zurück.

»Hat uns das jetzt irgendetwas gebracht?« Fragend sah Peter Neumüller Ben an, blickte aber gleich wieder auf den Weg, weil sich auf den steilen Treppen erneut seine Knie zu Wort meldeten, und zwar nachdrücklich.

»Keine Ahnung, warum Kilian uns den Hinweis mit dem Beinhaus gegeben hat, wobei er das ja eigentlich gar nicht getan hat. Zumindest aber kennen wir jetzt jemanden, der Fragen klar und nicht über fünf Ecken beantwortet, sollten wir welche haben.«

MARIE

Vielleicht dann halt möglicherweise nachher glei amoi.
Nie.

Marie erwachte mit zum Platzen gefülltem Kopf und schwerem Herzen.

Sie kam sich vor wie im Sandwich zwischen allen Fronten. Weder hatte sie mit Hannes gesprochen noch mit Filo, und sie fühlte sich schlecht deshalb, hatte sie ihr doch versprochen, ihr Mündel zu decken, unerheblich, ob die Sache nun gut ausgegangen war oder nicht. Andererseits hatte ihre Sprechstundenhilfe sie in eine ausgesprochen schwierige Lage gebracht.

Auf WhatsApp fand sie eine Nachricht. Kurz angebunden nahm Filo sich auch für die nächsten Tage frei. Mit einem Anflug von Ärger dachte Marie an den getreten vollen Terminkalender. Und an das schwierige Gespräch, das sie lieber früher als später mit Filo geführt hätte.

Übernächtigt brühte sie sich Kaffee auf und nahm ihn mit zu ihrem Stammplatz im Rahmen der Terrassentür. Da ihre Seele so belastet war, hatte der an und für sich immer so beruhigende Blick auf den See diesmal nicht seine gewohnte Wirkung.

Was sie brauchte, war ein klarer Kopf. Warum nicht am Nachmittag eine Runde drehen? Zum Beispiel die elf Kilometer rund um den nahen Fuschlsee?

Zunächst aber musste sie mit Hannes sprechen. Obwohl alles in ihr sich dagegen sträubte, nahm sie die Treppen zum unteren Stockwerk und klopfte vorsichtig an. Seit dem nächtlichen Gespräch von vorgestern auf gestern hatte sie keinen Kontakt mehr zu ihm gehabt.

Es blieb still. Als auch der zweite Versuch nichts brachte, drückte sie auf den Klingelknopf. Mit demselben Ergebnis. Kurzentschlossen steckte sie den vorsorglich mitgebrachten Schlüssel ins Schloss und sperrte auf.

»Hannes?«

Keine Jacke, keine Schuhe. Kein Gewand. Kein Hannes. Die Wohnung war leer.

Weil sie ihr Smartphone gerne immer und überall liegen ließ, hatte ihr Filo kürzlich eine Schutzhülle samt Kordel zum Umhängen geschenkt. Seither hatte sie das Teil im wahrsten Sinn des Wortes ständig am Hals. In der momentanen Situation sehr praktisch.

Weder Hannes noch Filo meldeten sich.

Auch nicht nach mehreren Versuchen.

Beide waren nicht zu erreichen.

Diesmal auch für sie nicht.

BEN

Geh, hearn's auf!
**Ihre Geschichte ist bestimmt frei erfunden, aber ich
will unbedingt wissen, wie sie weitergeht!**

»Elke Anzinger, Holzingers Jugendfreundin, die Helene
ausfindig gemacht hat, hat darum gebeten, dass wir uns
für die Befragung bei der Kaiservilla treffen«, sagte Peter
Neumüller. »Weißt du, wie wir hinkommen?«

Meinte er die Frage ernst? Ben war gebürtiger Ischler.

Schon als 15-Jähriger hatte der kleine Franzl seiner
Mama geschrieben, wie sehr er sich nach dem *lieben, lie-
ben Ischl* sehne. Die Stadt dankte ihm die lebenslange Treue
bis heute und hegte sein geliebtes Refugium am Fuße des
Jainzenbergs, weitab des strengen Zeremoniells bei Hofe.
Im Übrigen ein Hochzeitsgeschenk seiner Mutter Sophie.

»Genauer gesagt ist sie im Marmorschlössl. Wegen einer
Ausstellung.«

»Ui, da war ich schon lang nicht mehr. Sisis Rückzugsort.
Als sie noch jünger waren, haben Kaisers dort immer zusam-
men gefrühstückt. Später hat den Job dann seine Geliebte,
Katharina Schratt, übernommen, in der Villa Felicitas.«

»Was du alles weißt!«

Historische Spitzfindigkeiten schienen seinen Kollegen wenig zu interessieren. Was Ben dazu veranlasste, ihn
ein wenig auf die Schaufel zu nehmen. »Nur der Vollständigkeit halber und zum Beweis, dass ich in Geschichte

immer aufgepasst habe: In der Kaiservilla hat Franz Josef 1914 auch die Kriegserklärung an Serbien unterschrieben, sprich, den Weg frei gemacht für den Ersten Weltkrieg. Eine Unterschrift, Abermillionen Tote.«

»Heutzutage reichen dafür einfach ein paar Raketen und Bomben mit der Botschaft: ›Los geht's mit dem großen Sterben. Egal, ob ihr wollt oder nicht.‹«

Ben ersparte es sich, den leider nur zu berechtigten Zynismus seines Kollegen zu kommentieren. »Weißt du was, stellen wir das Auto am öffentlichen Parkplatz ab und gehen die paar Meter zu Fuß. Wird uns nicht schaden.«

»Ist es flach?«

Ein typischer Neumüller. »Die Höhenmeter halten sich in Grenzen, das schaffst sogar du. Keine Widerrede, die Frischluft ruft.«

Dank ihrer Ausweise sparten sie sich den Eintritt. Wenig später erreichten sie den Vorplatz der Villa und wandten sich nach rechts, um durch den weitläufigen Garten zum Cottage zu gelangen, in dem dereinst Sisi nicht nur gerne gefrühstückt, sondern auch Gedichte verfasst und ihre Reisen geplant hatte.

Hintereinander betraten sie das Gebäude. Ben glaubte, sich dunkel zu erinnern, dass das Schlössl immer wieder für Sonderausstellungen genutzt wurde. Sofort fühlte er sich zurückversetzt in ein anderes Jahrhundert. Das Innere des Gebäudes war gespickt mit tapezierten Wänden, Lustern, alten Holzböden und wunderschönen Stuckdecken. Seine Kaffee-Ecke zu Hause war einen Tick schlichter.

Früher Nachmittag an einem ungemütlichen Freitag schien nicht unbedingt die beliebteste Zeit für Touristen zu sein. Zumindest waren kaum welche zu sehen, dafür aber eine Frau um die 60, mit flotter blonder Kurzhaarfrisur und einem orangen Kaftan zu Jeans und Sneakers. Sie unterhielt sich im Eingangsbereich mit einem Mann in Gartenkleidung und hielt dabei eine Tasse Kaffee in Händen.

Als sie die beiden Polizisten erblickte, entschuldigte sie sich bei ihm und winkte sie zu sich. »Die Herrn vom LKA, nehme ich an? Ich bin Elke Anzinger von der Landeskultur GmbH.«

»Danke, dass Sie sich Zeit nehmen«, erwiderte Ben die freundliche Begrüßung und stellte sie beide vor.

»Gehen wir doch in mein Büro, da sind wir ungestört. Etwas zu trinken?«

Die Ermittler sagten nicht Nein, folgten der sportlichen Kulturdame in einen mit Bildern des Kaisers und seiner Familie dekorierten Raum und nahmen an einem Tisch Platz, der wohl ebenfalls aus Kaisers Zeiten stammte. So wie die Stühle, die sich leider als genauso hübsch wie unbequem erwiesen.

»Was kann ich für Sie tun? Ich verstehe, dass es um Hubert Holzinger geht?« Ihr resolutes Wesen verblüffte Ben, sie verlor offenbar keine Zeit.

»Ich nehme an, Sie sind über die Umstände seines Todes im Bild?« Nach einem kurzen Nicken ihrerseits fuhr er fort. »Wir sind dabei, jede Facette seines Lebens zu durchleuchten, um mögliche Mordmotive herauszufiltern. Sie kannten ihn offenbar lange und gut?«

»Seit unserer Schulzeit. Außerdem arbeiten wir im selben Metier und trafen uns regelmäßig zu einem … äh… Austausch.«

»Wir können die Möglichkeit nicht ausschließen, dass jemand aus seiner Vergangenheit ihm nach dem Leben trachtete. Deshalb wäre es für uns wichtig, möglichst viel darüber zu erfahren.«

Er hielt inne, beobachtete ihre Reaktion. Die wenig spektakulär ausfiel. Ein kleines wissendes Lächeln, mehr nicht.

»Reden wir doch Klartext, meine Herren. Sie wollen Frauengeschichten, nicht wahr? Eventuelle Neider. Eifersucht. Oder eine Person, der er zu nahe getreten ist. Kurzum: Gossip. Tratsch. Gerne auch ein wenig schmutzige Wäsche.«

Mangelnde Direktheit war ihr nicht vorzuwerfen. Ben schätzte das, es ersparte ihm Samthandschuhe und einen Eiertanz.

»Sie bringen es auf den Punkt. Haben wir Waschtag?«

»Ich nehme an, Sie geben sich nicht mit dem Schongang zufrieden?«

»Das Schleudervollprogramm wäre mir lieber.«

Sie musterte ihn mit einem sehr langen Blick. »Wie sind Sie eigentlich auf mich gekommen?«

»Sie kennen Ischl. Es wird geredet.«

»Dachte ich mir. Es ist kein Geheimnis, dass Hubert und ich befreundet waren.«

In der Tat war Helene Almesberger im Zuge der Recherchen zu den abgelehnten Projekten immer wieder auf die Frau hingewiesen worden. Wenn die Polizei mehr über Hubert Holzinger wissen wolle, auch Privates, dann sei sie eine sehr gute Anlaufstelle.

»Also gut, legen Sie los.«

War sie tatsächlich so entspannt, wie sie sich gab?

»Frau Anzinger, wir verfolgen einige Spuren, möchten aber das ganze Bild. Waren Sie nur Schulfreunde oder mehr?«

»Schüchtern sind Sie ja nicht gerade, Herr Gruppeninspektor. In der Tat pflegten wir seit der Schulzeit ein gewisses Verhältnis. Wir waren beide nie verheiratet, also warum auch nicht? Ich mochte ihn immer, aber nicht so sehr, um ihn an mich binden zu wollen. Dafür war Hubert nicht gemacht.«

Einmal mehr bestätigte sich, dass das Mordopfer kein Kind von Traurigkeit gewesen war. »Ihnen war also gleichgültig, dass er ununterbrochen Frauengeschichten hatte?«

»Ich bitte Sie, wir trafen uns ein paar Mal im Jahr. Wie gesagt, wer Hubert wollte, musste seine Bedingungen akzeptieren. Er war ein Jäger, der sich rasch verliebte und seine Beute dann mit aller Konsequenz verfolgte, bis er sie erlegt hatte. Darin bestand der eigentliche Reiz für ihn. Attraktiv, wie er war, liefen ihm die Weiber nach. Ich mochte ihn, er mich, wir waren so etwas wie Konstanten in unseren Leben, blieben aber in sicherer Distanz.«

»Gab es jemanden, dem das nicht passte?«

Für diese Frage erntete Ben ungläubiges Schnauben. »Natürlich, welche verliebte Frau teilt schon gerne? Hubert und ich konnten über alles sprechen, wussten viel voneinander. Mir gegenüber war er sehr offen.«

Bens Blick fiel auf den riesigen Ölschinken in einem massiven Goldrahmen an der rot tapezierten Wand hinter seiner Gesprächspartnerin. Er zeigte eine Jagdszene.

»Er war Jäger, nicht wahr?« Die Frage hatte er eigentlich nicht geplant.

»Das sagte ich doch gerade.«

»In echt, nicht nur auf Frauen.«

In ihren Augenwinkeln bildeten sich sympathische Lachfältchen. »Stimmt. Aber bei den Zweibeinern war er erfolgreicher.«

»Fällt Ihnen jemand ein, der besonders verletzt darüber war, ausgetauscht worden zu sein?«

Ihr Kaffee war ausgetrunken, zu ihren nächsten Aussagen war ein Glas Wasser dran.

»Jetzt sind wir beim Teil, wo ich die Damen vernadern soll, nicht wahr? Wobei ich Sie nicht einmal darum bitten kann, niemandem zu sagen, dass Sie den Tipp von mir haben, weil es ohnehin jeder weiß. Aber gut, es soll mir recht sein. Prinzipiell: Wer goutiert das schon? So etwas tut weh, kratzt am Selbstwert. Insbesondere wenn man selbst sehr verliebt ist. Aber ihn deshalb gleich umbringen?«

Nachvollziehbar.

»Aus meiner Sicht gab es in all den Jahren zwei, die besonders waren. Aus unterschiedlichen Gründen. Eine Wiener Lebensberaterin namens Alma Hadritsch, die wegen ihm sogar nach Salzburg gezogen ist. Sie tat alles, um ihn zu kriegen. Hubert war kurz geschmeichelt, aber dann nichts als angeödet. Als er ihr den Laufpass gab, beschimpfte sie ihn öffentlich, drohte, flehte, schwor Rache. Sie war ein lauter Mensch und erzählte jedem, was für ein Idiot Hubert doch sei. Was ihr weniger Mitleid einbrachte denn Kopfschütteln. Sie wurde anschließend gemieden. Soviel ich weiß, lebt sie mittlerweile wieder in Wien. Sollte sie immer noch an Vergeltung gedacht haben, müsste sie auf der Hütte gewesen sein.«

Ben war pessimistisch, würde dem aber nachgehen.

»Und dann war da noch diese Hallstätterin. Das war in der Tat äußerst seltsam, denn Hubert erzählte mir von allen seinen Pantscherln, außer von ihr. In die war er wohl so richtig verliebt – und fix und fertig, als es aus war.«

Schon beim Wort »Hallstätterin« waren beide Ermittler schlagartig hellhörig geworden. Gab es hier einen, zumindest vagen, Zusammenhang mit Theo Pühringer?

»Sie wissen also nicht, um wen es sich bei ihr handelte?«

»Nein, tut mir leid.«

»Er wurde wohl nicht häufig abserviert?«, konnte Peter Neumüller es sich nicht verkneifen einzuwerfen.

»Doch, schon. Aber dann gab's immer schnell die Nächste.«

Es klopfte. Eine junge Frau erschien in der Tür. »Elke, Telefon! Die Bürgermeisterin!«

Die Kulturmanagerin winkte ab. »Sag ihr, ich rufe zurück!«

Die Ortschefin einfach abzuweisen, sprach von einer gewissen Stellung und viel Selbstbewusstsein.

»Warum kommt Ihnen diese Geschichte seltsam vor?«

Elke Anzinger fuhr sich mit perfekt manikürten Fingern durch ihren Pixie. »Nachdem es aus war, ist Hubert direkt zu mir gerannt, wie ein kleines Kind, das zu seiner Mama will, um getröstet zu werden. Er war verzweifelt wie nie zuvor, meinte, *richtig Mist* gebaut zu haben. Auf meine Nachfrage kam dann aber nichts mehr. Also dachte ich mir meinen Teil. Vielleicht war sie verheiratet und ihr Mann ist hinter das Verhältnis gekommen. Oder sie hat von seinem schlechten Ruf gehört. Schwer zu deuten.«

Stimmen drangen durch die alte Holztür mit ihren Einsätzen aus Glas. Draußen huschten Schatten vorbei, offenbar nun doch mehr Besucher. Holz knarrte zu Ausrufen der Begeisterung.

»Er leckte seine Wunden. Aber nicht viel später ging's dann wieder los mit einer nach der anderen.«

»Wie sehen Sie eigentlich Blanca Huelva?«

Ihr Lächeln geriet missbilligend. »Ein durchtriebenes Ding. Die weiß genau, wie man sich Männer krallt. Zweimal geschieden, immer verbessert. In Huberts Fall beherrschte sie das Spiel aus Nähe und Distanz perfekt. Ich wage mal zu behaupten, dass er deshalb mehr getriggert war als sonst, wenngleich er in Blanca nicht ganz so verknallt war wie in die Hallstätterin, die, wie gesagt, seine Traumfrau gewesen zu sein scheint.«

»Und sein promiskuitiver Lebenswandel war Ihnen wirklich gleichgültig?«

Sie blieb ehrlich. »Nicht immer. Nach der Schule war ich froh, auf Abstand zu sein. Als wir uns in Salzburg wieder über den Weg liefen, gelang es mir, ihn dorthin zu stellen, wo er mich nicht mehr verletzten konnte. Es gibt Männer, die wunderbare Freunde sind, aber vollkommen beziehungsunfähig.«

Blitzte da nicht doch ein wenig Liebeskummer durch? Der einer schlauen Frau, die genau einzuschätzen wusste, wie der Hase lief, und es nur ganz tief drinnen ein wenig bedauerte?

»Fällt Ihnen sonst noch etwas ein, was uns weiterhelfen könnte?«

»Nein. Aber ich denke, ich habe Ihnen ohnehin schon mehr als genügend Stoff geliefert.« Offensichtlich konnte sie auch süffisant. »Ich gebe zu, ich vermisse Hubert. Im Übrigen war er auch gut in seinem Job, danach haben Sie sich nämlich noch gar nicht erkundigt. Aber wenn Sie seinen Mörder suchen, dann meiner Ansicht nach wohl eher nicht in diesem Bereich. Ich weiß von keinen Neidern. Kontroverse Diskussionen gab es natürlich, aber wir sind alle erwachsen, so etwas klärt man anders als mit Gewalt.«

Was Ben zu seiner Abschlussfrage brachte. »Hubert hat Blanca seinem Freund Rudi Zoidl ausgespannt. War der aus Ihrer Sicht sauer darüber?«

Dafür erntete er Stirnrunzeln. Es stand ihr. Botox war hier kein Thema, genauso wenig wie Make-up. Unter Garantie fand man sie oft in den Bergen und auch auf Rudi Zoidls Almrauschhütte. Ob sie auch am Liachtbratlmontag dort gefeiert hatte? Er würde es klären. Für verdächtig hielt er sie aber nicht.

Ihre Antwort kam friedfertig. »Das müssen Sie Rudi selbst fragen. Seinen Spielplatz haben wir abgelehnt, das hat ihm natürlich nicht gefallen. Hubert erwähnte einmal einen kurzen Streit deshalb, aber auch, dass sie sich, wie er es bezeichnete, zusammengerauft hätten. Keine Ahnung, wie wütend Rudi darüber wirklich war.«

Eine abgeklärte Geliebte, eine abgeschasselte Ex, ein schimpfender Rudi Zoidl, und vor allem eine mysteriöse Hallstätterin ohne Namen, so konnte man den Output des Gespräches mit der resoluten Kulturmanagerin zusammenfassen. Was immer sie nun damit anfangen würden.

Auf dem Rückweg zum Auto genoss Ben das altehrwürdige Ambiente. Beim Anblick der Fassade der Kaiservilla musste er an die alten Sissi-Filme mit Romy Schneider denken und an die legendäre Verlobungsszene auf dieser Terrasse im ersten Teil, die, im Gegensatz zu den meisten anderen, tatsächlich hier gedreht worden war. Marie war ein großer Fan der schon lange verstorbenen Schauspielerin, wenngleich sie die kitschigen 50er-Jahre-Streifen nicht so sehr mochte wie die späteren in Frankreich gedrehten.

Schon wieder Marie …

Die aufkommende Erinnerung an einen verregneten Nachmittag vor dem Fernseher, an dem sie Besseres zu tun gehabt hatten, als Romy Schneider und Karlheinz Böhm beim Heiraten zuzusehen, schob er lieber ganz weit weg.

»Ich nehme an, du kannst es jetzt nicht länger hinausschieben!«

Einen Moment lang musterte Peter Neumüller Ben verwundert, dann ging ihm ein Licht auf. »Der Köter.«

»Herrchen muss heim.«

Seit Tagen war Bens Kollege nicht mehr zu Hause gewesen. Ab sofort gab es kein Pardon mehr. »Bringst du mich zum Zug oder fährst du auch zurück nach Linz?«

Darauf hatte Ben eine klare Antwort. »Das Wetter wird schön, ich bin allein, muss nachdenken und will kochen. Dreimal darfst du raten.«

»Wo setzt du mich ab?«

»Hier in Ischl. Es fahren regelmäßig Züge, wenn du Glück hast, musst du nicht einmal umsteigen.«

Doch dann kam ihm eine Idee. »Nein, warte. Ich bringe dich nach Gmunden. Dann können wir uns auf der Fahrt noch einmal abstimmen.«

»Gmunden?«

»Keine Details.«

Auf der Fahrt hing jeder zunächst seinen Gedanken nach. Auch dafür schätzte Ben seinen Kollegen – ihre gemeinsame Fähigkeit, miteinander zu schweigen, dabei Dinge einzusortieren, irgendwann Gedanken laut auszusprechen und zu entdecken, wie ähnlich sie zumeist tickten.

Auf Höhe Ebensee stellte Ben das Radio an, um sich die Nachrichten und danach die Wetterprognose anzuhören. Zumindest zweitere fiel durchwegs positiv aus. Gerade wollte er wieder abdrehen, als die Moderatorin die nächsten Songs ankündigte. Zunächst einen aktuellen von Miley Cyrus, danach Prince.

»Der verfolgt mich«, stöhnte er.

»Wer?«

»Mr. Purple Rain.«

Kein Wunder, dass Peter Neumüller Mühe hatte, ihm zu folgen.

»Marie erwähnte ihn gestern nach unserem Gespräch. Alles eher unerfreulich.«

»Sie macht dir immer noch zu schaffen, nicht wahr?«

Peter Neumüller mochte grobschlächtig wirken, bewies mit seiner Frage aber einmal mehr Feinfühligkeit.

Obwohl es ihm eigentlich gegen den Strich ging, brach Ben ein Tabu. Kein Beziehungskäse unter Kollegen. »Ehrlich gesagt, ja. Monatelang war sie wunderbar im Abseits, aber wehe, wir prallen wieder aufeinander. Dann schleicht sie sich binnen Millisekunden wieder heran und tackert sich fest. Ich will nichts mehr von ihr, aber sie ist in meinem System wie eine unheilbare Krankheit, die immer wieder aufflammt.«

»Jemanden nicht zu sehen, heißt noch lange nicht, dass er nicht trotzdem da ist. Wie passt jetzt Prince zu deinen Problemen?«

Soeben erklangen die ersten Takte von Purple Rain, des weltberühmten Hits.

Ben seufzte theatralisch. »Schalt bitte ab.«

»Jemanden nicht zu hören, bedeutet noch lange nicht, dass er nicht trotzdem da ist.«

Jetzt musste der Ermittler lachen. »Hast du gerade einen Philosophen gefressen?«

»Wenn, dann lieber einen Koch, mir ist schon wieder langweilig im Mund.«

Ben entschloss sich zu Ehrlichkeit. »Prince liegt mir gerade schwer im Magen. Es war komisch gestern. Ich hab dir ja von unserem Gespräch hinsichtlich Hannes Reiter erzählt und dass Marie mir völlig zu Recht mit Datenschutz kam. Als sie ging, legte sie einen Hammer-Themenwechsel hin, fing plötzlich mit ihm an.«

»Und weiter?«

»Nichts weiter. Das war's. Völlig unnötig, was sie da abgezogen hat, und auch vollkommen aus dem Zusammenhang gerissen!«

»Bist du dir da sicher?«

»Was …?« Entgeistert riss Ben den Kopf herum.

»Schau bitte auf die Straße, ich will zu meinem Hund. Vernebelt dir deine Ex so sehr das Hirn, dass du nicht mehr klar denken kannst? Glaubst du ernsthaft, Datenschutz macht sie so heiß, dass sie dabei an romantische Zeiten mit dir denkt? Sie wäre die Erste, die das Thema sexy findet.«

Natürlich hatte sein Kollege es wieder einmal auf den Punkt gebracht. Wie blind war er eigentlich? Immer wieder erstaunlich, was er für ein Brett vorm Kopf hatte, sobald Marie ins Spiel kam. Statt leiser zu stellen, drückte er nun den Lautstärkeregler etwas nach oben.

Ohne ein weiteres Wort hörten die beiden Männer den 8oer-Jahre-Kracher zu Ende.

»Ich wollte dir nie wehtun oder dich traurig machen, dich nur lachen sehen, ein Freund für dich sein. Es ist so traurig, dass unsere Beziehung enden musste …«, zitierte Ben den Songtext. »So ungefähr hat Marie unser Chaos mir gegenüber auch einmal ausgedrückt.«

»Wenn sie das wörtlich meint, hängt sie auch noch ziemlich an dir.«

Inzwischen passierten sie »Die Villa«, ein Café-Restaurant mit einer wunderbaren Seeterrasse. Spontan lenkte Ben nach rechts.

»Sind wir eigentlich schon im Feierabend? Dann brauche ich jetzt einen Kaffee und dazu einen Pfiff Bier.«

»Und Rindsrouladen?« Die Hoffnung in Peter Neumüllers Stimme war nicht zu überhören. »Die hab ich hier schon einmal gegessen. Der Wahnsinn!«

Ben stand der Sinn eher nach einer frischen Reinanke oder geschmortem Lamm. »Iss, was du willst. Aber hilf mir bitte mit dem toten amerikanischen Winzling!«

Bei der Vorspeisensuppe hatte Peter Neumüller plötzlich eine Idee. »Weißt du was, googeln wir den doch einfach mal. Vielleicht wollte sie dir weniger mit dem Song etwas sagen als mit Prince selbst. Der lebt doch auch nicht mehr.«

Nachdenklich blickte Ben aufs Wasser, das in einen blassgelben Filter getaucht zu sein schien. »Geh, hör auf. Du glaubst immer noch an versteckte Botschaften? Mit so etwas sind wir doch schon beim alten Kilian böse auf die Gosch'n gefallen.«

»Der allerdings keinen Grund für kryptische Mitteilungen hatte, Marie aber schon. Sie *darf* dir nichts sagen, aber vielleicht *will* sie.«

»Seit 20 Jahren ist es mir ein Rätsel, was diese Frau will oder nicht, und du knackst das Mädel in fünf Minuten? Gratuliere!«

»Ich halte es wie Wilhelm Busch, mein Lieber: ›Meistens hat, wenn zwei sich scheiden, einer etwas mehr zu leiden.‹«

Ben runzelte die Stirn. »Du bist auch nicht gerade der Prototyp eines Menschen, der sein Leben im Griff hat, Stichwort: Wuff!«

Weil gerade ein Teller prachtvolles Rindfleisch vor Peter Neumüller abgeladen worden war, bekam Ben außer Schmatzen keine Reaktion auf seine Spöttelei. Also machte auch er sich mit Genuss über seinen Fisch her. Weshalb es einige Zeit dauerte, ehe sie wieder ihre Smartphones zückten.

»Dann wollen wir mal sehen …«, tippte Peter Neumüller fröhlich, weil satt, darauf los. »57 ist er nur geworden, der Gute, hat hundert Millionen Tonträger verkauft, Trillionen Preise dafür kassiert und noch mehr Geld …«

Nach einer kurzen Pause änderte sich seine Stimmlage plötzlich. »Jetzt wird's wirklich interessant. Weil er klein war und jahrzehntelang mit überhohen Plateauschuhen tanzte, litt er unter heftigen Schmerzen und schluckte jede Menge starke Präparate, war medikamentenabhängig und … Was, echt jetzt?«

Ben hatte seinem Kollegen mit auf das gegenüberliegende Ufer gerichtetem Blick gelauscht, und drehte sich nun interessiert zu ihm herum. »Lass hören!«

»… starb laut Obduktionsbericht an einer Überdosis Fentanyl, die er sich selbst verabreichte, Tabletten, für die er aber kein Rezept besaß.«

»Fentanyl? Das ist doch ein superstarkes Schmerzmittel. War das nicht auch bei Michael Jackson Thema?«

»Nein, der ging wegen etwas anderem hops, irgendetwas mit P… jedenfalls ein Narkosemittel … Ist aber dieselbe Richtung.«

Mit aufgeregtem Blick ließ er das Handy sinken. »Weißt du, was du jetzt machst, während ich mir die Gegend durchs Zugfenster anschaue und mich auf die Teppichratte freue?«

»Herausfinden, ob Hannes Reiter oder Theo Pühringer Fentanyl in ihrem Blut hatten. Und ob einer von den beiden ein Rezept dafür besaß.«

»Sehr gut. Setzen.«

BENS HÜTTE

Es is g'hupft wie g'hatscht.
**Auf dem Weg zu einem positiven Endergebnis ist der
Weg egal.**

Mit Absicht hatte Ben im »Die Villa« nur leichten Fisch
mit Salat gegessen. Wie so oft wollte er nämlich am Abend
in seiner Hütte für sich selbst kochen und dabei die vielen
Erkenntnisse der Woche sortieren.

Zwar hatte er vorhin beim Einkaufen mit einem feinen Mostbratl geliebäugelt, sich dann aber doch für klassische Krautfleckerl entschieden. Es würde ihm nicht
schaden, weniger Fleisch zu essen. Danach hatte er in der
PKA Gmunden noch schnell einen Kaffee mit einer jungen
Physiotherapeutin getrunken und sich danach eine halbe
Stunde auf deren Wasser-Massagebett gelegt, weil kurzfristig ein Termin frei geworden war. Seit Wochen hatte er
die Verschreibung für Physiotherapie und Massagen gegen
seine hartnäckigen Verspannungen im Nacken ignoriert.
Dumm von ihm, wenn man bedachte, wie entspannt er
sich auf dem Weg zurück nach Bad Goisern fühlte. Und
wie attraktiv die Physio Martina war.

Den 50-minütigen Heimweg hatte er für ein längeres
Telefonat mit Ludwig Hinterstoisser genutzt, dessen Nachforschungen vor Ort wichtige Wissenslücken füllten.

Krautfleckerl also. Wie er es liebte, alle Zutaten liebevoll herzurichten, ehe er loslegte. In diesem Fall waren es

nicht viele. Fleckerlnudeln. Ein Krautkopf, Würfelspeck, eine Zwiebel, Essig, Pfeffer, Paprika und Kümmel.

Seit dem Essen mit Peter Neumüller klemmte sich ein Gedanke in seinem Kopf fest: Sie mussten beweisen, dass die beiden Fälle Hubert Holzinger und Theo Pühringer tatsächlich miteinander verwoben waren. Es gab Verbindungen, wenn auch lose. Allen voran Hannes Reiter. Holzingers unbekannte Geliebte aus Hallstatt. Beide Männer waren Jäger gewesen. Ähnlich alt. Es war unabdingbar herauszufinden, ob sie sich gekannt hatten.

Spontan schrieb er eine WhatsApp-Nachricht an Elke Anzinger. Wie erwartet kam die Antwort prompt. Sie hatte noch nie von einem Theo Pühringer gehört. Was allerdings noch lange nichts bewies. Sein Tod wurde immer noch als Selbstmord eingestuft. Trotz der unbekannten zweiten Person, die die Chinesen gesehen haben wollten. Sonst gab es keine Zeugen, denn das Personal des Restaurants hatte nichts bemerkt, das hatte ihm Ludwig Hinterstoisser vorhin am Telefon bestätigt. Die Frage war, inwieweit man den Beobachtungen der beiden Zeugen trauen konnte, Brillenträgern, bei Nieselregen und hundsmiserabler Sicht.

Diese angeblich anwesende Person auszuforschen, hatte sich als unmöglich erwiesen. Unbrauchbare Webcam-Bilder. Pühringer war zu Fuß gekommen. Die zweite Person wohl auch. Keine anderen Wanderer. Keine Begegnungen.

Leider würde es vor kommendem Montag auch keinen fertigen Obduktionsbericht von Theo Pühringers Leiche geben. Hinterstoisser hatte, wenn auch leicht verwundert, versprochen, den Rechtsmediziner auf Fentanyl anzusprechen.

Danach hatte Ben, der dessen gute Kontakte kannte, vorsichtig wegen Hannes Reiter angeklopft. »Ich weiß schon,

Datenschutz und so, aber du kennst doch sicher irgendjemanden im Salzkammergut-Klinikum, oder?«

»Ungefähr alle.« Sein Freund hatte gegrinst. »Wie du.«

»In diesem Fall wäre es mir aber lieber, wenn *du* inoffiziell nachfragst. Ich bin der Ermittler und sollte zumindest den Eindruck erwecken, mich an Recht und Gesetz zu halten. Eine Quelle meinte, Hannes Reiter sei vor nicht allzu langer Zeit halb bewusstlos dort eingeliefert worden. Ich muss wissen, warum.«

Weitere Erklärungen waren nicht nötig gewesen. Hinterstoisser und Ben waren langjährige Bergkameraden, die sich blind verstanden. »Ich weiß schon, an wen ich mich wenden muss«, hatte Ben genau das Gewünschte gehört. »Du bezahlst in Naturalien, wenn wir in zwei Wochen die Höllengebirge-Überquerung machen, Hütten, Essen und vor allem die Getränke.«

»Du Raubritter! Aber gut. Mit Ausnahme vom Schnaps.«

Zufrieden hatte er danach aufgelegt. Die Dinge liefen.

Während die Nudeln kochten, befreite er das Kraut vom Strunk und schnitt es in feine Streifen. Danach röstete er die Zwiebel mit dem Speck goldgelb an, mengte Kraut und Kümmel unter, schwenkte die Pfanne, bis das Kraut kernig war, gab die restlichen Gewürze, einen Schuss Essig und die Nudeln dazu. Mischte durch. Fertig.

Mit mehr Appetit als Hunger setzte er sich an seinen Jogltisch und aß direkt aus dem Bräter.

Es schmeckte perfekt wie das dunkle Bier, das er sich dazu gönnte.

Das Wochenende würde Sonne bringen. Auf der anderen Talseite befand sich der steile, aber wunderschöne Wanderweg hinauf zur zwischen Sonnwendkogel und dem Hochkalmberg eingebetteten Goiserer Hütte. Eine Idee begann, sich festzusetzen. Noch vor Sonnenaufgang würde er losmarschieren, sich als Wegzehrung in der urigen Gaststube auf fast 1.600 Metern einen köstlichen Heidelbeerkuchen direkt aus dem Ofen gönnen und dann über die Iglmoosalm hinüber nach Gosau absteigen. Eine wunderbare Tagestour. Zurück würde er entweder den Bus nehmen oder einen Autofahrer stoppen. Das hatte er schon lange nicht mehr gemacht, sollte aber kein Problem sein.

Ansonsten würde er gar nichts tun, außer die Seele baumeln zu lassen, wieder einmal ein wenig lesen, viel schlafen und vor allem an niemanden denken, an keine Toten, und schon gar nicht an gewisse Lebende.

MONTAG

Und wia schaug's grod aus?
Wo stehen wir eigentlich gerade?

Die erste Morgenbesprechung der Woche hielt Ben per Zoom-Call. In kurzen Worten brachte er seine Kollegen auf den aktuellen Stand.

»Bitte gebt Gas mit dem Obduktionsbericht von Theo Pühringer. Von dem hängt derzeit viel ab. Sobald der da ist und ich Infos von Ludwig Hinterstoisser bezüglich Hannes Reiters Kollaps habe, sehen wir weiter.

Außerdem überprüft bitte, ob diese Alma Hadritsch auf der Hütte war und ein Alibi hat. Wegen der Hallstätterin frage ich selbst nach. Vor Ort. Ich mache mich gleich nach dem Meeting auf den Weg. Als Erstes treffe ich Theo Pühringers Jagdkumpan, diesen Fritz Gändl. Mal sehen, ob er Hubert Holzinger kannte. Im Fall des Falles hätten wir endlich eine brauchbare Verbindung zwischen den beiden Toten.«

Jede Menge war zu tun an diesem Morgen, der sich Ben mit azurblauem Himmel, aber auch voller Raureif präsentierte. Der Herbst zeigte seine Krallen.

Nicht ohne seine leichte Daunenjacke stieg er ins Auto.

Fritz Gändl hatte am Telefon vorgeschlagen, sich in seinem Büro an der Talstation der Salzbergbahn zu treffen. »Sehen wir uns doch zuerst gemeinsam die Überwachungsvideos an, vielleicht entdeckst du doch etwas. Einen guten Kaffee habe ich auch, frisch zubereitet von meiner heißen italienischen Freundin.«

Zu Recht vermutete Ben dahinter eher eine dampfende Kaffeemaschine denn eine 25-jährige rassige Francesca, obwohl Fritz Gändls Assistentin auch sehr erfreulich anzusehen war, wenngleich 20 Jahre älter, blond und mit breitem Goiserer Dialekt. Zumindest ihr Name hatte einen südländischen Einschlag: Claudia.

Die Tasse mit dem Logo der Bahn in Händen, versuchte er, im Nebelgrau der Aufnahmen irgendetwas zu identifizieren, scheiterte aber genauso wie alle anderen zuvor.

»Wenn da jemand war, dann hat er sich in Luft aufgelöst«, resignierte der bärtige Geschäftsführer. »So werden wir jedenfalls nicht herausfinden, ob Theo gestoßen wurde oder von selbst gesprungen ist.«

In der Tat war der Kaffee hervorragend. Ben gönnte sich einige Schlucke, ehe er zum eigentlichen Thema seines Besuchs kam.

»Fritz, du bist Jäger. Theo war es ebenfalls. Kanntet ihr eigentlich unser Ischler Mordopfer, den Hubert Holzinger?«

Mit einem Mal verfinsterte sich das Gesicht des Geschäftsführers. »Ich dachte mir schon, dass du danach fragen wirst.«

Warum muss ich erst nachbohren, wenn du etwas weißt?

Ben behielt seinen Unmut für sich, kannte er doch die spontane Verschlossenheit der Menschen ihm gegenüber bei gewissen Themen, was natürlich seiner Profession geschuldet war. Als Polizist spielte es keine Rolle, ob es sich um einen Hiesigen handelte oder nicht.

Nach Gändls Replik ahnte er allerdings schon, was er gleich darauf tatsächlich zu hören bekam.

»Ich hätte es dir natürlich sofort sagen müssen, wollte aber nicht in etwas verstrickt werden. Aber ihr ermittelt hartnäckig weiter, und jetzt geht's wohl nicht mehr anders. Ich kann mich nur dafür entschuldigen.«

Die umständliche Formulierung ließ sich kurz und bündig zusammenfassen: Ja, man hatte sich gekannt.

»Dass du uns damit keinen Dienst erwiesen hast, brauche ich wohl nicht extra zu erwähnen, oder?«, erwiderte Ben schärfer als gewollt und registrierte das zerknirschte Gesicht seines Gegenübers nicht ohne ein wenig Genugtuung. Gespannt auf das nun Kommende hörte er weiter zu.

»Nochmals, es tut mir leid, und es lag natürlich nicht in meiner Absicht, euch zu bremsen. Selbstverständlich unterstütze ich euch, wo ich kann. Aber du weißt, die Leute reden, ich bin jemand hier in der Gemeinde, und ich wollte keine unnötigen Schwierigkeiten.«

Fritz Gändl hatte ganz genau gewusst, warum er vorsorglich den Mund gehalten hatte. Bis zu einem gewissen Grad konnte Ben es sogar nachvollziehen. »Lassen wir es so stehen, Fritz«, gab er sich deshalb moderat, »und erzähl mir lieber, was Sache ist.«

»Dafür brauche ich noch einen Espresso.«

Umständlich hantierte der stämmige Hallstätter an der Maschine, sichtlich darum bemüht, die richtigen Worte zu finden. Ben drängt ihn nicht länger, überzeugt davon, nun die Wahrheit zu hören. Durch die Glasscheibe zum Vorzimmer fing er einen neugierigen Blick der Vorzimmer-Claudia auf. Oder war er eher wissend? Für den Fall des Falles würde er die Dame im Hinterkopf behalten.

Inzwischen hatte Fritz Gändl wieder Platz genommen.

Um beim Jägersprech zu bleiben: Deine Schonfrist ist vorbei, dachte Ben und sah ihn auffordernd an.

»Vorweg, ich kannte den Hubert zwar, wenn auch nicht sehr gut. Er besaß keine eigene Jagd, war nur hin und wieder bei uns. Nicht oft allerdings. Ein netter Kerl, aber zurückhaltend.«

»Auf wessen Einladung?«

Die Antwort war erwartbar. »Theos.«

Endlich. Der Zusammenhang! Zwei tote Jäger. Einer ermordet. Beim Zweiten galt es, das noch zu klären. Das Bindeglied: Hannes Reiter?

»Woher kannten sich die beiden?«

Langsam stellte Bens Gesprächspartner seine Tasse auf den Tisch. Rückte sie zurecht. »Von der Reha in Bad Schallerbach.«

»Reha? Es ist also wahr, dass Pühringer Krebs hatte?« Helene Almesberger hatte die Krankheit zwar erwähnt, aber bislang dafür noch keine offizielle Bestätigung erhalten. Das Obduktionsergebnis stand immer noch aus. »Und weswegen war Holzinger dort?«

»Über Huberts Beschwerden weiß ich nichts. Und ja, Theo hatte Krebs. Er sprach so gut wie nie darüber, primär deshalb, weil er kein Mitleid wollte. Vor seiner Pensionierung kam auch noch die Sorge hinzu, seine Krankheit würde eventuell Klienten beeinflussen, was natürlich Unfug war.«

»Welcher Krebs war es denn?« Das war zwar irrelevant, aber interessant.

»Ausgehend von den Hoden, aber er wurde erst spät entdeckt, hatte da schon gestreut. Er gab stets vor, alles im Griff zu haben, aber wenn du mich fragst, stimmte das nicht. Man merkte es ihm immer mehr an. Die Medikamente. Die Chemotherapie. Den Verfall. Hallstatt und die gepachtete Jagd waren sein Ruhepol, seine heile Welt, wenn man so will. Deshalb kaufte er auch das Haus, war aber in den letzten Monaten kaum noch da.«

»Und seine Frau?«

»Die habe ich nie hier gesehen. Er redete nicht über sie. Ich weiß nur, dass sie ihn verlassen hat, Scheidung für ihn dennoch nicht infrage kam. Angelika lebt jetzt auf einem Pferdehof im Mühlviertel, wie ihr unzweifelhaft schon herausgefunden habt.«

Tatsächlich hatte Helene Almesberger im Zuge der Ermittlungen mit ihr telefoniert. Angelika Pühringer war, laut der Kollegin, äußerst schweigsam gewesen und hatte vorgegeben, keinen Kontakt mehr zu ihrem Mann zu haben. »Ich glaube nicht, dass sie etwas mit seinem Tod zu tun hat, und außerdem gibt's ein Alibi. Sie war bei einer Tagung ihrer Goldhaubenfrauen.«

Die oberösterreichischen Goldhaubenfrauen, an die 20.000, waren eine im Land fest verankerte Vereinigung, die sich karitativ und kulturell betätigte und ihre aufwendig gefertigten goldenen Kopfbedeckungen primär zu hohen kirchlichen Feiertagen trug. Ausgesprochen gut vernetzt war sie auch.

»In Ordnung. Angelika Pühringer ist aus dem Rennen, für sehr verdächtig haben wir sie ohnehin nie gehalten«, meinte Ben, »aber nehmen wir bitte auch weiterhin kein Blatt vor den Mund. Du hast auf mich ehrlich erstaunt gewirkt, als du vor dem Sarg im Dachboden standest. Wusstest du tatsächlich nichts davon?«

»Um Himmels willen, nein!«, rief Fritz Gändl so laut, dass seine Assistentin mit besorgtem Blick zu ihnen hereinsah.

»War das irgendein Fetisch?«

»Ben, bitte, ich habe wirklich keine Ahnung. Diese Seite von Theo kannte ich nicht. Wir gingen jagen und hockten am Stammtisch, da wurde politisiert oder mit Abschüssen geprahlt. Du kennst das doch.«

Zwar jagte Ben nur Verbrecher, dennoch konnte er sich lebhaft vorstellen, wie es dort zugegangen sein mochte.

»Der Sarg ist blitzsauber. Bislang gab es keinen Grund, die Spurensicherung darüber zu lassen. Theo starb nicht dort, und was er damit trieb, war prinzipiell seine Privatsache, solange er niemand anders damit schadete.«

Fritz Gändl hütete sich davor, näher auf das Thema einzugehen, und auch Ben ließ es fallen, war es nun doch endlich an der Zeit, zum eigentlichen Kern seines Besuches zu kommen. »Fassen wir zusammen. Hubert Holzinger und Theo Pühringer kannten sich seit Jahren, waren Jagdkumpane. Beide sind tot, wobei Holzinger eindeutig ermordet wurde, die Sachlage bei Theo aber weiter unklar ist.«

Sein Gegenüber nickte bestätigend.

Als Ben seine nächste Frage abschoss, beobachtete er es genau. »Kennst du den Hannes Reiter?«

Fritz Gändl hielt sich nicht mehr zurück. »Nur vom Hörensagen. Theo erwähnte den Fall einmal. Er konnte nicht verstehen, was die Mutter des Todesopfers veranlasste, den Kerl bei sich aufzunehmen. Gesehen habe ich ihn aber nie. Tut mir auch hier leid, dir das nicht gleich gesagt zu haben.«

Ben ersparte es sich, darauf einzugehen. »Hatte Theo Pühringer noch Kontakt zu ihm?«

»Soviel ich weiß, nicht, aber auch das war kein Thema bei uns.«

An diesem Jägerstammtisch schien es in der Tat nur um oberflächliche Themen gegangen zu sein.

Hier war er fertig. Mit einem dankbaren Lächeln verabschiedete er sich von dem Zeugen, der schon wieder sehnsüchtig nach seiner Kaffeemaschine schielte.

Doch dann, bereits bei seinem Auto, fiel Ben doch noch etwas ein. Die eine Frage, die er dem Chef der Seilbahn noch nicht gestellt hatte, obwohl sie immens wichtig war.

Ich bin wie früher Inspektor Columbo, lächelte er in sich hinein, der kam auch immer noch einmal zurück, mit der Bemerkung »eine Frage hab ich noch«. Nur der zerknautschte Trenchcoat fehlte.

Beim Anblick von Fritz Gändls entgeistertem Gesicht lachte er laut los. »Sehe ich so schlimm aus?«

»Nein, aber du kratzt echt an meinen Nerven. Gerade war ich erleichtert, dass du endlich verschwunden bist, prompt stehst du schon wieder auf der Matte.«

Im Grunde schien er ein netter Kerl zu sein. »Ich mach's kurz, Fritz. Ist dir im Zusammenhang mit Hubert Holzinger je eine Hallstätterin aufgefallen, die kurz mit ihm zusammen war?«

Da war es, das verräterische Zucken, diese unwillkürliche Antwort des Körpers auf eine unangenehme Frage. Wieder kam die Antwort prompt. »Es gab da wen, ja. Das hat Hubert mal bei viel Schnaps am Stammtisch ausgeplaudert.«

»Wer war sie?«

»Keine Ahnung. War wohl schon ein Wengerl her, ihm aber sehr ernst. Fast hat er getrenzt beim Erzählen.«

»Namen hat er keinen genannt?«

»Nein, nur dass Hallstatt zu der Zeit für ihn wirklich der Tunnel am Ende vom Licht war.«

Hallstatt war ein schattiger Ort mit wenigen Sonnenstunden, eine ewige Quelle für Spott der umliegenden Gemeinden.

Hubert Holzinger hatte es wohl wörtlich gemeint.

MARIE

Glei scheppat's!
In Kürze wird es große Probleme geben.

Bens Anruf kam unpassend. »Ist Hannes Reiter bei dir?«

Es war später Vormittag. Die Patienten stapelten sich. Keine Filo weit und breit, obwohl Marie insgeheim gehofft hatte, ihre Sprechstundenhilfe würde doch auftauchen. Sie rotierte am Stand, entschuldigte sich permanent und bekam ihr Vorzimmer nur dank viel gutem Willen und Geduld ihrer Patienten halbwegs in den Griff.

Ans Telefon gegangen war sie, weil es bereits Bens dritter Anruf gewesen war, was von einer gewissen Dringlichkeit zeugte.

»Ich bin in der Praxis, Ben, natürlich ist er *nicht* hier.«

»Marie, bitte. Ich möchte mir die Fahrt nach St. Wolfgang ersparen, sollte der Vogel ausgeflogen sein.«

Leopoldine Schernhammers zerfurchtes Gesicht tauchte hinter dem Empfangspult auf. Gerade eben so allerdings nur, die fast 90-Jährige war – wohlwollend geschätzt – um die 1,50. Was ihr an Körpergröße fehlte, machte sie mit ihrer energischen Art wett. »Jetzt bin i dran, Frau Doktor. Ich wart schon eine gute Stunde. Wenn du dich nicht beeilst, holt mich der liebe Gott noch vor dir zu sich.«

Dahingehend bestand zwar keine Gefahr, dennoch verstand Marie die alte Frau, deren Rücken und Knie ihr nach einem arbeitsreichen Leben am Bauernhof sehr zu schaffen machten. »Sofort, Frau Schernhammer, bitte gehen Sie schon rein, ich telefoniere nur noch schnell fertig!«

Ein kurzer Blick ins Wartezimmer, und ihr wurde mulmig. Mindestens noch zehn Personen wollten untersucht werden.

»So, Ben, ich bin wieder bei dir.« Sie senkte die Stimme zu einem Flüstern. Diese Angelegenheit war nichts für fremde Ohren. »Hannes Reiter ist nicht mehr in St. Wolfgang. Ich habe ihn seit letzter Woche nicht gesehen und keine Ahnung, wo er sich gerade befindet.«

Wie sehr sie sich nicht nur um Hannes, sondern insbesondere um Filo sorgte, verschwieg sie.

»Ist er verschwunden?« Der Missmut in Bens Stimme war nicht zu überhören. »Es ist wirklich wichtig. Da du offenbar keine Ahnung von seinem Aufenthaltsort hast, kann Filo uns vielleicht helfen.«

Marie zwang sich zu Ehrlichkeit. »Wahrscheinlich. Aber auch sie ist gerade nicht greifbar.«

»Was soll das heißen?«

»Sie hat sich freigenommen. Wie du dir vorstellen kannst, herrscht in meiner Ordination deshalb Chaos. Weswegen ich jetzt auflegen werde, bevor mich noch wer lyncht.«

»Ist sie bei ihm?«

»Keine Ahnung. Gut möglich.«

»Okay«, drang es an ihr Ohr. »Danke. Ich hoffe, du überstehst den Tag halbwegs.«

»Geht schon. Mal sehen, ob ich Ersatz auftreiben kann. Bitte informiere mich, solltest du von den beiden hören.«

»Und umgekehrt, Marie.«

Weg war er.

Nur zwei Patienten hatten ihre Termine sausen lassen und sich neue geholt. Gegen sechs Uhr schloss Marie mit gut zwei Stunden Verspätung die Ordination, reckte geplättet die Arme in die Luft und atmete ein paarmal kräftig durch.

Nichts von Ben. Kein Wort von Filo. Schon gar nichts von Hannes.

Was war bloß passiert von Donnerstagnacht bis heute?

Hundemüde begab sie sich auf den Heimweg und beschloss, sich Nudeln mit Ketchup zu machen, etwas anderes hatte sie nicht im Haus. Zum Einkaufen fehlte ihr jegliche Energie.

Normalerweise genoss sie die kurze Fahrt von Ischl nach St. Wolfgang, für die sie lieber die schmale Nebenstraße über Pfandl nahm statt die stark befahrene B 158. Heute allerdings wollte sie nichts als aufs Sofa und sich eingraben und hatte keinen Nerv für landschaftliche Reize.

Endlich kam ihr Wohnkomplex in Sicht.

Und als ob der Tag nicht schon unerfreulich genug gewesen war, setzte der aktuelle Anblick ihm die Krone auf. Auf dem Gästeparkplatz vor dem Haus stand nämlich ein ihr nur zu bekanntes Auto. Daran lehnte eine ebenso bekannte Gestalt.

Als sie den Drücker zum Einfahrtstor betätigte, winkte Ben lässig und kam auf sie zu.

MARIES ZUHAUSE

Voi deppert.
Richtig schlimm.

»Du hättest dich wenigstens ankündigen können.«

»Dir auch einen guten Abend, Marie. Natürlich hast du recht, aber ich wollte sichergehen, dich auch anzutreffen.«

»Und kontrollieren, ob ich dich angelogen habe und Hannes Reiter doch irgendwo hier herumschwirrt, nicht wahr?«

Gespielt gleichgültig zuckte er mit den Schultern.

»Muss das sein? Der Tag war die Hölle und ich möchte eigentlich nur noch ins Bett«, seufzte sie und gab sich keine Mühe, ihren Ärger über seinen Überfall zu verbergen.

Trotz ihres offensichtlichen Missfallens bemühte Ben sich um Gleichmut. »Auch ich hatte einen abwechslungsreichen Tag mit einigen neuen Erkenntnissen. Ein paar davon würde ich gerne mit dir besprechen. Deine fachliche Expertise könnte mir weiterhelfen.«

Inzwischen war Marie ausgestiegen. Abwehrend verschränkte sie die Arme. »Bist du offiziell hier oder steht dir der Sinn eher nach einem informellen Gespräch?«

Herausfordernd sah sie ihn an, die Augenbrauen hochgezogen, die Lippen geschürzt.

»Du kennst die Antwort, meine Liebe. Wenn ich eine knappe Stunde vor deiner Tür auf dich warte, dann hätte ich gerne deine inoffizielle Sichtweise zu gewissen Dingen. Ich schätze dein Wissen genauso wie deinen gesunden Menschenverstand. Wäre es nicht essenziell, wäre ich nicht hier. Unser Verhältnis ist im Augenblick ... sagen wir so, etwas getrübt. Für meinen Teil tut mir das leid, ich hätte es lieber anders.«

Durch seine Entschuldigung bekam ihre Abwehrhaltung Risse.

»Also gut«, gab sie schließlich nach, »komm rauf. Erwarte aber nichts als Tee und mein Hirnschmalz.« Sie sah ihm irritiert nach, als er grinsend zum Kofferraum ging und eine große Kiste herausholte.

»Wetten, du hast nichts außer Nudeln mit Ketchup zu Hause, maximal noch Käse? Ich dachte mir, wenn ich dich schon überfalle, könnte ich uns zumindest eine Kleinigkeit zaubern, während wir uns austauschen. Keine Sorge, es wird kein romantisches Dinner, sondern ein Arbeitsessen.«

Ihr Kichern war ihm zehnmal lieber als die verschlossene Miene fünf Sekunden zuvor. »Warum nicht? Deine Kochkünste sind in jedem Fall besser als unser derzeitiger Umgang miteinander. Und ich habe Hunger. Außerdem kannst du bei der Gelegenheit gleich sicherstellen, dass uns Hannes tatsächlich nicht mit einer Axt in der Hand in meiner Wohnung auflauert.«

Den Seitenhieb hatte er wohl verdient.

Zwei Minuten später lud Ben seine Schätze auf ihrem Küchentresen ab.

Da er wusste, dass Marie zwar vegetarische Gerichte bevorzugte, im Prinzip aber Allesfresserin war, hatte er sich für Murhachtl entschieden, eine Spezialität aus dem Attergau.

Beim Sortieren der Zutaten schlichtete er gleichzeitig auch seine Gedanken und überlegte, womit er beginnen sollte.

»Fang doch am besten ganz von vorne an.«

Natürlich. Marie kannte ihn besser als jede andere und hatte sein Schweigen schon längst gedeutet.

»Fentanyl.«

Mal sehen, wie sie darauf reagierte.

Mit einem Lächeln. »Bravo. War ich dir also doch nicht zu kryptisch.«

»Es hat ein wenig gedauert, bis der Groschen gefallen ist, das gebe ich zu. Können wir dahingehend jetzt offen sprechen?«

»Solange du ganz allgemein über einen hypothetischen Fall mit mir plaudern möchtest, jederzeit.«

Er stieg darauf ein. »Selbstverständlich sprechen wir nicht über eine konkrete Person, sondern über theoretische Möglichkeiten. Nennen wir unsere Figur also Hanno, Anfang 20. Er wird zusammen mit einem Bekannten, Leo, mit einer Überdosis Fentanyl ins Krankenhaus gebracht. Leo wiederum hat wegen all der Aufregung eine Kreislaufschwäche erlitten.«

Die erste Erkenntnis des heutigen Vormittags: Hannes Reiters Zusammenbruch war in der Tat auf eine zu hohe Dosierung des Schmerzmittels zurückzuführen gewesen, das hatten Ludwig Hinterstoissers Nachforschungen im Salzkammergut-Klinikum ergeben.

»Meine Krankenschwester-Quelle hat gesprudelt, mehr brauchst du nicht zu wissen«, hatte er Ben bei einem schnellen Kaffee bestätigt. »Die Lage war nicht lebensbedrohlich, aber ernst. Ansonsten war der Junge clean. Keine Drogen. Kein Alkohol im Blut. Und weil ich gerade dabei war, habe ich sie auch gleich das Aufnahmeprotokoll überprüfen lassen. In der Tat war es Theo Pühringer, der die Rettung gerufen hat. Er behauptete, nicht zu wissen, was geschehen war, habe Hannes bewusstlos vorgefunden und gedacht, er sei betrunken. Als Reiter wieder ansprechbar war, bestätigte er das. Es sei ein Unfall gewesen, er habe die Tabletten verwechselt und sich keinesfalls umbringen wollen. Deshalb gab es auch keine polizeilichen Ermittlungen.«

Die Überdosis Fentanyl war Marie beim Studium der elektronischen Gesundheitsakte sofort ins Auge gestochen, wie sie Ben nun mitteilte. Aus Neugierde hatte sie sich auch Pühringers Akte angesehen, wobei ihr sowohl dessen Diagnose als auch die zeitliche Überschneidung aufgefallen waren. Keine Sekunde hatte sie an einen Zufall geglaubt, weshalb sie Ben aufgesucht und versucht hatte, ihm ohne Umgehung ihrer Schweigepflicht auf die Sprünge zu helfen.

»Fentanyl«, erklärte sie, »ist das stärkste Schmerzmittel, ähnlich Morphium. Es macht abhängig, muss also sehr sorgsam dosiert und unter strenger Überwachung eingesetzt werden. Wenn es verschrieben wird, dann aus gutem Grund. Starke Schmerzen, wegen einer unheilbaren Krankheit etwa, die weit fortgeschritten ist. Kommen wir also zurück zu unserem Leo. Sollte er es bekommen haben, dann, weil er wohl nicht mehr lange zu leben hatte.«

In der Tat war das Medikament Theo Pühringer verschrieben worden, was einige Fragen aufwarf. Hatte er sich *doch* umgebracht? Aus einem sehr guten Grund? Wegen unerträglicher Schmerzen, zum Beispiel? Das Obduktionsergebnis ließ keine Zweifel aufkommen: Er hatte seinen Krebs tatsächlich nicht im Griff gehabt. Im Gegenteil, die Krankheit hatte bereits breit gestreut, bis in Leber und Lunge. Wäre er regelmäßig und rechtzeitig zur Vorsorgeuntersuchung gegangen, hätte sie kein Todesurteil bedeutet. In einem frühen Stadium galt Hodenkrebs als sehr gut heilbar.

Ludwig Hinterstoissers Recherchen hatten also Maries Online-Funde bestätigt: Theo Pühringer war todkrank gewesen und hatte Zugang zu Fentanyl gehabt.

Als Nächstes galt es herauszufinden, was zwischen ihm und Hannes Reiter tatsächlich vorgefallen war. Keine Sekunde lang glaubte Ben an die offizielle Version eines Unfalls. Vielmehr vermutete er dahinter eine andere Geschichte, die ohne den jungen Mann aber nicht zu klären war.

Der Aperitif war ausgetrunken. Ben machte sich ans Kochen.

»Kann ich helfen?« Energisch stellte Marie ihr Weißweinglas zur Seite.

»Weich das mal ein wenig ein.« Er reichte ihr Knödelbrot, Eier und Salz.

Eine Zeitlang blieb es still zwischen ihnen. Zu den sanften Klängen von Diana Krall hingen beide ihren Gedanken nach. Marie mischte ihre Zutaten mit den Händen, während Ben fasciertes Kalbfleisch mit Salz, Pfeffer und Knoblauch würzte.

Draußen herrschte inzwischen tiefste Dunkelheit. Bei ihren Überlegungen war ihnen entgangen, dass die Sonne sich schon längst verabschiedet hatte.

Als Marie fertig war, ging sie zum Kamin und machte Feuer, ein Ritual, das sie schon immer geliebt und zelebriert hatte.

»Nur damit keine romantischen Gefühle aufkommen bei unserem Business-Dinner … Was, glaubst du, könnte zwischen Hanno und Leo passiert sein?« Sie zwinkerte.

Ben hatte gerade begonnen, sich ob der kuscheligen Atmosphäre unbehaglich zu fühlen, und war dankbar über Maries Frage. Schnell schob er die in Butter angerösteten

Zutaten ins Rohr und wandte sich der Beilage zu: grünem Salat.

»Schwer zu sagen. Deshalb muss ich Hann…es unbedingt finden. Sollte er nicht von allein aufkreuzen, werde ich ihn erneut zur Fahndung ausschreiben, so leid es mir tut. Ich würde gern darauf verzichten, weshalb ich gehofft hatte, du könntest mir weiterhelfen.«

Marie rang die Hände, bemüht, die Lockerheit beizubehalten. »Schau, ich bin mir ganz sicher, dass Filo bei ihm ist, sonst hätte sie mich nicht im Stich gelassen. Und dass sie genau weiß, was sie tut. Ich vertraue ihr.«

»Hast du dir eigentlich schon einmal überlegt, dass sie es gar nicht so gut mit ihm meint, wie sie vorgibt?«

Vorbei war's mit der Leichtigkeit.

Vielleicht war es die Angst vor der Wucht der Konsequenzen, die diesen Gedanken für sie undenkbar machte. Was, wenn Filo tatsächlich nicht diese schlaue, herzensgute Frau war, die Marie immer in ihr gesehen hatte, sondern in Wahrheit ganz anders? Berechnend? Manipulativ? Abgrundtief falsch? Eine Lügnerin? Was, wenn …

Mit sichtlichem Unbehagen bohrte Ben weiter in der Wunde. »Wir alle wissen doch, was sie direkt nach dem Prozess zu Hannes gesagt hat. Erinnerst du dich?«

Welche Frage! Wie oft hatte sich Marie darüber gewundert, nicht nachvollziehen können, was ihre Freundin antrieb. Weil die es ihr nie schlüssig erklärt und stattdessen immer nur geschwiegen hatte. Weil Nachbohren für Marie aus falsch verstandener Freundschaft nie infrage gekommen war. Dabei wäre aus jetziger Sicht nichts wichtiger gewesen, schon allein deshalb, um echtes Vertrauen zu schaffen und sich nicht, so wie eben, innerlich zerfleischen zu müssen vor nagenden Zweifeln und tiefer Verunsicherung.

Als Ben erkannte, wie belastet sie auf einmal war, legte er das Messer zur Seite und widmete ihr seine ganze Aufmerksamkeit. »Auch wenn es dir nahegeht, Marie, kann ich es dir leider nicht ersparen. Filo agiert für uns völlig unlogisch, aber ich bin fest davon überzeugt, dass sie einem strukturierten Plan folgt, und das schon lange. So wie ich es sehe, hat sie ihre Aussage nach dem Prozess ernst gemeint. Bitte versuche, ehrlich zu dir zu sein. Wäre es nicht zumindest *möglich,* dass sie deshalb verschwunden ist, um Hannes umzubringen, nicht, um ihm zu helfen?«

Genau diese fatale Option war es gewesen, die ihn dazu verleitet hatte, stundenlang vor ihrer Haustür zu warten. Er betrachtete es schlichtweg als seine Pflicht, der Theorie nachzugehen, selbst wenn es bedeutete, Filo als eiskalte Mörderin zu überführen und Hannes Reiter nicht länger als Täter, sondern als Opfer einer raffinierten Intrige einzustufen. Diese Aufgabe kollidierte mit seiner Sorge um Marie, wusste er doch um deren tiefe Verbundenheit zu ihrer Sprechstundenhilfe. Ihr das klarzumachen, hatte er nur persönlich übers Herz gebracht, und dafür seine mulmigen Gefühle hintangestellt.

Ein Ruck schien durch die Ärztin zu gehen. Würde sie nun in blinder Loyalität zu Filo über ihn herfallen? Er würde es ertragen, ja, es würde ihn auch treffen, aber nichts an seiner Haltung ändern. Filo war verdächtig, Hannes Reiter möglicherweise in Lebensgefahr.

Doch der befürchtete Zorn auf ihn blieb aus, vielmehr sah er sich mit jeder Menge Ungläubigkeit konfrontiert. Mit Zweifeln und Verunsicherung. Immer mehr aber auch mit … Erkenntnis? Wie so oft in ihrer langen gemeinsamen Geschichte überraschte sie ihn und tat, womit er am wenigsten gerechnet hatte: Sie stimmte ihm zu.

»Leider hast du recht, Ben. All das ist nicht von der Hand zu weisen. Du musst sie unbedingt finden. Bitte, tu alles dafür. Denn nach wie vor glaube ich an sie. Ich möchte nicht vorschnell urteilen, sondern ihre Seite der Geschichte kennen. Solange ich nicht von ihr selbst höre, sie hätte Hannes von Anfang an nach dem Leben getrachtet, werde ich es ihr auch nicht unterstellen.«

Ihre Blicke trafen sich, hielten aneinander fest, entdeckten Einigkeit. Im Zweifel für die Angeklagte.

»Und was jetzt?«

Ein wenig verloren stand er inmitten des fast fertigen Essens. Völlig unpassend für die angespannte Situation knurrte sein Magen.

Genauso unpassend mischte sich ein zweiter Laut dazu. War das ein … Glucksen?

Trotz der Sorge um ihre Freundin lachte Marie. »Wenn du glaubst, der ganze Käse rund um Filo und Hannes würde mir auf den Magen schlagen, dann täuschst du dich. Wir können im Augenblick gar nichts tun, außer auf das Beste hoffen und vor allem: essen. Diesen Tag habe ich schon satt, das muss dein Murhachtl erst schaffen. Also verwöhne mich, ich bin bereit.«

In Bens Augen blitzte es auf, dankbar für die Sicherheit eines stinknormalen Kochlöffels.

Verschwörerisch blinzelte er ihr zu, öffnete schwungvoll die Kühlschranktür und holte die Flasche Ketchup heraus. »Vorspeise gefällig?«

HALLSTATT

So a Füz.
Eine vertrackte Situation.

Ben hatte Marie nicht alles erzählt.

Es war ihm weder notwendig noch ratsam erschienen.

Nach dem erfreulich entspannten Abendessen hatte er sich verabschiedet mit dem guten Gefühl, ihr wieder vertrauen zu können.

»Sobald Filo sich meldet, höre ich mir an, was sie zu sagen hat. Danach entscheide ich, wie ich weiter vorgehe«, hatte sie versprochen.

Mehr war nicht zu erwarten gewesen. Er verstand Maries Loyalität Filo gegenüber, weshalb er auch nicht mehr Druck ausübte. Nichtsdestotrotz würde er mit vollem Einsatz nach den beiden Verschwundenen fahnden lassen. Für den Augenblick blieb ihm, oder besser gesagt ihnen, denn Peter Neumüller war zeitig in der Früh nach Ischl gekommen, in dieser Sache nichts anderes übrig, als abzuwarten.

Etwas anderes lag aber in ihren Händen. Weswegen sie sich gerade auf dem Weg nach Hallstatt befanden.

»Diese Alma Hadritsch hielt sich am Liachtbratlmontag im Übrigen nicht auf der Hütte auf, zumindest nicht unter ihrem Namen. Wir haben die Personalien aller Anwesenden überprüft. Ehrlich gesagt, dachte ich mir das schon. Schwer vorstellbar, dass Holzinger sonst so entspannt gefeiert hätte.«

»Meine Rede. Wo war eigentlich Blanca Huelva an diesem Tag? Hat sie ein Alibi?«

»Stimmt, danach haben wir sie gar nicht gefragt. Blöder Fehler. Ich ruf sie gleich an.«

Drei Minuten später wussten sie: Blanca hatte gearbeitet. Gefeiert wurde nämlich auch auf anderen Hütten. Der alte Schwerenöter Hubert Holzinger hatte nicht gezögert, den sturmfreien Nachmittag dafür zu nutzen, Marie anzubraten.

»Wäre es für Sie in Ordnung, Blanca, wenn Sie seine Sachen abholen? Die sind mittlerweile freigegeben«, hörte Ben Peter Neumüller fragen.

Sie wussten von keinen anderen Verwandten, und die Frau war, trotz seiner Eskapaden, ja so etwas wie seine aktuelle Lebensgefährtin gewesen. Sollte doch noch jemand existieren, konnte sie das direkt klären.

»Dann wenden wir uns der nächsten Dame zu«, verkündete Neumüller, nachdem er aufgelegt hatte. »Anni Kirchschlager, die Theo Pühringer das Haus verkauft hat.«

Während Ben gestern mit Nachforschungen zu Hannes Reiter, Hubert Holzinger und Konsorten beschäftigt gewesen war, hatte Peter Neumüller in Linz die Zeit für Recherche genutzt und – dank der tatkräftigen Unterstützung von Tobias Kofler – ein paar wesentliche Dinge herausgefunden. Gewohnt effizient hatte der IT-Profi diverse Datenbanken durchforstet, Peter Neumüller die dazugehörigen Telefonate geführt.

Nun brachten sich die beiden Ermittler gegenseitig auf denselben Stand.

Zunächst berichtete Ben alles, was Peter Neumüller vom gestrigen Abend mit Marie wissen musste.

Dann war sein Kollege dran. »Ich fange mit dem Haus in Hallstatt an. Es war ewig und noch drei Jahre im Besitz der Familie Kirchschlager. Die älteste Tochter Michaela erbte es von ihren Eltern, die zuvor bei einem Unfall auf der Westautobahn ums Leben gekommen waren. Sie war kurz verheiratet, deshalb hieß sie Zierler. Eine Tochter hat sie auch. Ingrid. Die kennen wir bereits vom Beinhaus. Und jetzt wird's wirklich interessant.«

Ben, der die Vorliebe seines Kollegen für eine gewisse Dramatik kannte, ließ ihm seinen Spaß und die Kunstpause ohne Kommentar verstreichen.

»Michaela Zierler verstarb vor ein paar Jahren und hinterließ das Haus ihrer damals noch minderjährigen Tochter Ingrid, deren Vormund ihre Tante Anni Kirchschlager war. Die beiden verkauften es kurz danach weiter, und zwar an eine Wiener GmbH. Interessant wäre zu wissen, warum sie es so schnell loswerden wollten. So etwas macht keiner ohne triftigen Grund, schon gar kein traditioneller Hallstätter.«

Dieser Umstand erschien in der Tat äußerst merkwürdig.

Mit unverhohlenem Vergnügen machte Peter Neumüller weiter. »Die GmbH gehörte – über ein Konstrukt – Theo Pühringer und hielt ein ganzes Portfolio an Immobilien. Sämtliche Gewinne wurden sofort reinvestiert, was jede Menge Steuervorteile brachte.«

»Verstehe. Es ist also gut möglich, dass die beiden Frauen gar nicht wussten, an wen sie wirklich verkauften. Mal sehen, ob Ingrid das bestätigt. Und auch, ob das für sie von Relevanz war.«

»Noch zwei Aspekte sind beachtenswert.«

Obwohl am Lenkrad, konnte Ben nun nicht anders, als seinem Beifahrer einen langen Seitenblick zuzuwerfen. »Wenn du das so sagst, dann kommt jetzt der *wirklich* interessante Teil.«

Peter Neumüller hob die Arme in die Luft. »Ich ergebe mich, du Intelligenzbestie! Aber schau bitte wieder auf die Straße, sonst erfährst du ihn nicht mehr, weil wir im See landen.«

Gerade fuhren sie über die Traunbrücke bei Steeg, direkt am Abfluss des Hallstätter Sees. Die Wahrscheinlichkeit für ein unfreiwilliges Bad war also tatsächlich gegeben. Gleich rechts befand sich eines der beliebtesten Ausflugsgasthäuser der Region, der legendäre Steegwirt, dessen abwechslungsreiche Speisekarte Ben im Laufe der Zeit schon durchaus erfolgreich abgearbeitet hatte. Vielleicht war am Rückweg etwas Zeit für eine weitere Minimierung der Lücken.

»Rate mal, woran Michaela Zierler gestorben ist.«

»Ich bin zwar ein Schlaumeier, aber kein Hellseher. Heraus damit«, sagte Ben grinsend.

Sein Kollege spannte ihn nicht länger auf die Folter. »Sie war Kellnerin im Restaurant am Skywalk und hat sich umgebracht.«

»Was? Echt? Hat sie sich auch runtergestürzt?« Erstaunt drückte Ben irrtümlich aufs Gas. Der Wagen machte einen Satz nach vorne. Zum Glück fuhr niemand vor ihnen.

»Ho, ho, ho, das nächste Mal erzähl ich dir interessante Neuigkeiten bei einem Bier. Dann muss nur das Glas daran glauben, nicht ich!«

»Entschuldige bitte«, gab Ben sich kleinlaut, weil er binnen drei Minuten gleich zweimal fast einen Unfall verursacht hatte. »Aber deine Informationen sind echt nicht von schlechten Eltern.«

»Ihr Name steht auch auf Tobias' Liste mit Unglücks- und Todesfällen, die du von ihm angefordert hast. Sie ist uns nur nicht aufgefallen, weil sie Zierler hieß und nicht Kirchschlager. Ich hab's gecheckt. Gesprungen scheint sie aber nicht zu sein, zumindest gibt's dahingehend keine Infos.«

»Ich fasse also zusammen: Nachdem sich ihre Mutter umgebracht hat, verkaufte Ingrid ihr seit Generationen in Familienbesitz befindliches Elternhaus an eine GmbH, die insgeheim ausgerechnet jenem Mann gehörte, der sich später ebenfalls das Leben nahm. Spannend.«

»Noch bin ich nicht fertig«, gab Peter Neumüller zurück. »Möchtest du zuvor rechts ranfahren?«

»Meine Ohren sind dein, der Rest gehört der Straße!«

Übertrieben dramatisch klammerte sich Peter Neumüller an den Türgriff. »Nur zur Sicherheit, Bleifuß. Seit Kurzem steht die GmbH zum Verkauf. Dazu muss man wissen, dass Reich und Schön so etwas offenbar öfters mal machen.«

»*Was* machen?«

»Statt einzelne Immobilien zu verkaufen, verscherbelst du gleich die ganze GmbH mit allem, was dazugehört. Laut Tobias ist das ein beliebter Trick, um … genau: Steuern und andere Abgaben zu sparen. Geld kommt zu Geld, die wissen genau, wie das geht. Nur zu gern wüsste ich, wer das Vermögen erbt. Jede Menge Kohle – was für ein prachtvolles Mordmotiv!«

Ben schnaubte und bog auf die Hallstättersee-Landesstraße ab, eine der österreichischen Romantikstraßen, die hoch über dem See und durch enge Tunnels zum Ort selbst führte. In Gedanken notierte er den Testaments-Check auf seiner To-do-Liste.

»Ingrid, wir kommen«, rieb Peter Neumüller sich die Hände, »und wir wissen auch schon ganz genau, wo wir dich um diese Zeit finden.«

Kilian Voglhuber hatte sich als zwar rätselhafter, jedoch guter Tippgeber erwiesen und ihnen auf seine Art und Weise alles gesagt. Ben zog den Hut vor der Bauernschläue des betagten Hallstätters. Mittlerweile war ihnen klar, warum der Alte sie wirklich zum Beinhaus geschickt hatte. Nicht wegen der Knochen, sondern wegen der jungen Frau, die sie bewachte: Ingrid Kirchschlager. Die den Familiennamen deshalb trug, weil ihre Mutter erst nach ihrer Geburt geheiratet und die Ehe nur acht Monate gehalten hatte. Auch das eine interessante Tatsache, wie die Ermittler befanden.

Wie schon beim letzten Mal hockte die junge Frau in ihrem Glaskobel am Beinhaus, und auch diesmal hielt sich der Besucheransturm in Grenzen. Ein eiskalter Dienstagvormittag, Mitte Oktober, da ließ der Tourist von Welt sich offenbar etwas mehr Zeit und inspizierte lieber das Frühstücksbüfett denn bemalte Knochen, und die Tagesbusse waren erst am Anrollen.

Als sie die Ermittler erblickte, zuckte die junge Frau zusammen, waren sie doch ohne jede Vorwarnung aufgetaucht, um das Überraschungsmoment auf ihrer Seite zu haben. Dennoch hätte sie früher oder später mit ihnen rechnen müssen.

»Ingrid, griaß di«, gab Ben sich jovial und blieb beim Du vom letzten Mal. Für dieses Gespräch konnte größtmögliche Nähe nicht schaden. »Wir brauchen dich bitte kurz und werden ein Nein nicht gelten lassen. Machst du bitte zu? Deinen Chef haben wir informiert.« Den Anruf hatte Peter Neumüller auf dem Weg hierher erledigt.

Widerwillig kam sie der Aufforderung nach, ihre verbissene Miene ließ aber keinen Zweifel daran, dass sie es den beiden Ermittlern nicht leicht machen würde. Was ihnen gleichgültig war. Sie würden nicht ohne entsprechende Antworten von dannen ziehen.

Langsam folgte sie ihnen über den Vorplatz der Kirche in Richtung Begrenzungsmauer, ließ das Beinhaus aber geöffnet. Die nächsten Gäste würden sich über einen Gratisbesuch freuen oder ihren Obolus in das Schälchen mit der Aufschrift *Freiwillige Spende* entrichten, insofern sie die entziffern konnten. Im Gegensatz zu den vielen anderen Schildern im Ort, die auch die chinesische und indische Version der Beschriftung enthielten, war dieses nur auf Deutsch.

»Also, was wollt's?«

»Ingrid, es ist wirklich wichtig, dass du uns hilfst. Wie du weißt, untersuchen wir einen Mord und einen weiteren Todesfall.«

Ihr Kopf bewegte sich etwa zwei Millimeter nach oben und unten.

Ben ging es direkt an. »Wie standest du zu Theo Pühringer?«

Erstaunt runzelte sie die Stirn. »Aber, das habt ihr mich doch schon einmal gefragt. Er lebte in meinem ehemaligen Elternhaus. Mehr nicht.«

»Gab es sonst keinen Kontakt zu ihm?«

»Nein, warum auch? Ich sagte doch bereits beim letzten Mal, dass er mich nicht interessierte.«

Ben versuchte einen anderen Ansatz. »An wen habt ihr vor ein paar Jahren das Haus eigentlich verkauft?«

Mit dieser Frage hatte sie sichtlich nicht gerechnet. »Das geht euch nichts an!«

»Doch, Ingrid. Ich sag dir auch gleich, warum. Antwortest du bitte?«

»An eine Wiener Rechtsanwaltskanzlei, die eine GmbH vertrat. Deren Geschäftsführer steht jedenfalls im Kaufvertrag.«

»Wusstest du damals, dass das Haus, so wie die GmbH, in Wahrheit Theo Pühringer gehörte?«

»Damals nicht, nein. Es war aber auch nicht wichtig. Wir wollten das Haus weghaben, er es erwerben.« Ihre Stimme zitterte.

»Warum seid ihr damals umgezogen? Wer verlässt schon freiwillig sein Elternhaus?«

Sie blieb ruhig. Fast zu ruhig. Ihre Antwort klang einstudiert. »Es war uns zu klein geworden. Und zu voll. Das mit dem chinesischen Hallstatt war durch, die vielen Touristen nervten. Deshalb beschlossen wir, zu Mamas Cousine Burgi zu ziehen. Sie hat nach ihrer Scheidung genug Platz drüben auf der anderen Seeseite, in Winkl. Dort wohnt man nicht so exponiert.«

Erstaunt wechselten die beiden Beamten einen Blick. »Cousine? Willst du damit sagen, Burgi Lackner ist mit dir verwandt?«

»Ja, sicher, hast du das nicht g'wusst?«

Das rückte auch die Hausbesorgerin in ein neues Licht.

Ben glaubte der jungen Frau die Ausrede mit dem Hausverkauf nicht. Nervige Touristen? Wen wollte sie damit täuschen?

»Ingrid, für mich passt das nicht zusammen. Zuerst verkauft ihr, und dann ist Burgi regelmäßig dort?«

Seine Zweifel schienen sie nicht im Geringsten zu beeindrucken. »Wir wollten wissen, was der neue Besitzer in unserem Haus so alles treibt, deshalb bot sie ihm an, nach dem Rechten zu sehen. Einmal die Woche tanzte sie an. Er war oft weg, vor allem in letzter Zeit, und hatte keine Ahnung, dass wir uns dort umgesehen haben.«

Aktive Wohnraumüberwachung der Hallstätter Art.

»Er ahnte wirklich nichts davon, oder?«

Sie lächelte durchtrieben. »Nein. Er war kein Einheimischer. Wir halten z'samm.«

Wie immer, ergänzte Ben bei sich. Auch er kannte die Gepflogenheiten.

»Habt ihr etwas Bemerkenswertes entdeckt?«

Ingrid Kirchschlager machte seine Hoffnungen zunichte. »Nicht wirklich. Er war sehr reinlich, aber ein schräger Vogel. Das mit dem antiken Sarg wisst ihr ja schon. Wer macht denn so etwas? Da lagen doch vorher Hunderte Leichen drin. Grauslich.«

Es war an der Zeit, die heikleren Punkte anzusprechen.

»Es tut mir leid, Ingrid, aber ich muss dich das jetzt fragen: Wir wissen, dass du das Haus vor ein paar Jahren von deiner Mama geerbt hast. Damals warst du 17, deine Tante Anni dein Vormund. Deine Mutter verstarb keines natürlichen Todes ...«

Auch in seinen Ohren klang er ungeschickt, doch er hatte keine Wahl, musste in der Wunde herumstochern.

Schmaler konnte man Lippen nicht mehr zusammenpressen. Tränen traten in Ingrids Augen. Ob aus Wut oder Trauer? Letztlich unwichtig. Sichtlich aufgewühlt senkte sie den Kopf und schlang die Arme beschützend um sich.

»Du solltest dich schämen«, hörte er dann, und versuchte, diesen Satz nicht persönlich zu nehmen, dennoch ging er ihm nahe.

»Ich würde dich nicht fragen, wenn es nicht wichtig wäre, das kannst du mir glauben. Wir müssen wissen, ob es einen Zusammenhang gibt.«

Heftig schüttelte sie den Kopf, als ob sie seine Worte damit unschädlich machen könnte.

»Es gibt keinen, verflixt noch mal. Ich weiß bis heute nicht, warum sie mich auf so grausame Art und Weise verlassen hat. Ich bin immer noch wütend, kann es nicht steuern, verdränge es. Und dann kommst du und knallst mir den ganzen Scheiß vor die Füße. Mit ihrer Tat hat sie mich in eine nicht enden wollende Hölle gestoßen. Ständig muss ich mich fragen, wieso. Und weshalb ausgerechnet in unserem Zuhause? Für mich stirbt sie damit jeden Tag aufs Neue.«

Diese Verzweiflung war echt. Michaela Zierler hatte sich im Haus an der Müllerstiege umgebracht. Damit war nur zu verständlich, dass ihre Tochter danach nicht mehr darin hatte bleiben wollen.

Er würde sie nicht weiter quälen. Um herauszufinden, was ihre Mutter zu ihrer Tat getrieben hatte, musste er andere Quellen anzapfen.

Zusammengesunken trottete die junge Frau zurück zu ihrem Arbeitsplatz, dem sich just in diesem Moment eine größere Reisegruppe näherte. Mit einem Mal ging ein Ruck durch ihre zarte Gestalt und sie richtete sich auf. Ben gegenüber hatte sie ihren Schmerz nicht länger beherrschen können, Fremde allerdings würden nichts davon zu sehen bekommen. Sie hatte ihren Stolz.

»Probier mal, ob du Burgi Lackner erreichst. Ich denke, sie ist die Nächste, die wir uns vorknöpfen sollten. Außerdem auch noch mal den alten Kilian. Ich trau mich zu wetten, dass der auch in dieser Sache etwas weiß und mit seinen Luchsaugen viel gesehen hat. Uns muss nur klar sein, dass er nichts sagen wird, was er nicht auch gefragt wird, und auch darauf wird er wieder nur in Rätseln antworten.«

Das Gespräch mit Ingrid Kirchschlager ging Ben nahe. Nachdenklich sah er hinaus auf den See. Sie brauchten ihre Adresse in Obertraun.

Indessen versuchte Peter Neumüller zweimal vergeblich, Burgi Lackner aufzutreiben. Sie ging nicht ans Telefon. Müde sah er auf die Uhr. »Ich sag's dir ehrlich, für den Moment reicht's mir. Ich brauche eine Pause.«

Wie sehr sein Kollege Ben aus der Seele sprach!

Verschwörerisch grinsten sie einander an.

»Steegwirt?«

»Steegwirt!«

Was fragte Ben auch? Wenn es ums Essen ging, war Peter Neumüller doch immer dabei!

»Du fährst«, entschied er mit einem Seitenblick auf das heutige Motto-T-Shirt, das ihm ob der Ereignisse noch gar nicht aufgefallen war. *Manche sind so hohl, da reicht zum Röntgen ein Teelicht.*

Auf der kurzen Fahrt breitete sich einmal mehr versonnenes Schweigen aus.

»Bei allem Mitgefühl für Ingrid Kirchschlager«, durchbrach Ben es schließlich, »bin ich mir ziemlich sicher, dass sie etwas zurückhält.«

Peter Neumüller bremste hinter einem Leihwagen und schaltete herunter. Die Straße entlang des Sees war so malerisch wie eng, aber ein Stück weiter vorne gab es eine passende Stelle, um zu überholen.

»Denke ich auch. Ist schon wie verhext. Wir wissen nicht einmal, ob Theo Pühringer sich nicht doch selbst das Leben genommen hat, und jagen trotzdem alten Geschichten nach. Bei Hubert Holzinger, der eindeutig ermordet wurde, kommen wir nicht wirklich weiter. Vielleicht hängen die beiden Fälle auch gar nicht zusammen, obwohl sich die Männer kannten.«

»Möglich. Aber ich glaube es nicht. Das hier ist das Salzkammergut und nicht New York, wo an allen Ecken und Enden etwas passiert.«

Sein Kollege stieg aufs Gas und ließ die Touristen hinter sich. »Mag sein. Aber Bösewichte gab es in dieser Ecke seit jeher auch genug, da musst du nicht erst bis zum Zweiten Weltkrieg zurück.«

Die Anspielung galt wohl dem legendären, aber nie gefundenen Naziraubgut im Toplitzsee. Aber auch andere Kriminalfälle boten sich an. Der bislang ungeklärte mysteriöse Mord an einer Vöcklabruckerin etwa, deren Leiche Mitte der 1980er-Jahre am Ufer des Mondsees gefunden worden war, oder die Tote im Traunsee, grausam ertränkt von ihrem Ehemann. Die Liste ließe sich durchaus fortsetzen.

Schluss jetzt. Der Hunger war zu groß für noch mehr Themen, die einem schnell den Appetit verderben konnten. Außerdem kam gerade das Wirtshaus in Sicht. Das rosarot gestrichene ältere Gebäude lag malerisch direkt am Ufer. Leider war die Terrasse geschlossen, das Innere zum Glück aber so gemütlich wie das Essen köstlich.

Es verdrängte die unerfreulichen Gedanken zusätzlich. Wenn auch nur für kurze Zeit.

DER MANN

Schiff di ned o.
Es ist alles halb so wild.

Zwischen dem Nichts und den seltsamen Geräuschen lag ...
ja, was eigentlich?

Es war dunkel, aber auf eine seltsame Art, eine Dunkelheit, die nur ihn umgab. Die zähe Watte über seinen Ohren wurde transparenter, schien sich aufzulösen und klarere Töne zuzulassen.

Piepsen. Murmeln. Stöhnen. Einen Schrei.

Gewicht lastete schwer auf ihm, schien ihn zu erdrücken, insofern bemerkenswert, weil der dazugehörige Schmerz fehlte. Es gab ihn nicht. Allerdings gab es auch sonst wenig, schon gar nicht die Möglichkeit, sich zu bewegen. Kein Wille, der seinem Hirn befahl, das zu ändern.

Wieder dieser Druck ohne Gefühl, diesmal an seinem Oberarm. Atem, der sein Gesicht streifte.

»Er hat sich bewegt, sehen Sie nur!«

Es klang euphorisch.

Für ihn bedrohlich.

Weil die Watte inzwischen vollkommen verschwunden war, vernahm er, dass sich Schritte näherten. Neben seinem rechten Arm blieb jemand stehen. Was tun? Eine Regung zeigen? Erstarren? Gar nichts? Er entschied sich für Variante drei, just in dem Moment, da etwas sein Handgelenk packte und festhielt.

»Der Puls ist leicht erhöht. Gut möglich, dass er endlich aufwacht.«

Aha. Er hatte also geschlafen. Aber wo bloß? Und wie lange?

Vielleicht sollte er es zunächst einmal damit versuchen, die Augen zu öffnen.

Von irgendwo da oben kam ein Befehl.

Seine Lider dachten nicht daran, ihn zu befolgen.

Sonderbar.

Schweigepause.

Obwohl die Stimmen verstummt waren, fühlte er ihre Besitzer, in unmittelbarer Nähe.

Ob sie ihn beobachteten?

Noch ein Versuch.

Kommt schon, öffnet euch, flehte er, doch sein Körper verweigerte erneut.

»Ist das eine Träne?«, fragte die erste Stimme, die helle, die ihm irgendwie vertraut schien. »Heißt das, er kann uns hören?«

Stimme Nummer zwei, tiefer und dunkler, antwortete mit: »Gut möglich.«

Und genau in diesem Augenblick gelang es ihm. Die Verbindung stand, seine Lider hoben sich, und er sah … nichts. Verschwommene Schlieren bestenfalls und Helligkeit, die schmerzend auf seine Pupillen traf, so brachial, dass er es nicht länger ertrug und die Qual verbannte.

Besser.

Viel besser.

Er atmete auf.

Sie schienen es nicht bemerkt zu haben. Wahrscheinlich, weil sie sich gerade von Bettseite zu Bettseite miteinander unterhielten, über ihn hinweg.

»Wie schwer sind seine Verletzungen wirklich?«

»Sieht schlimmer aus, als es ist. Aber er hat Glück gehabt, so ein Schädel-Hirn-Trauma ist kein Pappenstiel.«

»Hat er Schmerzen?«

»Im Augenblick nicht, so vollgepumpt mit Analgetika, wie er ist. Sobald er aufwacht, werden sie ihm aber zu schaffen machen. Das Jochbein ist gebrochen, mehrere Zähne sind ausgeschlagen. Zum Glück hat er einen harten Schädel. Alle anderen Verletzungen sind zwar ebenfalls äußerst schmerzhaft, aber nicht lebensbedrohlich.«

Aha.

Das klang unangenehm.

Nach etwas Heftigem.

Lieber noch ein wenig friedliches Vergessen.

Lieber wieder die Watte um sich herum.

Und Dunkelheit.

Lieber wieder einschlafen.

Lieber ...

NEUE ENTWICKLUNGEN

Den Scherm aufhobn.
Sich in einer benachteiligten Position befinden.

Selbst geräucherter Gamsschinken. Beef Tartar vom Angus. Rosa gebratene Filets vom Rehbock. Knusprig gebratener Bauch von der Gustino Sau im Reindl, mit Stöcklkraut und Knödeln und danach frisches Latscheneis zum Kaffee.

Die beiden Ermittler hatten nichts ausgelassen.

»Ob Christian wegen der Spesenabrechnung aus den Schuhen kippt?«

Peter Neumüller und Skrupel beim Essen? Das war so neu wie Ben Christians Meinung zu den Spesen gleichgültig.

»Unser aller Boss ist auch kein Kostverächter. Da muss er durch.«

Satt und nun doch etwas müde lehnten die beiden Männer sich zurück.

»Ich bleibe bis morgen hier und versuche, Burgi Lackner aufzutreiben«, schlug Peter Neumüller vor. Deren Adresse in Winkl hatten sie mittlerweile herausgefunden.

Erst jetzt erinnerte sich Ben an dessen neuesten Familienzuwachs. Wie nachlässig von ihm! Aber auch sein Kollege hatte sich bislang dahingehend erfolgreich in Schweigen gehüllt. »Wie geht's dir eigentlich mit deinem kleinen Wadlbeißer?«

»ChouChou?« Peter Neumüllers Miene gefror zu Eis.

»ChouChou? Echt jetzt?«

Ben riss sich am Riemen, um nicht laut loszuprusten.

»Doch. Aber man muss mich schon foltern und vierteilen, ehe ich *den* Namen beim Gassigehen rufe. Bodenwurst ist mir lieber. Bin schon gespannt, wer sich dann umdreht.«

Nicht nur, dass der arme Kerl nie einen Hund hatte haben wollen, hieß der Vierbeiner nun auch noch wie eine abgehalfterte französische Cancan-Tänzerin.

»Ist sie wenigstens süß?« Der Name sprach für ein Weibchen.

»Schon«, gab Bens Kollege zu. »Halt noch ein Baby. Elf Wochen. Schläft, frisst und pinkelt. Dazwischen wedelt sie mit dem Schwanz oder schleckt alles ab, was sie zu fassen kriegt.«

Eindeutig: Peter Neumüller war verliebt.

»Hast du ein Foto?«

Nicht nur das. Ein Bild des zugegebenermaßen entzückenden King Charles Spaniels hatte es sogar zum Bildschirmschoner auf Neumüllers Smartphone gebracht. Der winzige Ruby schmachtete mit großen, feuchten Augen in die Kamera. Man musste ihn einfach mögen.

Just in diesem Moment läutete Bens Telefon.

Am Display erschien Ludwig Hinterstoissers Name.

Nach dem Abheben kam der sofort zur Sache. »Ihr sucht doch diesen Hannes Reiter. Der liegt im Salzkammergut-Klinikum.«

Ben fuhr so heftig hoch, dass er Peter Neumüller das Smartphone aus der Hand schlug. Es krachte auf den Fliesenboden. Beim Aufheben entdeckte er einen Sprung am Display und machte eine entschuldigende Geste. Sein Gegenüber zuckte nur mit den Schultern. Es war ein Dienstgerät.

»Im Salzkammergut-Klinikum?«

»Richtig. Auf der Intensivstation.«

»Intensivstation?«, echote Ben.

»Ja, das hat mir meine Quelle gerade in einem Telefonat bestätigt. Die arbeitet da. So wie es aussieht, wurde Hannes Reiter vorgestern Nacht von einem Auto angefahren und mit einem schweren Schädel-Hirn-Trauma eingeliefert, ist aber mittlerweile außer Lebensgefahr.«

Das musste erst einmal sacken.

»Weißt du, was passiert ist?«

»Ungefähr. Eine unbekannte Frau hat ihn in die Notaufnahme gebracht, meinte, sie habe ihn vor der Klinik auf der Straße liegend gefunden. Während man ihn erstversorgte, verschwand sie plötzlich spurlos.«

Filo.

»War sie klein und korpulent? Mit mausbraunen Wuschelhaaren?«

»Klein und stärker stimmt, aber sie hatte einen Kurzhaarschnitt. Am besten wird sein, du schaust vorbei. Es hat deshalb so lange gedauert, ihn zu identifizieren, weil er keinerlei Papiere bei sich hatte. Wäre die Quelle wegen meiner Nachfragen nicht so hellhörig gewesen, wüsste auch ich nicht Bescheid. So aber erinnerte sie sich wegen der Fentanyl-Sache an ihn, als sie heute nach zwei freien Tagen zum Dienst erschien, und erkannte seine auffälligen Tattoos.«

Hannes Reiter lag schwer verletzt im Krankenhaus.

Hatte Filo etwas damit zu tun, und, wie befürchtet, tatsächlich versucht, ihn umzubringen? Auf dieselbe Art und Weise, wie ihr Sohn gestorben war? Es aber noch rechtzeitig bereut und ihn dort abgeliefert? Einiges sprach dafür. Auch, dass Hannes' Verletzungen nach einem Unfall aussahen. Perfekt angekündigte und wahr gemachte Rache. War das möglich? Oder verstieg er sich gerade in jede Menge ungerechtfertigte Spekulationen?

»War es ein Mordversuch oder ein Unfall?«, hörte er sich fragen.

»Ben, bitte komm her. Wir müssen das ohnehin gemeinsam klären. Da die Frau keine Angaben darüber gemacht hat, wo es passiert ist, können wir die entsprechende Stelle auch nicht absuchen und Spuren sichern, so es sie gibt. In Wahrheit haben wir gar nichts außer einem Opfer. Und jetzt dessen Namen.«

»Ist er bei Bewusstsein und vernehmungsfähig?«

»Vorhin scheint er kurz einmal wach gewesen zu sein.«

»Die Frage ist, ob er sich erinnert. Und redet.«

Bei Reiters Verstocktheit war es denkbar, dass er sogar bei dieser Sachlage den Mund hielt.

Schon im Stehen winkten sie nach der Rechnung.

»Wir sind auf dem Weg!«

Was war jetzt bloß wieder geschehen?

Und wo war Filo?

Entpuppte sich die ach so herzensgute Sprechstundenhilfe gerade als veritables Monster?

DAS SALZKAMMERGUT-KLINIKUM

A Ohdrahde.
Eine falsche Person.

Adieu, Feierabend.

Die beiden Polizisten stürmten in die Notaufnahme.

Ludwig Hinterstoisser erwartete sie schon. Neben ihm stand eine großgewachsene Ärztin mit kurzen roten Haaren und Sommersprossen auf jeder freien Fläche Haut. Ihr fröhliches, jugendliches Äußeres passte so gar nicht zu ihrem ernsten Gesichtsausdruck.

»Das ist Frau Doktor Schandl, die diensthabende Ärztin«, stellte der Gendarm die Frau vor.

»Ich muss zurück auf die Station«, sagte die Medizinerin anstelle einer Begrüßung. »Bitte folgen Sie mir.«

Beim Warten auf den Lift bewies sie noch mehr Effizienz. »Zunächst möchte ich, dass Sie das Opfer identifizieren. Dann sage ich Ihnen, wie es ihm geht. Die Überwachungsbänder der Kameras haben wir auch schon bereit, damit Sie sich die Frau ansehen können, die ihn eingeliefert hat.«

Viel hatte Ben bislang noch nicht gesagt. Jetzt warf er ein höfliches »Danke« ein.

Ein paar Minuten und eine Schleuse später beugten sie sich über eine Gestalt voller Verbände und blauer Flecken. Trotz der vielen Verletzungen und des völlig zugeschwollenen linken Auges erkannte Ben Hannes Reiter sofort.

Und auch, dass er sein unverletztes rechtes geöffnet hatte und damit regungslos in die Luft starrte.

Mit einem Nicken bestätigte er dessen Identität.

Der Raum lag im Halbdunkel, Geräte rauschten und piepsten. Gleich mehrere Patienten wurden hier versorgt, nur getrennt durch, im Augenblick aber zurückgezogene, Vorhänge.

»Hallo, Hannes«, flüsterte Ben. Hatte sich die Pupille bei seiner Kontaktaufnahme tatsächlich um eine kleine Winzigkeit verengt?

Die Ärztin schien es auch bemerkt zu haben, schob Ben zur Seite und zückte eine Taschenlampe. Nickte zufrieden. »Willkommen zurück, Herr Reiter. Da sind Sie ja!«

Der Körper blieb starr. Dennoch war Ben sich sicher, dass der junge Mann es gehört hatte.

»Geben wir ihm ein wenig Zeit«, schlug die Medizinerin vor und wandte sich ab. »Schauen wir uns die Bänder an.«

»Wann wird er vernehmungsfähig sein?«

Von der Antwort auf Bens Frage hing viel ab.

Schulterzucken. »Schwer zu sagen. Wach ist er jedenfalls. Zwar fehlen ihm einige Zähne und er hat sich heftig auf die Zunge gebissen, aber sonst ist der Kiefer intakt. Wir müssen einfach abwarten.«

Genau das wollte Ben nicht. Er hatte zumindest einen Mord zu klären, und sein Hauptverdächtiger und gleichzeitig wichtigster Zeuge lag schwer verletzt vor ihm. Der Mann, bei dem alle Fäden zusammenliefen.

»Nein, bitte. Ich möchte es zumindest probieren.«

»Wann?«

»Jetzt.«

Er traf auf ungläubiges Erstaunen. »Das kommt überhaupt nicht infrage. Der Patient braucht Ruhe.«

»Hören Sie, hier geht es leider im wahrsten Sinne des Wortes um Mord und Totschlag. Hannes Reiter ist der Schlüssel. Geben Sie mir zumindest ein paar Minuten, danach kann er rasten, solange er will.«

Sie schien verunsichert. Obwohl sie in ihrem Arbeitsalltag jede Menge menschliches Schicksal und Leid erlebte, kam ihr ein derart gelagerter Fall wahrscheinlich nicht oft unter.

»Bitte«, insistierte Ben, »es ist wirklich wichtig.«

Die Ärztin gab nach. »Also gut, zwei Minuten. Versuchen Sie Ihr Glück. Höchstwahrscheinlich wird aber nicht viel dabei herauskommen. Er ist gerade erst aus dem Tiefschlaf erwacht.«

»Ich befrage ihn sofort, erst danach sind die Überwachungsvideos dran«, entschied er und trat zurück an Hannes Reiters Bett.

»Hallo, noch mal, Hannes. Ich weiß, dass du mich hören kannst. Bitte hilf uns weiter. Wir müssen dringend wissen, was passiert ist. Blinzle bitte einmal, wenn du damit einverstanden bist.«

Ein paar Sekunden lang geschah gar nichts. Hannes Reiters blassgrünes Auge blieb starr an die Decke gerichtet. Doch dann war sie da: diese winzige Bewegung des Lids.

»Danke, Hannes. Ich mache es schnell. Wenn du eine Frage mit Ja beantworten möchtest, blinzle, sonst tu einfach gar nichts. Okay?«

Diesmal wartete er die Antwort erst gar nicht ab.

Jede Sekunde zählte.

»Hat Filo dir geholfen?«

Blinzeln.

»Trifft es zu, dass sie dir nicht schaden wollte und auch nicht versucht hat, dich zu … ermorden?« In der Eile war ihm keine harmlosere Formulierung eingefallen.

Kurzes Zögern. Blinzeln. Gepaart mit einem Zittern. Die Frage regte ihn auf.

Wenn das zutraf, hatte Ben sich hinsichtlich der Sprechstundenhilfe tatsächlich vergaloppiert. Die beste Nachricht für Marie. Allerdings war es gut möglich, dass der junge Mann log und seine Ziehmutter schützen wollte.

»Hattest du einen Unfall?«

Keine Reaktion.

»Hat jemand anders als Filo dich absichtlich verletzt?«

Zögern.

Blinzeln.

Damit hatten sie jetzt auch noch einen Mordversuch an der Backe.

»Hast du gesehen, wer es war?«

Keine Reaktion.

Hieß: vorerst Ermittlungen gegen Unbekannt, aber auch weiterhin gegen Filo. Wenn es stimmte, dass Reiter niemanden erkannt hatte, war auch sie nach wie vor verdächtig.

Vor lauter Anspannung hatte Ben beinahe vergessen zu atmen. Gierig sog er Luft in sich hinein, dann folgte der nächste wichtige Punkt.

»Braucht Filo möglicherweise Hilfe?«

Blinzeln. Zittern. Mehrfach. Hannes wirkte angestrengt. Gab kleine missmutige Laute von sich. Versuchte, sich zu bewegen.

Die Ärztin, die direkt neben Ben stand und auf jedes Wort lauerte, begann ebenfalls unruhig zu werden, gewährte ihm aber noch einige kostbare Augenblicke.

»Ist sie in Ischl?«

Keine Reaktion. Also nein.

»In St. Wolfgang?«

Keine Reaktion.

Nachdrücklich legte die Medizinerin ihm die Hand auf den Unterarm. Ben ignorierte es.

Wo, verdammt noch mal, konnte Filo sich befinden, wenn nicht bei sich zu Hause in Ischl oder in St. Wolfgang, in Maries Nähe?

Ohne nachzudenken, rutschte ihm die nächste Ortsangabe heraus, so unlogisch sie auch war.

»Hallstatt?«

Eindringlich musterte er den jungen Mann.

Komm schon, tu etwas, bat er ihn insgeheim.

Eine Träne trat aus dem unverletzten Augenwinkel, rann langsam über die Schläfe, versickerte im Polster.

Dann noch eine, und noch eine, und dann …

Blinzeln.

IM AUTO

Am Schmäh halten.
Jemandem in unguter Absicht etwas vormachen.

Elf Uhr abends.

Der Tag hatte sich endlos angefühlt.

Und doch pumpte das Adrenalin ohne Unterlass, verbannte jedwede Müdigkeit in den hintersten Winkel des Bewusstseins.

Die beiden Ermittler hockten im Auto vor dem Krankenhaus, die Standheizung lief auf Hochtouren. Beide hatten sich einen Kaffee vom Automaten im Eingangsbereich geholt und wärmten sich die Finger an den dunkelbraunen Plastikbechern.

»Es passt«, fasste Peter Neumüller die Erkenntnisse der letzten Stunden zusammen. »Hannes Reiters geblinzelte Aussage, gepaart mit dem Treffer auf dem Überwachungsvideo. Filo hat ihn in die Notaufnahme gebracht und ist sofort wieder untergetaucht. Irgendwo in Hallstatt. Sie muss einen triftigen Grund gehabt haben, so zu handeln.«

Ben versuchte, seine umherschwirrenden Gedanken zu sortieren. »Sie kann überall sein. Hannes war sichtlich aufgewühlt. Entweder weil er sich vor ihr fürchtet oder weil er sie beschützen will. Kann es sein, dass auch sie in Gefahr ist und sich deshalb versteckt?«

»Gut möglich.« Peter Neumüllers Stirn war ein Meer aus Falten. »Gut, dass wir eine Wache vor Hannes' Zimmertür postiert haben. Damit ist er sicher, vor wem auch immer.«

»Es gibt nur eine einzige uns bekannte Person in Hallstatt, die eine Verbindung darstellt. Theo Pühringer. Alle drei kannten sich«, folgerte Ben und nahm einen Schluck des bitteren Gebräus. Angeekelt verzog er das Gesicht.

»Kann es sein, dass sie sich in dessen Haus verbirgt?«

Bens Seitenblick war voller Zweifel. »Kann ich mir nicht vorstellen. Aber ausschließen können wir es auch nicht. Jedenfalls würde ich gern noch mal hinfahren. Vielleicht haben wir etwas übersehen.«

»Jetzt noch?« Peter Neumüllers Begeisterung hielt sich in Grenzen.

»Sollte sie tatsächlich in Gefahr sein, würde ich es schon ins Auge fassen. Und wenn sie dort untergetaucht ist, erst recht.«

Entschlossen drückte Peter Neumüller den Kaffeebecher zusammen. »Ich muss schon allein deshalb dorthin, um dieses widerliche Zeug mit einem Schnaps runterzuspülen. Theo Pühringer hat sicher einen.«

»Pass bloß auf, dass Filo dir nicht im Fall des Falles die Flasche über den Kopf zieht.«

Schon auf der Fahrt rieb Ben sich die kalten Hände. »Hoffentlich ist sie da. Keine Ahnung, wie all das zusammenhängt. Pühringer und sie haben sich nicht gemocht, das war im Gerichtssaal kaum zu übersehen und garantiert nicht nur vorgetäuscht. Die Frau ist ein einziges Rätsel. Genauso wie Marie.«

»Lass zumindest sie besser außen vor«, versuchte Peter Neumüller, Ben zu beschwichtigen. »Ich bin mir sicher, dass sie die Wahrheit sagt und loyal ist. Für mich sieht es ganz danach aus, als ob diese Geschichte viel weiter zurückreicht als bis zum letzten Jahr, wo sie Filo kennengelernt hat.«

Die Ungeduld trieb sie im Laufschritt durch den wie ausgestorben daliegenden Ort.

Alsbald erreichten sie das untere Ende der Müllerstiege, und sogar Peter Neumüller nahm zwei Stufen auf einmal. Zumindest am Anfang. Als ihm die Puste ausging, reduzierte er sein Tempo. Etwas weiter vorne erkannte er Ben, der ihm regungslos den Rücken zuwandte.

»Was ist?«, keuchte er und sah sich um.

»Nichts ist.« Bens Stimmlage lag irgendwo zwischen resigniert und planlos. »Niemand da.«

Tatsächlich schien das Haus verwaist.

»Hast du schon geläutet?«

»Mehrfach.«

»Na, dann. Gehen wir rein. Sperr auf!«

»Ich hab den Schlüssel nicht. Du?«

Baff glotzte Peter Neumüller ihn an. Waren sie so dämlich gewesen, den in ihrer Eile zu vergessen?

»Das darf doch nicht wahr sein!«

»Ist es aber. Wer geht?«

»Ernsthaft? Du willst mich den ganzen Weg zurückjagen, um das Scheißteil zu holen? Das überlebe ich nicht!«

Noch einmal drückte Ben auf den Klingelknopf. Klopfte laut an die Tür. »Filo, mach auf, Himmelherrgott noch mal!«

Keine Reaktion. Auch nicht im Nachbarhaus, wo der alte Kilian ihren Radau wahrscheinlich hörte, aber lieber aus der Schusslinie blieb. In seiner Hilflosigkeit versuchte Peter Neumüller etwas völlig Unsinniges. Er drückte den Türgriff nach unten.

Wie von Geisterhand schwang die Eingangstür auf.

»Echt jetzt? Wollen die uns verarschen?«

»Ist mir wurscht, ich geh da jetzt rein, Filo wird schon nicht auf mich schießen, das hätte sie schon längst tun können. Immerhin machen wir uns hier schon seit fünf Minuten zum Affen.«

»Stopp, Peter. Nicht ohne Waffe!«

Sein Kollege verdrehte die Augen. »Geh, bitte, sind wir jetzt beim ›Tatort‹?« Er tastete nach dem Lichtschalter. Die Vorzimmerbeleuchtung sprang an.

»Hallo, ist da jemand?« Bens Gebrüll hätte Tote aufwecken können. Als Antwort gab es aber weiterhin nur tiefe Stille.

»Filo, bist du da? Dann komm raus und rede mit uns!«

Die beiden Männer wechselten einen Blick.

Ben schüttelte den Kopf. Mit gezückter Waffe tastete er sich weiter vor. Lauschte.

Sein Kollege war bereits an der engen Treppe ins Obergeschoss angelangt und nahm vorsichtig eine Stufe nach der anderen. Ben gab ihm Deckung.

Sämtliche Zimmertüren waren geschlossen.

Als Erste riss Peter Neumüller die zu seiner Rechten auf.

Das Bad.

Leer.

Hinter der Tür links dasselbe Bild.

Blieb noch das Schlafzimmer.

Doch auch hier: Fehlanzeige.

Beide hatten denselben Gedanken und blickten synchron nach oben zur Dachluke. Sie war geschlossen, die Leiter eingezogen.

»Wir brauchen Verstärkung. Da oben sind wir wie auf dem Präsentierteller. Ich habe keine Lust auf einen Kopfschuss.«

»Glaubst du wirklich, Filo würde auf uns ballern wie auf Pappfiguren am Schießstand? Und womit denn überhaupt?«

»Die Gewehre? Dort gibt's ein ganzes Waffenlager. Samt Munition. Wenn sie will, kann sie sich tagelang verbarrikadieren.«

»Das ist Filo, keine durchgeknallte Amokläuferin.«

»Ja, aber eine in die Enge getriebene, panische Filo. In einer solchen Situation weißt du doch nie, wie sie reagieren. Da wird das bravste Schaf zum Krokodil.«

Trotz der angespannten Lage musste Ben lachen. »Weißt du was? Ich riskiere es trotzdem. Zumindest mache ich die Luke auf, das sollte halbwegs ungefährlich sein.«

Er sah seinem Kollegen die Zweifel an und gab sich unbeeindruckt, obwohl ihm insgeheim ebenfalls der Arsch auf Grundeis ging.

Wie schon bei ihrem vorherigen Besuch befand sich der Schlüssel im Lampenschirm.

»Ich glaube nicht, dass da oben jemand ist. Wie sollte sie denn die Leiter fixiert und von außen abgesperrt haben?«

»Grundkurs Taktik. Wer sagt denn, dass sie keine Helfer hat? Welche, die sie eingeschlossen haben? Mit einem Schlafsack, einem Kübel und entsprechend Proviant lässt es sich da oben ewig aushalten, oder zumindest so lange, bis sich die Lage etwas beruhigt hat und man frisch fröhlich türmen kann.«

Alles gut und schön. Dennoch ließ Ben sich jetzt nicht mehr von seinem Plan abbringen. Schnappte sich den Haken, steckte den Schlüssel in das Schloss, holte die Leiter herunter. Dies war jetzt der entscheidende Moment. Alles konnte passieren. Mit einem lauten Schrei stieß er die Luke nach oben, und zwar so schwungvoll, dass sie von allein nach hinten krachte.

Weder Licht noch der geringste Laut drang zu ihnen herunter. Noch einmal versuchte Ben es mit Rufen. »Wenn du da oben bist, Filo, dann komm raus. Oder sag zumindest einen Ton. Mach die Sache nicht noch schlimmer. Wir wissen, dass du dir nichts zuschulden hast kommen lassen. Erklär uns alles. Finden wir gemeinsam eine Lösung!«

Sogar in seinen Ohren klang die Ansprache hohl. Ohne Resonanz blieb sie auch.

Was als Nächstes geschah, überrumpelte Ben vollkommen.

Mit lautem Gebrüll kletterte Peter Neumüller behände an ihm vorbei nach oben und stürzte sich mit einem gekonnten Purzelbaum ins Dunkel.

Es rumpelte und krachte.

Gefolgt von Stille.

Dann ging das Licht an.

»Für den Stunt kriegst du einen Hollywood-Vertrag!«

Ben hockte neben seinem Kollegen, der am Boden saß und sich den Kopf hielt, massierte ihm den Rücken.

»Ab sofort geh ich wieder ins Training! Das war erbärmlich!«, raunzte Peter Neumüller. »Morgen werde ich voller blauer Flecken sein. Und wofür?«

Eine gute Frage. Der Dachboden war nämlich, so wie das restliche Haus, verlassen. Nur der dämliche Sarg befand sich noch immer hier. Bei dessen Anblick empfand Ben einen vollkommen irrationalen Hass auf Theo Pühringer und seine absurden Extravaganzen.

Inzwischen war es beinahe Mitternacht. »Weißt du was, erhol dich noch ein wenig. Ich drehe eine zweite schnelle Runde. Wir haben zwar das letzte Mal schon alles durchsucht, aber wer weiß, vielleicht finde ich doch noch etwas.«

»Passt.« Vorsichtig rutschte sein lädierter Kollege an die hölzerne Wand und lehnte sich mit geschlossenen Augen dagegen.

Was Ben besonders interessierte, war der Sarg. Das Holz war uralt, fasrig und alles andere als luftdicht, die Fugen millimeterbreit. In die Karkasse hatte Theo Pühringer einen großen schwarzen Müllsack gelegt. Alles roch frisch gereinigt, wie desinfiziert. Dennoch ekelte Ben sich ungemein, als er zuerst mit seiner Handytaschenlampe hineinleuchtete und dann darin herumtastete. Ohne jeden Erfolg allerdings. Er richtete sich wieder auf und fragte sich langsam, was sie hier verloren hatten.

»Schau mal, da unter dem rechten Gewehrschrank liegt etwas!«

Ben folgte Peter Neumüllers Zeigefinger, bückte sich und langte mit der Hand weit nach hinten, denn der alte Kasten war fast einen Meter breit und massiv. Endlich bekam er das glatte Teil zu fassen und zog es hervor. Neugierig musterte er seinen Fund: ein leicht vergilbtes braunes Fläschchen mit einem grün-weißen Etikett und der Aufschrift *Ipecacuana*.

Davon hatte Ben noch nie etwas gehört.

Dr. Google gab umgehend Auskunft. Dabei handelte es sich um ein homöopathisches Arzneimittel für Schafe, Pferde, Rinder, Schweine, Hunde und Katzen. Wirkung: Hilfe beim Würgen und Erbrechen unverdauter Nahrung oder bei Verkühlung.

Großartig. Die Wahrscheinlichkeit, dass sie dieser Fund in ihrem Fall weiterbrachte, lag bei null.

Peter Neumüller schien sich ein wenig erholt zu haben. »Was tun wir denn jetzt?«

Ben hatte genug. »Es ist spät. Ich mag heim.«

Sein Kollege verzog die Lippen. »Ich auch. Hoffentlich ist in der Unterkunft noch wer munter. Hab total vergessen, das Zimmer um eine weitere Nacht zu verlängern.«

»Ach Schmarrn, schlafst halt ausnahmsweise bei mir«, überraschte Ben sich selbst. Seine Hütte war ein Refugium, zu dem er normalerweise niemandem Zutritt gewährte.

Mit erstaunt hochgezogenen Augenbrauen nahm sein Partner an.

»Ahhhh …!«

Erschrocken riss Ben die Augen auf. Es war stockfinster. Verwirrt versuchte er, sich zurechtzufinden. Wer hatte da gerade so fürchterlich geschrien?

»Uhhhhhhiiii …«

Die Erinnerung setzte ein.

»Peter? Was ist?« Nur langsam kamen Körper und Geist auf Betriebstemperatur. Ungeschickt tastete er nach seinem Smartphone und aktivierte die Taschenlampen-Funktion.

Peter Neumüller lag in weißer Feinripp-Unterwäsche auf dem Rücken, Arme und Beine weit von sich gestreckt. »Ich kann mich nicht bewegen! Und schalt bitte das Drecksteil aus, es blendet!«

Mitleidslos richtete Ben den Strahl weiterhin auf dessen schmerzverzerrtes Gesicht. »Sexy Dessous. Sind die noch von deinem Opa?«

»Dir auch einen guten Morgen, du Lurch! Hilf mir lieber, statt deppert zu melden!«

Ben zeigte Mitgefühl, machte Licht und half seinem ramponierten Partner auf die Füße. »Der blaue Fleck auf deiner Schulter ist nobelpreisverdächtig!«

»Dicht gefolgt von dem auf der rechten Arschbacke. Den zeig ich dir aber nicht, auch wenn du noch so darum bettelst!«

»Schau, dass du in die Gänge kommst«, riet Ben ihm, »ich mache indessen Feuer und Kaffee.«

Die ersten Schlucke weckten ihre Lebensgeister. Nachdenklich starrte Ben in seine Tasse. »Ich habe eine Idee.«

»Um kurz nach sechs? Hast du eine Batterie verschluckt, oder woher kommt deine Energie?«,

»Zieh dich an, dann kläre ich dich auf.«

Eine halbe Stunde später kletterte ein mittlerweile halbwegs fitter Peter Neumüller ins Auto, das direkt vor Bens Hütte in Bad Goisern parkte. Begeistert zog er an seiner Oberbekleidung. »Darf ich das T-Shirt behalten? Es ist so dermaßen cool.«

»Ich dachte mir schon, dass es dir gefallen könnte. Es war der Trostpreis bei einer Tombola.« Das orange Teil in Übergröße hing wie ein Sack an seinem massigen Kollegen. Vorne aufgedruckt prangte eine riesige Nummer, auf der Rückseite, falsch geschrieben, der Name eines holländischen Ex-Fußballers.

»So etwas gibt's normalerweise nicht einmal am Urfahraner Markt«, zeigte der Beschenkte sich euphorisch und bezog sich dabei auf die vielen Stände mit gefakten Fußballdressen auf einem der größten Volksfeste Österreichs in Linz.

»Es besteht aus einhundert Prozent Plastik und taugt nicht einmal als Putzlappen. Bisher war es Schutzhülle für meine dreckigen Laufschuhe.«

Soeben bog Ben auf die B 145 ein. »Wir müssen herausfinden, mit wem Filo in Hallstatt so verbandelt ist, um sich dort zu verbergen. Nie im Leben ist die irgendwo allein. Deshalb möchte ich dem alten Kilian Filos Bild zeigen. Wenn er sie kennt, dann weiß er auch um Zusammenhänge. Außerdem rufen wir Marie an. Die weiß unter Garantie ebenfalls etwas.«

Mit seinem nächsten Satz bewies Peter Neumüller, dass sein Verstand inzwischen wieder auf Hochtouren lief. »Wie alt ist Filo eigentlich? So Mitte 50, oder?«

Irritiert warf Ben ihm einen Blick zu und nickte.

»Ich geh jetzt mal von meiner Frau aus. Die ist natürlich jünger, aber ganz dick mit ungefähr allen aus ihrer Generation bei uns in der Gegend. Man war gemeinsam im Kindergarten, in der Schule, der Lehre, im Schwangerschaftskurs, trifft sich regelmäßig. Hilft sich gegenseitig. Streitet auch mal, ist aber ein verschworener Haufen und hält zusammen. Kurz: Wen kennen wir in Filos Alter, der in Hallstatt lebt?«

Die Antwort sprachen beide gleichzeitig aus. »Burgi Lackner.«

Zufrieden nickte der Mann in Grellorange. »Sonnenklar, was ich jetzt ins Navi eingebe.«

Zufrieden stimmte Ben zu. »Den alten Kilian behalten wir uns für später auf. Marie allerdings rufe ich an. Und eine WhatsApp-Nachricht schreibe ich auch noch.«

Als er wieder auflegte, war er sogar noch besserer Laune. Denn er hatte genau das gehört, was er hatte hören wollen.

OBERTRAUN

Es fäult mi o.
Einer Person geht etwas gehörig auf die Nerven.

Nur wenige der 734 Bewohner der südlichsten Gemeinde Oberösterreichs waren für die beiden Ermittler von Interesse. Diese aber sehr.

Obertraun.

Der Welt insbesondere wegen der legendären Dachsteinhöhlen ein Begriff. Die drei Schauhöhlen, allesamt UNESCO-Weltkulturerbe, gehörten seit ihrer Entdeckung im Jahr 1910 mit über 200.000 Gästen jährlich zu den beliebtesten Naturdenkmälern des Landes. Insbesondere die über zwei Kilometer lange Rieseneishöhle mit ihrer spektakulär beleuchteten unterirdischen Eislandschaft, in der sogar Klavierkonzerte stattfanden, galt als Besuchermagnet.

All das war den beiden Ermittlern im Augenblick so bekannt wie gleichgültig. Sie steuerten ihr Dienstvehikel durch den hübschen Ort bis zu einer Sackgasse oberhalb der Bahnlinie. Direkt am Waldrand stand, etwas abseits, ein einzelnes Haus, schmuck errichtet ganz im Stil der Gegend, weiß getüncht, mit Satteldach und umgeben von einem sorgsam gepflegten Garten.

Sie parkten so, dass sie die kurze Zufahrt blockierten, blieben jedoch noch sitzen und sondierten die Lage.

Während Hallstatt auf der anderen Seeseite wegen der Bergriesen rundherum oft im Schatten lag, bekam Obertraun aufgrund der begünstigten Lage mehr Sonne ab. Auch das Anwesen vor ihnen erstrahlte, jetzt um halb acht, im ersten Licht der Morgensonne.

»Na, dann«, rieb Ben sich die Hände. »Mal sehen, wer gerade so alles daheim ist.«

Noch ehe sie den Klingelknopf drücken konnten, öffnete sich die Haustür. Sie waren also schon aufgefallen. Vor ihnen stand, mit gewohnt abweisendem Gesicht, Ingrid Kirchschlager.

»Guten Morgen«, begrüßte Ben die junge Frau ausnehmend freundlich. »Dürfen wir hereinkommen? Wir haben jede Menge Fragen an dich und die sonstigen Hausbewohner.«

»Hast du einen Durchsuchungsbeschluss?«

»Seit wann braucht man den zum Reden?«

Der kleine Scherz kam gar nicht an. »Ich habe keine Zeit, Ben, muss zur Arbeit. Sonst ist gerade niemand da.«

»Gut, dann geh. Und sei bitte heute Nachmittag um drei im Landeskriminalamt Linz zur Zeugenbefragung. Wenn du nicht erscheinst, lassen wir dich holen.«

»Spinnst du?«, entfuhr es der jungen Frau. Erst dann wurde ihr klar, was sie gesagt hatte, und sie schlug sich erschrocken die Hand vor den Mund. »Tut mir leid«, presste sie zwischen ihren Fingern hervor. »Ich habe es nicht so gemeint.«

»Du hast die Wahl«, blieb Ben so freundlich wie glasklar. »Jetzt hier oder später dort. Befragen werde ich dich auf jeden Fall.«

Ein verstohlener Blick über ihre Schulter in Richtung Flur verriet Ben, dass sie nicht allein war. Weil er wenig zu verlieren hatte, versuchte er sein Glück.

»Hallo, Filo«, rief er mit erhobener Stimme, »du kannst

ruhig rauskommen. Möchtest du nicht endlich mit dem Versteckspiel aufhören und uns die Wahrheit sagen?«

Ingrid Kirchschlager mochte vieles sein, eine gute Lügnerin war sie ganz sicher nicht. Ihr erschrockenes Gesicht sagte ihnen alles.

In diesem Moment erschien hinter ihr die Gestalt einer älteren, kleinen Frau. Allerdings nicht, wie erhofft, Filo Hemetsberger, sondern eine in Jeans und T-Shirt gekleidete Burgi Lackner.

»Was soll das? Sagt uns bitte hier und jetzt, was ihr wollt, oder lasst uns in Ruhe. Wir haben nichts getan.«

So schnell ließ Ben sich nicht ins Bockshorn jagen. »Das werden wir noch sehen. Wir würden gerne hereinkommen, es ist kalt.«

Mit einer übertrieben ausladenden Geste bat die Frau die beiden Männer herein. »Bitte schön, dann könnt ihr gleich mit eigenen Augen sehen, dass wir nichts und niemanden zu verbergen haben.«

Das Innere des Hauses erwies sich als sehr gemütlich. Traditionelle Stücke, gepaart mit moderneren Möbeln, sowie ein großer Holztisch mit acht grauen Stühlen beherrschten die Wohnküche. Zudem ein großer, alter, gemauerter Herd.

Als alle Platz genommen hatten, eröffnete Ben das Gespräch. »Wir suchen Filo Hemetsberger.«

Ihre Gastgeberin antwortete mit einem Stirnrunzeln. »Soviel ich weiß, ist das eine ehemalige Hebamme und jetzige Sprechstundenhilfe drüben bei Frau Dr. Giesinger in Ischl.«

»*Soviel du weißt*, Burgi? Ist da nicht in Wahrheit viel mehr? Immerhin bist du deren Patientin, seit Filo dort arbeitet.« Das hatte ihnen Marie im Telefonat vorhin bestätigt.

Kurz bevor sie ausgestiegen waren, hatte sie dann eine weitere wichtige Nachricht von Ludwig Hinterstois-

sers sprudelnder Quelle aus dem Krankenhaus erreicht.
»Außerdem wissen wir, dass Filo die Hebamme deiner verstorbenen Schwester Michaela war und Ingrid auf die Welt
geholt hat.«

Wegen der Nachforschungen zu der jungen Frau war
ihnen bereits bekannt gewesen, dass diese im Salzkammergut-Klinikum auf die Welt gekommen war. Für Ben
Grund genug zu vermuten, dass sich die Frauen über das
Spital kannten.

»Filo und du seid also schon lange in Kontakt, Burgi.
Schluss mit der Scharade. Wo ist sie?«

Die winzige Person war während seiner Worte zu einer
einzigen großen Ablehnung erstarrt. Noch während sie
nach Worten suchte, erklang eine resolute – und Ben nur
zu bekannte – Stimme.

»Lass es, meine Liebe.«

Filo.

Mit durchgedrücktem Rücken und trotzigem Blick
betrat die bislang Verschollene die Küche. Sie hatte, wie
Ben annahm, hinter der Tür gestanden und gelauscht.

»Grüß dich, Ben. Wieder einmal erweist du dich als fin-
diger als gedacht.«

Für einen kurzen Moment fand niemand Worte. Peter
Neumüller war der Erste, der sprach. »Filo! Schön, dich
endlich zu sehen. Nimm bitte Platz. Wie du dir denken
kannst, gibt es einiges zu klären.«

Ohne noch länger zu zögern, tat die Sprechstundenhilfe
wie geheißen. Neuerdings, wohl weil sie in letzter Zeit
mindestens 15 Kilo abgenommen hatte, trug sie vorteilhaft
geschnittene Hosen aus weichen Materialien zu farbenfro-
hen Pullovern. Die heutige war dunkelblau, das Oberteil
hell. Außerdem schien ihr jemand die Haare gefärbt und

geschnitten zu haben. Statt mausbraun gekräuselt trug sie nun einen frechen Pixie mit hellen Strähnen und Make-up. Damit ähnelte sie ihrem Passfoto nur noch peripher.

So erwartungsvoll wie stumm sah sie die beiden Ermittler an. Burgi Lackner und Ingrid Kirchschlager taten es ihr gleich. Eine Phalanx an Frauensolidarität. Schwer zu knacken. Insgeheim zollte Ben den dreien Respekt.

»Filo, du weißt, dass wir dir nicht schaden wollen. Warum bist du untergetaucht?«

Sie sah ihn erstaunt an. »Aber das bin ich doch nicht. Marie hat dir doch sicherlich gesagt, dass ich mir ein paar Tage freigenommen habe. Hätte ich mich bei dir abmelden sollen?«

Ihre Süffisanz war angebracht. Schließlich durfte sie wie jeder andere auch Urlaub machen, wann immer sie es wollte, auch wenn das gerade ein schiefes Bild abgab.

Er beließ es vorerst dabei.

»Fangen wir doch bitte bei Hannes an. Wer hat ihn so zugerichtet?«

Die drei Frauen sahen zuerst ihn an und dann einander. Keine sprach. Das Schweigen wurde so unangenehm, dass Ingrid Kirchschlager es nicht länger aushielt, Kaffeetassen aus einer alten Holzvitrine holte, sie ungefragt auf den Tisch stellte und allen aus einer großen Kanne Filterkaffee einschenkte.

»Also gut«, gab sich Filo einen Ruck, »es wird wohl nicht anders gehen.« Sie spielte mit ihrem Häferl, um sich zu sammeln. »Nach deinem, nennen wir es Besuch und den Gesprächen mit Marie letzte Woche war Hannes wieder kopflos. Er hat seit Langem gewisse psychische Probleme, insbesondere bei Stress. Er rief mich an und bat mich, ihn aus St. Wolfgang zu holen. Das tat ich. Ich hätte es von Haus aus so machen sollen, um Marie nicht so sehr in die Zwickmühle zu bringen. Aber sie bot es an, dachte, Hannes vielleicht auch professionell helfen zu können.«

Insgeheim leistete Ben Abbitte bei seiner Ex. Peter Neumüller hatte recht behalten. Marie wusste in der Tat kaum etwas und hatte die Wahrheit gesagt.

»Ihr alle kennt euch schon ewig, oder?«

»Burgi und ich sind seit Kindertagen befreundet, damit auch Anni und Michi. Der Kontakt war mal fester, mal loser, aber immer da.«

»Aber doch so intensiv, um ihnen komplett zu vertrauen?«

»Natürlich. Burgi zögerte keine Sekunde, als ich sie um Hilfe bat. Unser Band ist eng, so wie das, denke ich, nur bei Frauen sein kann, insbesondere wenn sie viel miteinander durchgestanden haben. Ich habe Ingrid auf die Welt gebracht. Und als Michi starb ...«

Sie brach ab.

»Dazu kommen wir noch, Filo. Ich kann es euch leider nicht ersparen, darüber zu sprechen. Aber bleiben wir bitte noch bei Hannes. Er war also hier. Und dann?«

»Wir wissen es nicht genau. Hannes war in der Nacht wieder einmal draußen. Seit dem Gefängnis hält er es in engen Räumen nicht gut aus und geistert oft herum. Vorgestern rief er mich gegen Mitternacht plötzlich an, hatte Angst, meinte, verfolgt zu werden, wisse aber nicht genau, wo er sei. Ohne sein Wissen hatte ich seinen Handytracker aktiviert. Prinzipiell ein Vertrauensbruch, schon klar, aber meine Sorge um ihn war größer. In diesem Fall zum Glück. Ich sah also, dass er sich auf der Straße Richtung Bahnhof Hallstatt befand, ungefähr auf der Höhe vom Schloss Grub. Ich raste hin und fand ihn blutüberströmt, aber noch bei

Bewusstsein neben dem Weg liegen. Er stammelte, jemand habe ihn verfolgt und niedergefahren. Was hätte ich tun sollen? Ich legte ihn ins Auto und brachte ihn ins Spital. Den Rest kennst du.«

Wenn das stimmte, dann war Filo unschuldig. Aber es gab jemanden, der Strippen zog und Hannes, aus welchem Grund auch immer, nach dem Leben trachtete. Gut möglich, dass es einen Zusammenhang zu Hubert Holzinger gab. Und auch zu Theo Pühringer.

»Und du weißt nicht, um wen es sich dabei handeln könnte?«

»Woher denn?«

Vielleicht war es besser, für einen Augenblick das Thema zu wechseln.

»Worauf begründen sich Hannes' Panikattacken eigentlich?«

Angewidert presste Filo die Lippen zusammen. »Er hat im Gefängnis einiges erlebt und es mir im Vertrauen erzählt. Wenn du Details willst, dann musst du ihn schon selbst fragen. Nur so viel: Zimperlich war man dort nicht unbedingt.«

Die Palette reichte von seelischer bis körperlicher Gewalt oder sogar sexueller. »War Theo Pühringer darin involviert?«

Er sah in eine Maske aus Abscheu. »Da lief nichts Sexuelles. Hannes ist hetero. Pühringer war sein Anwalt. Vertrat ihn. Danach hatte Hannes seinen PR-Zweck erfüllt.«

»Aber er war doch bei ihm in Hallstatt!«, entfuhr es Ben.

»Bitte frag ihn selbst.«

Filos Art trieb Ben in den Wahnsinn. »Kann es bei Hannes nicht doch ein Unfall gewesen sein?«

»Du meinst, dass er sich aus Spaß von einem Auto anfahren ließ? Ich bitte dich.«

»Jedenfalls musst du uns zum Tatort bringen.«

»Da war ich schon, gleich noch mal in der Früh. Und weißt du was? Dort ist gar nichts mehr. Gut möglich, dass der Täter uns beobachtet hat, auf eine günstige Gelegenheit lauerte, Hannes verfolgte, zusammenfuhr und die Spuren beseitigte, nachdem wir weg waren. Geregnet hat es auch. Aber wenn du darauf bestehst, nichts wie hin mit uns!«

Später sicher. Jetzt aber wandte sich Ben neugierig an Burgi Lackner. »Du weißt vom Sarg im Dachboden, nicht wahr?«

»Ja.«

»Was hat Theo Pühringer damit angestellt?«

»Keine Ahnung. Wie erwähnt, war ich immer nur dort, wenn er nicht anwesend war, und durfte offiziell nicht rauf. Natürlich hab ich trotzdem nachgesehen, aber es war immer alles penibel sauber, wenn auch nicht weniger widerlich.«

»Glaubst du an seinen Selbstmord?«

Burgi Lackner nickte nachdrücklich. »Er war todkrank. Vielleicht wollte er sich die grausamsten Schmerzen ersparen. Soviel ich weiß, kratzte er schon am Morphium, hatte nicht mehr lang.«

Wenn das den Tatsachen entsprach, dann konnten sie Theo Pühringer und seine morbiden Marotten aus der Gleichung nehmen. Sarg hin oder her, es war nicht verboten, privat all seine Spleens auszuleben, solange er niemandem damit geschadet hatte.

Was sie allerdings keinen Schritt näher an Hubert Holzingers Mörder brachte. Und schon gar nicht an denjenigen, der Hannes Reiter nach dem Leben trachtete.

»Hubert Holzinger war, laut einer Zeugin, vor Jahren sehr verliebt in eine Hallstätterin. Du kennst hier viele und siehst alles. Weißt du, wer das gewesen sein könnte?«

»Tut mir leid. Wie erwähnt kannte ich ihn kaum.«

Das mochte zutreffen, dennoch störte Ben etwas an ihrem Ton. Er ahnte jedoch, dass er im Augenblick nicht mehr von ihr erfahren würde. Auch Peter Neumüller schien sich nicht damit zufriedenzugeben. Hier war das letzte Wort noch nicht gesprochen.

»Gut. Danke. Filo, kommst du bitte mit und zeigst uns die Stelle, an der Hannes angefahren wurde? Vielleicht finden wir doch noch etwas.«

Die Hoffnung erwies sich als wertlos. Am Ort des Verbrechens fanden sich keinerlei Spuren mehr, oder, wenn man so wollte, zu viele. Geschehen war es direkt auf der Straße neben der parallel verlaufenden Bahnlinie. Züge fuhren keine in der Nacht. Wenn Hannes Reiter verfolgt worden war oder man ihm aufgelauert hatte, dann hatte sich der Täter den perfekten Platz dafür ausgesucht. Unbeleuchtet. Einsam. Gut mit dem Auto zu erreichen.

Zurück im Dienstwagen rief Ben Helene Almesberger an. »Fahr bitte nach Bad Schallerbach. Frag herum. Dort haben sich Hubert Holzinger und Theo Pühringer kennengelernt. Vielleicht weiß jemand noch etwas. Beide waren Raucher. Die stehen doch immer irgendwo draußen zusammen, auch wenn das auf einer Reha absurd erscheint. Schallerbach ist eine Onko-Reha, also für Krebspatienten, aber auch für andere. Lass deinen Charme vom Stapel, mach Druck, was auch immer, wir brauchen Ergebnisse!«

Nach dem Lokalaugenschein hatten sie eine still vor sich hinbrütende Filo zurück nach Winkl gebracht. »Erzählst du mir irgendwann eure Geschichte? Ich würde sie einfach gerne verstehen«, durchbrach er kurz vor dem Aussteigen die Grabesstille.

Das Zögern auf der Rückbank zog sich in die Länge. »Vielleicht, Ben.«

»Weiß Marie Bescheid?«

»Auch ihr habe ich nie alles erzählt. Sollte ich tatsächlich je darüber sprechen, dann nur, wenn sie dabei ist.«

Zumindest kein klares Nein. Für den Augenblick musste Ben sich damit zufriedengeben.

Als sie auf dem Weg zurück nach Ischl das Straßenstück unterhalb des Salzkammergut-Klinikums passierten, deutete Ben nach oben.

»Gibt's von dort etwas Neues?«

Peter Neumüller griff zum Telefon und ließ sich verbinden. Kurz darauf verneinte er, mit viel Bedauern in der Stimme. »Hannes Reiter ist zurzeit nicht vernehmungsfähig. Vielleicht morgen, laut Ärztin.«

»Wir brauchen seine Aussage. Er weiß unter Garantie etwas, ist vielleicht genau das Mosaiksteinchen, das uns fehlt.« Frustriert schob er die Unterlippe vor. »Weißt du was, Peter, ich hab so genug von all dem hier. Fahren wir zurück nach Linz. Ich möchte endlich wieder einmal eine Nacht in meiner Wohnung schlafen und mich morgen mit den Kollegen beraten. Vielleicht kochen wir schon so sehr in unserer eigenen Suppe, dass wir betriebsblind sind.«

Sein Partner hatte nichts dagegen. »Glaube es mir oder nicht, aber ich vermisse den kleinen Wadlbeißer. Genauso wie den Rest meines Weiberhaufens.«

Ben glaubte ihm sogar aufs Wort.

IM LKA

Eingriasln.
Sich bei jemandem beliebt machen wollen.

Ben wunderte sich fast ein wenig darüber, wie sehr es ihm gefiel, sich wieder direkt mit seinen Kollegen auszutauschen.

Er hatte gut geschlafen und, nach der rudimentären Hütte in Goisern, die Annehmlichkeiten seiner Wohnung in Urfahr, einem Stadtteil von Linz nördlich der Donau, sehr genossen.

»Wir müssen also abwarten, was Hannes Reiter weiß«, schloss er soeben seine Ausführungen vor versammelter Mannschaft. »Bei Hubert Holzinger treten wir auf der Stelle. Seine Kollegin glaubt nicht, dass der Mord berufliche Ursachen hat. Betrachtet man die Brutalität, mit der er ausgeführt wurde, ist das gut möglich. Bei so viel Wut steckt zumeist eher ein persönliches Motiv dahinter. Die Wiener Ex-Freundin bestreitet vehement, etwas mit der Tat zu tun zu haben, und präsentiert ein Alibi. Die mysteriöse Hallstätterin ist unauffindbar. Sollte hier ein Motiv begraben liegen, hat jemand sehr lange mit seiner Rache gewartet. Dagegen spricht aber die spontane Ausführung der Tat. Vielleicht hat der Täter aber auch nur geduldig den perfekten Augenblick abgewartet.«

Helene Almesberger meldete sich. »Ich habe begonnen, in Bad Schallerbach zu graben. Das geht aber kaum per

Telefon. Alle Beteiligten sind zwar tot, dennoch hält man sich bedeckt, so mein Eindruck. Nach der Sitzung fahre ich hin.«

»Sollen wir mitkommen?«

Dafür erntete Ben wenig Gegenliebe. »Besser nicht. Lass es mich auf meine Art und Weise versuchen.«

»In Ordnung«, meinte er nur.

»Gibt's etwas Neues von Hubert Holzingers Handy-Auswertung? Und der Vollständigkeit halber auch von der Theo Pühringers?«

Deren Telefone wurden gerade auf Anruflisten, Fotos und Bewegungsdaten überprüft.

»Wir sind dran«, hakte Tobias Kofler ein. »Beide hatten es wohl nicht so mit Cloud-Lösungen oder externen Speichern. In letzter Zeit scheinen sie jedenfalls keinen Kontakt gehabt zu haben.«

Auch das also vorerst unergiebig.

Peter Neumüller präsentierte das leere Medikamentenfläschchen. »Das geht in die KPU. Wir haben es unter einem Schrank auf Theo Pühringers Dachboden gefunden. Viel versprechen wir uns nicht davon, aber wer weiß.«

»Ipeca… was?«, versuchte Chefinspektor Christian Franz, das Etikett zu entziffern. »Was ist denn *das* für ein Zeug?«

»Irgendetwas für Tiere«, versuchte Peter Neumüller eine Erklärung. »Deshalb gibt's unsere schlauen Füchse in der Technik.«

»Also gut, machen wir uns ans Werk«, schlug Ben vor, wobei das seine an diesem Tag insbesondere aus Warten und Akten bestand.

All seine Hoffnungen lagen nun auf Hannes Reiter.

Fast schon gelangweilt saßen sich Peter Neumüller und Ben am späteren Nachmittag gegenüber.

»Ich hasse dieses Nichtstun im Büro. Wenn nicht bald etwas passiert, renne ich heute schon zum achten Mal zur Kaffeemaschine.«

Das schöne Herbstwetter vor dem Fenster half seiner Laune auch nicht unbedingt auf die Sprünge. Und auch nicht, dass er sich Peter Neumüllers entspanntes Grinsen antun musste. »Geh lieber eine Runde spazieren. Niemand sagt, dass du hier herumlungern musst. Ich bringe indessen schön brav das Geschreibsel auf Vordermann. Mir macht es nichts aus und ich weiß, wie sehr dir davor graut.«

Doch dann nahm dieser ereignislose Tag doch noch eine spannende Wendung.

Helene Almesberger, an sich schon eine Frohnatur, kam nach ihrem Ausflug nach Bad Schallerbach noch besser gelaunt als sonst ins Büro zurück und grinste ihre beiden Kollegen verschmitzt an.

»Mach meinen Tag bunt, Helene«, quittierte Ben ihren Anblick mit leiser Hoffnung.

»Sogar kunterbunt, Grantscherm!«

Erfreut richtete der sich auf. Das hörte sich vielversprechend an!

»Erzähl!«

»Nur gegen Einwurf eines kleinen Espresso, liebevoll von dir vom Automaten geholt«, verlangte sie und ließ sich demonstrativ auf einen der unbequemen Besucherstühle fallen.

Ohne lange zu fackeln, sprang Ben auf und beeilte sich, dem Wunsch seiner Kollegin nachzukommen. Sogar ein Glas Wasser dazu ging sich noch aus, ehe er sich wieder setzte.

Der kurze Italiener musste in einem Zug daran glauben. Dann legte die Ermittlerin los.

»Das Rehazentrum ist modern und schön, aber ein Riesenladen mit Hunderten Patienten gleichzeitig. Der Leiter ist neu, erst seit einem Jahr im Amt, wusste also von nichts. Die medizinischen Details haben mich vorerst nicht interessiert. Wir wissen, dass Theo Pühringer todkrank war, und über Hubert Holzinger habe ich erfahren, dass er wegen seiner gerissenen Seitenbänder nach einem Sturz über die letzte Stufe einer Treppe dort war. Fündig wurde ich, wie ich es mir von Anfang an dachte, nicht im Rehazentrum selbst, sondern im Ort. Ich habe sechs Patienten auf der Raucherterrasse gefragt, wo sie hingehen, wenn sie Ausgang haben. Alle gaben dieselbe Antwort: in ein Kaffeehaus direkt am Marktplatz – das Stamperl. Die dortige Wirtin heißt Franziska und führt den Laden seit über 20 Jahren. Sie ist eine resche Sechzigerin, die ihre Augen und Ohren überall hat. Der kannst du nichts vormachen. Wollte ich auch gar nicht. Ich sagte ihr frei heraus, was Sache war. Sie runzelte nur die Stirn und fragte: ›Was genau willst du denn wissen, Pupperl?‹«

Sie beugte sich nach vorne und setzte eine warnende Miene auf. »Wenn ihr mich auch nur ein einziges Mal bei diesem Namen nennt, werfe ich euch die Kaffeemaschine an den Kopf!«

Beide Kollegen hoben unisono die Unterarme, Handflächen nach außen. Die ultimative Geste der Unschuld.

»Richtige Antwort, meine Herren! Deshalb spanne ich euch nicht länger auf die Folter. Ich zeigte Franziska also Fotos der beiden. Und, tja, was soll ich sagen …?«

Entgegen ihrem Versprechen machte sie nun doch eine dramatische Kunstpause. »… unser alter Schwerenöter

Hubert hatte es auch ihr angetan. ›Mei, der Hubsi!‹, rief sie sofort. ›Was hat der denn schon wieder angestellt?‹ – ›Wieso angestellt?‹, fragte ich sofort nach. Und sie: ›Na ja, während seiner drei Wochen hier hatte er ein Pantscherl mit einer, die nach sechs Tagen fertig war mit der Reha. Als sie weg war, gab es gleich mehrere Interessentinnen.‹«

Hubert Holzinger hatte also wieder einmal nichts anbrennen lassen, nicht einmal mit Krücken.

»Aber viel besser als die Frauengeschichten war das, was sie danach sagte. Dass nämlich …«

Just in diesem Moment steckte Chefinspektor Christian Franz den Kopf zur Tür herein. »Darf man eintreten und zuhören?«, fragte er und setzte sich, ohne die Antwort abzuwarten, dazu.

Er wirkte ein wenig abgespannt und hatte ebenfalls eine Tasse in der Hand, gefüllt mit Kamillentee. Obwohl Ben Geschmack und Geruch seit seiner Kindheit nicht ausstehen konnte, hatte er sich mittlerweile an die Marotte seines Chefs gewöhnt.

»… also, dass nämlich der Hubert fast jeden Tag heruntergehumpelt kam und, nachdem die erste Liebschaft abgereist war, sehr oft gemeinsam mit Theo Pühringer. Franziska ist selbst Jägerin, deshalb erinnert sie sich noch, dass es in den Gesprächen der beiden meist ums Jagen ging. Die Bar ist klein, und, wie gesagt, sie hört, was getratscht wird.«

»Hast du ihr Fotos von den beiden gezeigt?«

»Ja, sicher. Sie hat die Identitäten bestätigt.«

Hoffentlich kommt noch mehr, dachte Ben bei sich.

In der Tat lieferte seine Kollegin mit ihren nächsten Sätzen richtigen Zündstoff. »Wir wussten ja schon, dass Pühringer und Holzinger sich von ihrer Reha kannten. Neu allerdings ist, dass sie sich in dem Lokal zumeist mit noch einen Mann trafen. Keinem Patienten offenbar, eher einem Gast. Jedenfalls Jäger. Wichtig scheint das für mich aus zwei Aspekten zu sein: Franziska hörte mit, dass der Kerl ebenfalls aus Bad Ischl kam. Und er wirkte auf sie unheimlich, weil er mit seinen Lieblingsritualen nach der Jagd prahlte. Sogar ihr als Jägerin war zu viel, dass er es liebte, einen Becher mit rohem Blut direkt aus dem Brustkorb des frisch erlegten Hirsches zu trinken und danach in das Herz zu beißen, ohne es vorher zuzubereiten. So etwas scheint bei Jägern zwar bekannt, aber nicht sehr üblich zu sein. Dieser Mann aber hat offenbar regelrecht davon geschwärmt. Franziska meinte, er habe etwas Grausames an sich gehabt, das sie abstieß.«

Hatte Helene den mysteriösen Mann im Hintergrund gefunden?

Dementsprechend aufgeregt fragte Ben nach. »Weiß sie, wer er war? Gibt's einen Namen?«

Bedauernd schüttelte seine Kollegin den Kopf. »Leider nein, das ist der Pferdefuß an meiner Geschichte. Sie konnte ihn zwar halbwegs genau beschreiben und ist auch bereit, ein Fahndungsfoto für uns zu erstellen, allerdings trug der Mann stets eine Schiebermütze und nannte nie seinen vollen Namen, nur seinen Spitznamen: Blacky.«

»Okay, bestellen wir sie ein. Sie soll gleich morgen kommen. Außerdem fragen wir im Ort herum, ob sich noch jemand an ihn erinnert oder ihn erkennt. Insbesondere in allen Hotels und Gastbetrieben. Auch unten im Aquapulco.« Dabei handelte es sich um die größte und beliebteste Therme des Landes mit jeder Menge Attraktionen für alle Altersstufen.

Zufrieden rieb Ben sich die Hände. »Sobald das Bild da ist, fahren wir zurück nach Ischl und fragen im Ort herum.

Wäre doch gelacht, wenn wir nicht alsbald herausbekommen, wer dieser Blacky ist.«

Schlagartig hatte sich seine Laune von mies auf motiviert gedreht.

Da er seine Laufsachen in einem Büroschrank verstaute, musste er nicht erst zu sich nach Hause, um sich umzuziehen. Wenig später war er unterwegs zur Donaulände, lief am Damm bis hinunter nach Plesching zum dortigen Badesee, umrundete ihn und kehrte zurück. Als er sich zufrieden und ausgepowert auf den Heimweg machte, erreichte ihn eine private WhatsApp-Nachricht.

Warum nicht, dachte er bei sich und antwortete der netten Mitarbeiterin einer Werbeagentur, die er kürzlich beim Fortgehen in der Altstadt kennengelernt hatte.

Gerne würde er sich mit ihr auf einen Drink treffen.

AM NÄCHSTEN TAG

An Gizi kriag'n.
Nicht länger die Contenance bewahren können.

Das Fahndungsbild zeigte einen Allerweltstypen mit längeren dunkelbraunen Haaren, stechend blauen Augen und leichtem Doppelkinn. Weder Peter Neumüller noch Ben hatten ihn je zuvor gesehen. »Na ja, Ischl ist doch größer, als ich dachte«, kommentierte Ben den Ausdruck.

»Aber nicht für alle. Ich bin mir sicher, dass den wer erkennt.«

Gastwirtin Franziska hatte nicht lange gefackelt und war gleich um acht Uhr früh im LKA aufgeschlagen. Eine resolute Blondine mit aufgetürmter Betonfrisur. Den Typ kannte Ben: scharfe Augen, scharfer Verstand und ein Mundwerk wie ein Maschinengewehr. »Um elf sperr ich auf, also zack, zack, her mit eurem Zeichenschnuckel und meinen Kaffee bitte schwarz ohne alles!«

Ursprünglich wurden Phantombilder durch geschulte Zeichner erstellt, später gab es so genannte Identikits, bei denen verschieden ausgeprägte Gesichtsmerkmale auf Folien aufgetragen und übereinandergelegt worden waren. Inzwischen verwendete die Polizei spezielle Computerprogramme, die automatisch fotorealistische Bilder erzeugten. Mit einem solchen ausgestattet hatten die Ermittler sich um kurz nach halb elf auf den Weg gemacht.

Soeben fuhren sie auf die Westautobahn auf. Zum gefühlt

hundertsten Mal warf Ben einen Blick auf den Ausdruck. »Schon lässig, wie wirklichkeitsnah das ist. Die Frage ist nur, inwieweit Franziskas Erinnerung und die Realität übereinstimmen.«

Peter Neumüller am Steuer schob die Unterlippe vor. »In spätestens einer Stunde werden wir es herausfinden. Wo möchtest du denn beginnen?«

Ben zückte sein Telefon. »Ich rufe mal im Klinikum an, wie es Hannes Reiter geht. Er ist Fixkandidat. Vielleicht geht es ihm heute besser und er ist vernehmungsfähig.«

»Der Patient ist wach und reagiert. Sie kriegen fünf Minuten!« Die Intensivmedizinerin klang gewohnt akkurat, bescherte ihnen aber genau das, was sie wollten.

»Filo soll auch hinkommen. Wie gestern eindrucksvoll demonstriert, kennt sie Gott und die Welt, nicht nur in Ischl. Als Allererstes aber fahren wir zu Marie. Der Mann ist älter, ich schätze über 60, gut möglich, dass er gesundheitliche Probleme hat und regelmäßig einen Arzt braucht. Umso mehr, wenn er schon vor ein paar Jahren in Bad Schallerbach war.«

»Guter Ansatz«, lobte Peter Neumüller. »Bis wir bei ihr sind, ist es Mittag. Dann sollte ihre Praxis nicht mehr so voll sein.«

Voller Tatendrang rieb Ben sich die Hände. »Ich habe ein gutes Gefühl. Wetten, dass wir heute endlich diesen gordischen Knoten lösen? Helene hat voll geliefert. Ich bin froh, sie im Team zu haben.« Bestens gelaunt stieg er aufs Gas, auch wenn der Herbst sich heute mit nassen Straßen, Regen und Wind von seiner ungemütlichen Seite zeigte. Nicht einmal der dichte Verkehr und eine Baustelle entlang der Strecke am Traunsee konnten seine Stimmung trüben.

Bei Maries Anblick beschlich Ben ein vollkommen irrationales schlechtes Gewissen. Wie verrückt war das denn? Ihre Geschichte war Jahrzehnte vorbei, und doch hatte zumindest ein kleiner Teil von ihm das Gefühl, sie mit der netten Marketingassistentin betrogen zu haben. Gereizt schob er den unwillkommenen Gedanken zur Seite und konzentrierte sich auf die vor ihm liegende Aufgabe.

»Wir sind auf der Suche nach diesem Mann, kennst du den vielleicht? Er ist laut einer Zeugin aus Bad Ischl«, kam er direkt zur Sache und schob ihr das Phantombild hin.

Die Ärztin wirkte nach einem Vormittag voller Patienten etwas müde und strich sich erschöpft die braunen Locken aus der Stirn. »Lass sehen!«

Eindringlich musterte sie den Ausdruck, überlegte lange. »Ehrlich gesagt, weiß ich es nicht. Irgendetwas an dem Mann triggert mich, aber ich kriege es nicht zu fassen. Darf ich mir das Bild abfotografieren?«

»Ich lasse es dir da, es gibt Abzüge. Zeige es aber vorerst bitte niemandem, ich möchte keine schlafenden Hunde wecken oder den Typen warnen. Du weißt, wie schnell hier alles die Runde macht.«

»Selbstredend, Ben.« Waren sie bisher alle drei am Empfangspult gestanden, so schlüpfte sie nun dahinter und setzte sich an den dortigen Rechner. »Kann ich sonst noch etwas für euch tun? Ich muss die Patientenakten auf den letzten Stand bringen. Filo fehlt mir hinten und vorne.«

Für Ben bestand kein Zweifel, dass die beiden Frauen in Kontakt standen und sich austauschten. Allzu genau wollte er es aber gar nicht wissen. Auch Marie hielt sich zurück, schien ungeduldig, sie beide loszuwerden.

Konnte sie haben. Hier waren sie ohnehin fertig. Also verabschiedeten sie sich kurz angebunden und waren im nächsten Moment auf dem Weg ins Salzkammergut-Klinikum.

Ben fuhr. »Glaubst du, sie sagt die Wahrheit?«

Peter Neumüller nickte. »Warum sollte sie denn lügen? Die Reha ist lange her, vielleicht hat der Mann sich optisch verändert. Eine Mütze trägt er auch. Außerdem tu auch ich mich trotz der Brillanz schwer mit diesen Fahndungsbildern. Mir sind sie zu leblos und abstrakt.«

»Marie hatte schon immer ein gutes Auge für Menschen. Und lässt sich gerne Zeit beim Überlegen. Ich denke auch, dass sie sich das Bild in Ruhe ansehen wird und uns kontaktiert, sollte sie eine Idee haben, wer der Kerl ist.«

Gemeinsam erklommen sie die Treppen zur Intensivstation, nur um zu erfahren, dass man Hannes Reiter inzwischen auf die Normale verlegt hatte. Es schien ihm also besser zu gehen.

Eine Schwester zeigte ihnen den Weg. Eigentlich unnötig, denn Filo Hemetsberger thronte bereits unübersehbar am Ende eines Ganges vor einer der Türen und erwartete sie, sehr aufrecht, mit verschränkten Armen und undefinierbarem Gesichtsausdruck.

»Hallo, Filo, danke fürs Kommen«, begrüßte Ben die Sprechstundenhilfe und reichte ihr die Hand. »Wie geht es ihm?«

»Gut, Gott sei Dank.«

»Konntest du schon mit ihm sprechen?«

»Nur ein paar Worte. Ich wollte ihn nicht aufregen, er ist noch sehr schwach. Aber angekündigt habe ich euch schon.«

Ben zückte das Phantombild. »Wir werden ihm gleich dieses Bild zeigen, um zu erfahren, ob er diesen Mann kennt. Schaust du es dir bitte auch an?«

Mit einem Mal sehr alarmiert warf die Frau einen Blick darauf. Ben ließ sie dabei keine Sekunde aus den Augen, lauerte auf eine Reaktion.

Sie mochte vielleicht gut darin sein, sich ihre Gefühle nicht anmerken zu lassen, diesmal aber nicht gut genug. Ein kurzes verräterisches Zucken reichte. Sofort hakte er nach. »Du weißt, wer das ist, nicht wahr?«

Als Antwort kam zunächst nur ein tiefer Atemzug. Dann, mit geschürzten Lippen, noch einer. Die beiden Kollegen ließen ihr die Zeit, warteten stumm, wenn auch deutlich angespannt, ab.

Schließlich schlug Filo sich mit der rechten Faust in die linke Handfläche. Ein Ruck ging durch ihre gedrungene Gestalt, und sie richtete sich auf. Als sie zu sprechen begann, klang ihre Stimme gleichermaßen aufmüpfig wie resigniert. »Wo immer ihr das Bild auch herhabt, Hut ab. Ich hätte nicht gedacht, dass ihr dahinterkommt. Also gut, ich rede. Unter einer Bedingung allerdings: Für den Augenblick lasst ihr Hannes in Ruhe. Schon gar nicht geht ihr jetzt mit diesem ... Ding da rein zu ihm. Können wir uns darauf einigen?«

»Sicher«, kam Ben ihr erfreut entgegen. Mit so viel Bereitwilligkeit hatte er nicht gerechnet. Vielleicht aber war Filo einfach nur des Lügens müde und froh, endlich klar Schiff machen zu können. »Ab mit uns in die Cafeteria.«

Filo lehnte ab. »Nein, dort ist es mir zu laut.«

Soeben öffnete sich die Tür zu Hannes Reiters Zimmer. Die Ärztin steckte neugierig den Kopf heraus. »Möchten Sie nun mit dem Patienten sprechen oder nicht?«

Ben schüttelte den Kopf. »Vorerst nicht. Wir brauchen bitte zunächst einen ruhigen Raum. Können Sie uns einen zur Verfügung stellen?«

Sie quittierte den Meinungsumschwung mit einem lakonischen Schulterzucken. »Wie Sie wollen. Das kleine Behandlungszimmer ist frei!«

Sie ging voran und öffnete eine Tür am Ende des Flurs. Der Raum dahinter war winzig. Eine Liege, zwei Stühle, ein Schreibtisch. Es sollte reichen.

»Melden Sie sich bitte bei mir, wenn Sie fertig sind. Sollten Sie doch noch zu Herrn Reiter wollen, klären wir das dann.« Schon war sie verschwunden.

Damit stand nichts mehr zwischen den Ermittlern und Filo Hemetsbergers Version der Wahrheit.

Peter Neumüller pflanzte sich auf die Liege, Ben schob ihr höflich den Besucherstuhl hin und quetschte sich auf einen mit Rollen. Es roch intensiv nach Desinfektionsmitteln und noch etwas Undefinierbarem. Postwendend stand er wieder auf und öffnete das schmale, hohe Fenster.

»So, Filo. Bitte von Anfang an. Ich hätte gern das ganze Bild. Wer ist dieser Mann?«

Sie bemühte sich erst gar nicht, ihre Abscheu zu verbergen. »So wie auf dem Foto sieht er nicht mehr aus. Inzwischen sind seine Haare kurz und er hat locker 15 Kilo mehr. Er heißt August Rachlinger. Ein Dreckskerl, wie er im Buche steht. Wir kennen einander seit unserer Jugend, waren Klassenkameraden ...«

FILO

Gfrasster.
Nicht besonders nette Persönlichkeiten.

Alles, nur nicht heulen!

Das Mädchen ballte die Hände zu Fäusten und versuchte mit aller Macht, die Tränen zurückzuhalten.

Die ganze Klasse war wieder einmal eine willenlose Masse, die nach Gusts Pfeife tanzte. Bequem. Feige. Ohne eigene Meinung. Gesinnungsarschlöcher, die nicht schnallten, dass der Scheißkerl wieder nur an sich und seinen Vorteil dachte, daran, gut dazustehen, natürlich immer auf Kosten der Schwachen, auf denen er ohne Gnade herumtrampelte, während er nach oben buckelte. Gust Niedertracht. Gust Gemein. Gust – dein größter Feind.

Hier konnte sie nicht gewinnen, es nur mit Haltung über sich ergehen lassen.

Diesmal hatte er ihr aus der Umkleide vor dem Turnsaal den BH geklaut. Sie war klein und dick, der BH braun und ausgeleiert. Jetzt hing er an zwei Magneten vorne an der Tafel. Daneben stand in Kreideschrift und dicken Blockbuchstaben: *Ich gehöre der fetten Sau.*

Gust thronte neben ihr. »Na, Fettsack, wie viel wiegst du? Ich will es eh nicht genau wissen, sag mir nur die ersten beiden Zahlen!«

Hämisches Gelächter der Reinschleimer. Sogar Annelies, ihre angeblich beste und einzige Freundin, verzog die Mundwinkel. Auch sie also nichts als eine Verräterin.

Filo schwieg. Was hätte sie auch sagen sollen? Eine Antwort wurde ohnehin nicht erwartet. Das hier war die Gust-Show. Nur er durfte glänzen, der attraktive, groß gewachsene, dunkelhaarige Gust, mit den langen Locken und den schönen Augen, die binnen Millisekunden von harmlos bergseeblau zu eiskalt und hart wechselten, je nach Art der Gedanken dahinter.

»Komm schon, Fattie, du kannst ja nichts dafür, dass du an der weltweiten Hungersnot schuld bist, weil du immer alles wegfrisst!«

Seit Wochen ging das so. Nein, eher seit Monaten. Irgendwann hatte Gust beschlossen, dass sie sein favorisiertes Opfer sein sollte. Seither betrieb er seine Leidenschaft konsequent. Leider war er ein guter Schüler, weshalb die Lehrer, die seine Quälereien weitestgehend mitbekamen, wenig tun konnten oder besser gesagt: tun wollten. Auch sie sahen lieber weg.

Gusts Blick fiel ungeniert auf ihre Brüste. »Wenigstens hast du ja etwas drin im Geschirr.«

Von irgendwoher regte sich Widerstand. Im Grunde war Filo selbstsicher, trotz ihrer Körperlichkeit. Ein Erbe ihrer Mutter, die sie ganz allein großgezogen und ihr vermittelt hatte, dass Frauen gut allein leben konnten und keinen Mann brauchten, maximal einen wollten. Zu ihren Bedingungen, ganz sicher nicht, um für ihn das Hausmütterchen abzugeben, das Kinder bekam und den Mund hielt, während man sich am Stammtisch über die depperten Weibsbilder lustig machte, inklusive der eigenen.

Ihr Kopf ruckte nach oben, der Blick wurde hart. Unwichtig, dass ihr nun doch Tränen über die Wange liefen. Woher der Satz kam, vermochte sie nicht zu sagen. Er war einfach da. »Im Gegensatz zu dir, Fetzenschädel, du hast nämlich einen Winzling in der Hose. Bei dir ist nur die Klappe groß.«

Sie würde den Teufel tun, vor diesem Wichser in die Knie zu gehen oder vor all den grindigen Feiglingen der Klasse. Später würde sie sich vielleicht übergeben, aber jetzt einen starken Auftritt hinlegen. Ihre Wangen waren heiß, im Kopf pochte es, aber sie hielt seinem hinterhältigen Getue stand.

Hatte tatsächlich jemand gelacht?

Es war keine Zeit, dem nachzugehen, jetzt galt es, das Starr-Duell gegen diesen Widerling zu gewinnen.

Das jäh vom Professor Albler unterbrochen wurde, der soeben die Klasse betrat. Über Filos Herunterputzen hatten sie die Schulglocke zur nächsten Stunde überhört. Mathe. Filos Lieblingsfach. Und der Grund dafür, warum ihr insgeheim doch einige die Stange hielten. Filo war Spezialistin für Last-Minute-Hausübungen am Klo. Und dafür, alle abschreiben zu lassen. Mathe. Ihre beste Waffe gegen Gust Rachlinger und seinen fiesen Haufen.

Irgendjemand war wenigstens so geistesgegenwärtig gewesen, den BH von der Tafel zu reißen und damit den bösen Spruch abzuwischen. Wer, war unklar. Filo würde das Teil nicht zurückbekommen.

Besser, sie wappnete sich für nach der Schule. Gust Rachlinger würde garantiert etwas Hundsgemeines dafür einfallen, dass sie es gewagt hatte, sich zu wehren und ihm seinen Auftritt zu verpatzen.

Wahrscheinlich war es schlau, sich schon jetzt eine passende Reaktion zu überlegen.

Wie vorhersehbar der Saubeutel doch war!

Gust und sein bester Freund Ignaz passten sie ab, spannten ihren BH über den Gehweg vor der Schule, damit auch wirklich alle ihre Demütigung mitkriegen würden.

»Na, Fettarsch, glaubst du wirklich, dass wir dich so davonkommen lassen? Schau mal, was wir hier haben. Deinen potthässlichen Tittenknast!«

Kurz war Filo, als hätte sie Granatsplitter im Kopf, doch dann wurden die Konturen wieder klar und ihr ausgeprägter Selbstschutz kehrte zurück. Drohend hob sie eine Faust und brüllte mit extralauter Stimme los. »Was willst du, Gust Rachlinger? Glaubst du ernsthaft, dass du mich mit deiner Scheiße beeindruckst? Du bist peinlich. Also lass es und such dir ein anderes Opfer, sonst knalle ich dir eine, dass dir Hören und Sehen vergeht.«

Kurz, ganz kurz, schien der 15-Jährige tatsächlich irritiert. Doch dann fand er sein fieses Grinsen wieder. Im nächsten Moment grapschte er nach ihren Brüsten, die mangels Büstenhalter unter ihrem T-Shirt hin- und herschwangen. Fest drückte er zu und leckte sich dabei über die Lippen. »Pass auf, du geile Sau, dass ich dich nicht im Dunkeln erwische. Wird Zeit, dass es dir einmal jemand so richtig besorgt!«

Triumphierend blickte er sich um, ob hoffentlich auch jeder seinen Konter gehört hatte. Schwerer Fehler. Denn so ließ er für einen Moment Filo aus den Augen und bekam nicht mit, wie sie mit ihrem rechten Knie ausholte, ehe es ungebremst in seinen Weichteilen landete.

Mit so viel Schmerz auf einmal hatte er nicht gerechnet. Blind vor Tränen und mit den Händen zwischen den Beinen fand er sich heulend am Boden wieder. Ungerührt beugte Filo sich zu ihm, zog an seiner Trainingshose und entblößte zunächst eine nicht ganz saubere Unterhose und dann seinen weißen Hintern.

Die anderen Schüler ließen sich das Schauspiel nicht entgehen. Feixten. War das sogar eine Polaroid-Kamera? Gut möglich, dass manche sich über Gusts Demütigung freuten, heimlich natürlich nur, galt es doch, sicherheitshalber erst abzuwarten, wie sich die Lage weiter entwickeln würde.

Filo war ihr Publikum egal. Sie war noch lange nicht fertig. »Na, du Pisser! So wie deine Unterhose aussieht, hast du gerade vor lauter Angst reingekackt. Pass lieber auf, dass ich *dich* nicht im Dunkeln erwische. Du hast nämlich keine Ahnung, wozu *ich* sonst noch fähig bin. Lass mich künftig in Ruhe, verstanden? Sonst werde ich noch viel gemeiner, als du es dir vorstellen kannst.«

Wütend warf sie allen Anwesenden noch einen warnenden Blick zu, drehte sich um und machte sich hoch erhobenen Hauptes auf den Heimweg in die Rettenbachwaldstraße.

Diese öffentliche Auseinandersetzung unter zwei 15-Jährigen sollte der Beginn einer lebenslangen Feindschaft sein.

DAS BEHANDLUNGSZIMMER

Liaba's Guade segn.
Nicht an einer Situation verzweifeln.

»Wie ging es danach weiter?«, fragte Ben neugierig.

Filo schien den Hauch von Hochachtung in seiner Stimme zu spüren. »Er probierte es natürlich weiterhin mit Gemeinheiten, aber ich war auf der Hut. Hinzu kam, dass all das Anfang Juli kurz vor Schulschluss passierte. Ich verbrachte den anschließenden Sommer als Hilfskraft auf einer Alm und wechselte im Herbst auf die Krankenpflegeschule nach Gmunden. Er in die Oberstufe. Unsere Wege kreuzten sich danach nur selten.«

Fasziniert lauschten die beiden Ermittler der bodenständigen Frau und dem Bild, das sie von diesem unguten Menschen zeichnete. Es fügte sich gut in den Bericht der Bad Schallerbacher Wirtin Franziska.

»Ehrlich gesagt war er mir herzlich egal«, nahm Filo sie wieder mit in ihre Welt. »Hin und wieder hörte ich von ihm. Dass er in Wien Tiermedizin studierte, heiratete, zum Glück nie Kinder bekam, sich scheiden ließ. Es noch einmal versuchte. Aber auch seine nächste Frau hielt es nicht lange mit ihm aus. Jahrzehntelang sah man ihn kaum in Ischl. Doch plötzlich war er wieder da und zog zurück in das Haus seiner Eltern nach Lauffen. Eine Bruchbude sondergleichen, schimmlig, feucht, ohne fließendes Wasser.

Damals soff er schon, verbarg es aber noch vor der Welt. Nur Dr. Kleindienst, Maries Vorgänger, wusste Bescheid über seinen Patienten. Als ich bei ihr begann, wollte ich ihn sofort aus der Kartei werfen, aber der Doktor redete mir ins Gewissen. Er sei seit Jahren Patient und krank, es also eine medizinische Notwendigkeit, das müsse man über persönliche Befindlichkeiten und seine unangenehme Art stellen. Auch Marie, ganz Ärztin, war dafür, also ließ ich mich breitschlagen. Wenigstens hatte ich ihn so besser unter Kontrolle.«

Ein lauter Donner ließ die drei zusammenzucken. Ben nutzte die Gelegenheit, um sein Smartphone auf lautlos zu stellen. Auf keinen Fall wollte er gestört werden, nichts war im Augenblick wichtiger als die Aussage dieser Frau.

»Als Gust zurück in die Gegend kam, war ich noch beim Roten Kreuz«, fuhr Filo fort, »und wurde einmal zu einem Einsatz gerufen, weil er hackedicht gestürzt war. Ihr könnt euch diesen unglaublichen Saustall nicht vorstellen. Alles verdreckt. Keine Dusche. Seine Hinterlassenschaften spülte er mit Kübeln voller Brunnenwasser hinunter in die undichte Senkgrube. Wir versorgten ihn und machten ihm klar, dass er alles verlieren würde, sollte er sich nicht umgehend in einen Entzug begeben. Seine Gesundheit. Seinen Führerschein. Sein Leben.«

»Und?«, konnte Ben sich nicht zurückhalten zu fragen.

»Erstaunlicherweise hörte er zu, willigte in eine Behandlung in Linz ein, im damaligen Wagner-Jauregg-Spital, dem heutigen Neuromed-Campus am Kepler-Uniklinikum. Er hatte eine Fettleber und Schmerzen, das machte ihm Angst.«

Unwillkürlich schnappte Ben nach Luft. Wagner-Jauregg? Das Krankenhaus war ihm im Zuge dieses Falles schon einmal untergekommen, im Zusammenhang mit einer anderen Person. Nie im Leben war das ein Zufall.

Filo bestätigte seine Vermutung. »Dort traf er auf einen Jungen, der gerade seinen ersten Drogenentzug machte. Die ungleichen Männer freundeten sich an, weil beide starke Raucher waren und sich regelmäßig auf der Terrasse trafen.«

»Hannes«, konstatierte Ben leise. »*Daher* kennen sie sich also.«

»Schlimmer hätte es den armen Kerl kaum treffen können. Ausgerechnet über diesen schrecklichen Menschen musste er stolpern. Aber Gust hatte leider seit jeher Charisma, war der geborene Anführer, egal ob ihm der Rausch gerade das Hirn vernebelte oder nicht. Hannes wiederum war schwach, verletzlich, auf der verzweifelten Suche nach der Vaterfigur, die er nie gehabt hatte. Seine Mutter war ein Heroinjunkie und gab ihn weg, als er noch ein Baby war. In seiner Geburtsurkunde steht: ›Vater unbekannt‹.«

»All das erzählte er dir während deiner Gefängnisbesuche, nicht wahr?«

Filo nickte. »Das und noch viel mehr. Zum Beispiel, dass er Gust immer mehr verfiel, ihm nahezu hörig wurde. Dem schmeichelte diese hündische Bewunderung, er befeuerte sie. Nicht weil ihm Hannes ans Herz gewachsen war, sondern weil er in ihm ein willfähriges Opfer sah, jemanden, den er nach Lust und Laune benützen und missbrauchen konnte. Er war schlau. Manipulativ. Gerissen. Und Hannes nichts als Wachs in seinen Händen.«

Beim Zuhören wurde Ben langsam klar, warum Filo Hannes Reiter geholfen hatte und stets wie ein Felsen hinter ihm stand. Hatte er bislang primär Entgeisterung gefühlt, so entwickelte er zunehmend Verständnis für ihr Tun.

Mit einem Mal änderte sich Filos bislang aufrechte Körperhaltung, sie sackte regelrecht in sich zusammen, umschlang sich mit den Armen, als ob sie sich vor dem nun Kommenden schützen wollte. Auch ihr Gesicht verschloss sich. Das Erzählen wühlte sie sichtlich auf. Der Teil, den sie nun preisgeben musste, wohl ganz besonders.

Nur stockend fand sie dafür Worte. »Weil Gust nicht wollte, dass alle in Ischl seine Sauftouren mitkriegten, kam er dafür immer öfter nach Linz und übernachtete dann bei Hannes, der eine winzige Sozialwohnung im Franckviertel besaß.« Sie schüttelte sich vor Ekel. »Ich könnte kotzen bei Gusts Egoismus und seinem schlechten Einfluss. Hannes hatte sein Drogenproblem im Griff, eine Lehrstelle gefunden und mit dem Laufen begonnen. Alles hätte so gut sein können, wäre dieser Widerling nicht gewesen. Für Hannes war Gust ein väterlicher Freund, den er verehrte, vielleicht sogar liebte. Rein platonisch, das möchte ich explizit anmerken, sexuell lief da nichts. Hannes ist hetero, und Gust ging in Linz nicht nur saufen, sondern auch regelmäßig zu Prostituierten, ein weiterer Grund für seine Ausflüge.«

Ihre Stimme war beim Sprechen immer kratziger geworden. Peter Neumüller beeilte sich, ihr ein Glas Wasser hinzustellen. Dankbar trank sie ein paar Schlucke, ehe sie fortfuhr. »Gust zog Hannes also immer weiter runter, bis zu diesem vermaledeiten Samstag im September. Das Wetter war gut, die beiden spazierten durch den Donaupark. Gust wollte in den Puff am Graben und Hannes überreden, endlich einmal mitzukommen. Hannes fand das widerlich und verweigerte. Gust drängte und drängte, fing an, Hannes zu provozieren. Er sei kein richtiger Mann, sondern ein Feigling ohne Schwanz in der Hose. Ob er denn überhaupt schon einmal eine Frau gehabt habe? Oder noch Jungfrau sei? Ein Versager. Die Lachnummer des Jahrhunderts. Es wurde immer schlimmer. Hannes bat Gust, damit aufzuhören. Es tat ihm weh, dass der damals wichtigste Mensch in seinem Leben so abfällig mit ihm sprach, ihn verhöhnte. Doch es war Gust, den stachelte eingestandene Verletztheit nur an, also legte er nach. Er, Gust, würde den Teufel tun, sich weiterhin mit so einem Schwächling abzugeben, einem Loser, er würde jetzt gehen, könne dessen Anwesenheit nicht länger ertragen. Das tat er auch. Ich behaupte mal, ausschließlich, um Hannes so richtig eins reinzuwürgen. Gust brauchte ihn mindestens genauso wie Hannes ihn. Nur dass Hannes das in diesem Augenblick nicht erkannte und sich zutiefst gedemütigt fühlte, enttäuscht und gekränkt. Das böse Spiel endete damit, dass Gust sich mit einer verächtlichen Geste verabschiedete und verschwand, während Hannes das Pech hatte, ein paar Meter weiter über seine alten, schlechten Freunde aus dem Wohnblock zu stolpern, die sofort erkannten, was mit ihm los war, und ihn mit Drogen abfüllten. Dermaßen hergerichtet stieg er in sein Auto ... und ... tötete ein paar hundert Meter weiter Justus, der seine Freundin in Linz besucht hatte und auf dem Weg zum Bahnhof war.«

Filo verstummte. Sie war ein Stehaufmännchen, hatte vom Schicksal genug Aufgaben mitbekommen und sie durchgestanden, war nicht daran zerbrochen, sondern gestärkt daraus hervorgegangen. Nie würde sie sich selbst leidtun oder über Ungerechtigkeit jammern. Viel lieber nahm sie die Dinge in die Hand, um sie so zu formen, wie sie es wollte, insofern es in ihrer Macht stand. Alles andere nahm sie hin. Verbitterung stand nicht in ihrem persönlichen Wörterbuch.

So wunderte es Ben auch nicht, dass sich ihr Gesichtsausdruck binnen Millisekunden von traurig zu trotzig wandelte, ehe sie ihnen den Rest erzählte.

»Was danach kam, weißt du, Ben, denn du warst dabei. Die Verhandlung. Damals war ich so voller Hass und Wut. Doch das änderte sich in dem Moment, da Gust im Gerichtssaal aufschlug. Ich traute meinen Augen kaum. Später erzählte Hannes mir, dass er ihn zuvor kein einziges Mal besucht hatte. Nie. Und doch deckte Hannes ihn, erzählte kein Sterbenswort von ihrem Streit direkt vor dem Unfall. Stieg immer erst bei den Drogenhändlern ein. Wenn Hannes beschloss, jemanden in sein Leben zu lassen, dann bedingungslos. Gust nutzte das aus. Keine Ahnung, was der Mistkerl wirklich dort wollte, jedenfalls sah ich die beiden miteinander sprechen, und dann auch mit Theo Pühringer. Zusammenhänge hatte ich damals aber noch keine. Was ich allerdings nie mehr vergessen werde, ist der triumphierende Blick, den Gust mir zuwarf. Da war keine Spur von Mitgefühl, nur pure Freude über mein Leid. Als ob mir recht geschehen sei, dass man meinen Sohn totgefahren hatte, als ob Hannes' Tat ihm eine späte Rache bescherte. Möglicherweise war das der Grund, warum er überhaupt kam. Nicht um Hannes den Rücken zu stärken, sondern um mich vor aller Augen leiden zu sehen. Für ihn muss es wie Ostern und Weihnachten zugleich gewesen sein, dass Hannes von all den Menschen in der Stadt ausgerechnet Justus erwischt hatte. Bis heute fehlen mir die Worte über diesen miesen Zufall.«

Ein Windstoß drückte das gekippte Fenster zu. Wieder donnerte es. Wie passend zu dieser heftigen, dunklen Geschichte, dachte Ben bei sich. Die arme Filo hatte die Hölle durchlitten.

»Ich saß also da, ließ mich von allen anstarren und bewerten in meiner traurigen Hässlichkeit, schottete mich ab, schob Gust und allen anderen einen Riegel vor. Musste mich entscheiden. Wollte ich mich meinem Hass weiter hingeben, der mich seit Monaten innerlich vergiftete und mich letztlich vernichten würde? Wie satt ich all die schrecklichen, negativen Gefühle hatte, die sich durch meine Tage und insbesondere die Nächte zogen, hielt es kaum noch aus, jede Nacht um drei Uhr aufzuwachen und zerrissen zu werden. Vor Schmerz. Vor Wut. Vor Trauer. Ich holte mir Hilfe, ging in Therapie. War Stammgast bei der Telefonseelsorge. Es dauerte Jahre, bis ich wirklich stabil war, aber schon damals ahnte ich eines: Ich musste vergeben, aus all dem Schrecklichen etwas Gutes machen. Niemand ist nur schwarz oder weiß. Kein Hannes. Auch kein Gust, obwohl das bei dem schwer zu glauben ist. Für mich war Vergebung nicht Versöhnung oder Verzeihung. Es war Akzeptanz, eine Möglichkeit, dieses Gift, das in mir wütete, zu kanalisieren. Auf Rache zu verzichten. Es war ein anspruchsvoller, schmerzhafter Weg, manchmal eine Zumutung und brauchte viel Zeit. Noch immer ist es ein Auf und Ab. Manchmal scheint mein Ziel zum Greifen nahe, im nächsten Moment unerreichbar, aber die Amplituden werden flacher.«

Bei ihren eindrücklichen Worten fühlte Ben sich ertappt. Vergebung? Selbst nach 15 Jahren hatte er Marie noch nicht endgültig verziehen, dass sie ohne Erklärung einfach verschwunden war. Nichts davon war seine Entscheidung gewesen. In seinem Bedürfnis nach Gerechtigkeit hatte er lange an Rache gedacht, und dass er sie für den Rest seines Lebens hassen würde. Vorwürfe, Schmerz und Verbitterung waren seine ständigen Begleiter gewesen. Zu tief saß der Stachel.

Doch Filo hatte recht. Vergebung hatte nichts mit Marie zu tun, sondern ausschließlich mit ihm. Sie konnte er nicht kontrollieren, sein eigenes Leben schon. Noch immer spazierten negative Gefühle ihr gegenüber in seiner Seele aus und ein, beeinflussten alles, seinen Beruf, neue Beziehungen. Immer noch gab er ihr Macht über sich.

»Als man Hannes damals abführte, direkt an mir vorbei, da flüsterte ich ihm etwas zu. Ich sagte: ›Ich werde dich töten.‹ Gemeint habe ich das im übertragenen Sinn – und uns beide. Ich wollte nicht unsere Körper umbringen, sondern das Giftige und Verzweifelte in ihnen, uns wieder daran erinnern, wie sich Gutes anfühlt. Hoffnung. Eine Zukunft. Ich ahnte, dass wir uns gegenseitig helfen konnten, so unvorstellbar uns das in dieser Situation auch vorgekommen sein mag.«

»Deshalb hast du ihn im Gefängnis besucht, danach bei dir aufgenommen und immer zu ihm gehalten, trotz seiner vielen Fehler. Und erst recht in den Situationen, für die er nichts konnte.«

Die feinfühlige Filo schien genau zu erkennen, dass Ben nicht ausschließlich von ihr und Hannes sprach. »Indem ich ihm half, half ich mir selbst, ja.«

Ohne Zweifel führte Ben gerade das ungewöhnlichste Verhör seines Lebens.

Die Sprechstundenhilfe schien sogar ein wenig erleichtert darüber zu sein, ihre Last teilen zu können, und sei es mit zwei Polizisten. »All die Jahre durchlebte ich einen wilden Gefühlsmix aus Schmerz über Justus' Tod, Verwirrung über meine Verbindung zu Hannes und der Tatsache, dass mich all das körperlich krank machte. Das Gift wirkte, obwohl ich es zu bekämpfen suchte, aber negative Gefühle sind hartnäckig. Ich fraß mir einen Schutzpanzer an, konnte nicht mehr arbeiten, verfiel äußerlich. Innerlich allerdings begann ich, mich langsam zu stabilisieren. Als Hannes entlassen wurde, bot ich ihm an, zu mir zu ziehen. Wir hatten des Öfteren darüber gesprochen. Er hatte Angst, mindestens genauso viel wie ich, weil wir beide nicht abschätzen konnten, was dieses Arrangement im täglichen Leben bedeuten würde, also beschlossen wir, es einfach zu versuchen, und überraschten uns gegenseitig damit, dass es funktionierte. Alles schien gut zu werden, umso mehr, als ich Marie traf und plötzlich wieder einen Job hatte, der mich erfüllte, bei einem Menschen, den ich von Anfang an zutiefst schätzte. Gust sah ich in der Zeit kaum, er kam nur in die Praxis, wenn es gar nicht anders ging. Und dann …«

Am Gang wurden Stimmen laut. Und immer lauter. Als Erster sprang Peter Neumüller auf und riss die Tür auf. Ben folgte ihm auf dem Fuß.

»Das ist doch …«, setzte Filo an und stemmte sich ebenfalls aus ihrem Stuhl.

Der Anblick war so skurril wie beängstigend. Hannes Reiters resolute Ärztin stritt sich erbittert mit einem groß gewachsenen, massigen Mann, der ihnen den Rücken zuwandte.

»Lass mi eine, du blöde Kuh!«, schrie er gerade, umklammerte ihre Oberarme und versuchte, die Frau zur Seite zu stoßen. »Ich will zu meinem Buben!«

Die Medizinerin dachte nicht daran, dem nachzukommen, wehrte sich mit aller Kraft und blockierte weiterhin tapfer den Eingang zu Hannes Reiters Zimmer. »Stopp! Schluss, jetzt! Hilfe! Polizei!«

Dann war Peter Neumüller da, riss den dunkelhaarigen Mann von hinten zu Boden, drehte ihn gekonnt in Bauchlage, setzte sich auf ihn und hielt seine Arme im Polizeigriff fest. Die ganz Aktion hatte keine drei Sekunden gedauert.

Schwer atmend rieb die Ärztin sich die Arme. »So ein Vollidiot«, schimpfte sie. »Sicher habe ich morgen überall blaue Flecken. Das war Körperverletzung. Ich mache eine Anzeige!«

Überall am Gang verfolgten inzwischen neugierige Gesichter die Szene. Zwei Krankenschwestern langten ein und versuchten, die Ärztin zu untersuchen. Die winkte ab. »Das machen wir später gründlich, damit wir Beweise haben.«

»Lass mi los, du Wichser!« Der Tobende wand sich unter Peter Neumüllers Gewicht. Davon unberührt drückte ihm der Polizist die Arme etwas nach oben, worauf der Unbekannte vor Schmerzen aufschrie und erschlaffte.

Nur eine war in all dem Tohuwabohu völlig ruhig geblieben. Filo. Gelassen beugte sie sich zu dem Scheusal hinunter und musterte es interessiert. Dessen Gesicht verzerrte sich bei ihrem Anblick zu einer Grimasse. »Hemetsberger, du Sau. Hätt' mir denken können, dass du den kleinen Scheißer nicht aus deinen Krallen lässt.«

Jeder, außer der Mann am Boden, erkannte das »Fick dich« in ihrem Lächeln. »Dezent wie immer, Gust Rachlinger. Dürfen wir erfahren, was du hier zu suchen hast?«

Eine Stunde später war der rabiate Eindringling verhaftet und steckte in einer Ausnüchterungszelle. Später würden Peter Neumüller und Ben zu ihm fahren, doch vorerst gab es anderes zu klären.

Zum Glück war der Ärztin nicht Schlimmeres geschehen. »Alles gut. Es gibt genügend Zeugen für meine Notwehr.« Dennoch war ihr der Schrecken anzumerken.

Trotz der Aufregung brannten die Ermittler darauf zu erfahren, wie der nun auch ihnen bekannte ehemalige Tierarzt sich weiter in die Geschichte einfügte.

Filo bat allerdings um etwas Zeit. »Zunächst möchte ich bitte nach Hannes sehen und bei ihm sein. Treffen wir uns in einer Stunde wieder? Am besten bei Marie in der Praxis. Ich will, dass sie mithört. Außerdem fühle ich mich dort wohler und beschützter als hier.«

Die Polizisten stimmten zu. Für gewöhnlich hätte Ben bei der Aussicht auf ein Treffen mit Marie mit Zurückhaltung und einem unguten Gefühl in der Magengegend reagiert. Nach dem Gespräch mit Filo beschloss er, die Sache diesmal anders anzugehen. Zwar wünschte er sich ein paar Tage nur für sich, um in Ruhe darüber nachzudenken, aber das musste noch warten.

DIE ORDINATION

A Kretz'n.
Ein ausgesprochen schwieriger Mensch.

Die Praxis befand sich im ersten Stock eines Gebäudes direkt an der Bad Ischler Esplanade, unmittelbar neben dem Museum der Stadt.

Die Ermittler hatten Glück und ergatterten einen Parkplatz in der Nähe, normalerweise kein leichtes Unterfangen, denn die Innenstadt mit ihren Attraktionen und Gaststätten war begehrt, beginnend beim Kurpark über die Trinkhalle bis hin zum k.u.k. Hofbeisl oder den beiden Lokalen der Hofzuckerbäckerei Zauner.

Genau dorthin warf Peter Neumüller in diesem Moment einen sehnsüchtigen Blick. Sein Faible für Süßes war legendär und er hätte sichtlich nichts gegen eine Linzertorte, eine Kardinalschnitte oder eine andere köstliche Mehlspeise gehabt, am besten in Kombination mit einem Paar extralanger Sacher-Würstl.

»Später, mein Freund«, grinste Ben angesichts der Wasseransammlung im Mund seines Kollegen. »Erst ruft die Arbeit.«

Voller Elan erklommen sie die Treppen, die am ersten Absatz vor einer weißen geöffneten Tür endeten, neben der auf einem silbernen Schild Maries Name prangte. Sie selbst erwartete die Polizisten am Empfangstresen der Ordination.

»Gehen wir bitte in mein Büro«, schlug sie kurz angebunden vor.

Dort standen bereits eine Kanne mit Kaffee, Milch und ein Teegeschirr. Filo hatte sich mit verschränkten Armen am geöffneten Fenster aufgebaut und sah ihnen gleichmütig entgegen. Wieder fiel ihm auf, dass sie nicht nur irgendetwas angezogen hatte, sondern modische Kleidung trug. Sie sah gut aus. Womöglich auch das ein Zeichen für ein hohes Maß an innerer Ausgeglichenheit trotz der jüngsten Ereignisse. Frustessen schien kein Thema mehr zu sein, genauso wenig wie eine Schutzschicht aus Speck.

»Setzt euch«, bot ihre Gastgeberin an, »und nehmt euch, was ihr wollt.«

Als auch das erledigt war, gab es keinen Grund mehr, noch länger zu warten.

Als Erster ergriff Ben das Wort. »Ich nehme an, Filo hat dich bereits ins Bild gesetzt, Marie. Sowohl über das, was vorhin im Krankenhaus geschehen ist, als auch, warum wir uns hier treffen?«

Sie bestätigte es stumm.

»Gut, dann sei bitte so lieb, Filo, und mach da weiter, wo wir vorhin aufgehört haben. Du hattest also den Job bei Marie angetreten und dachtest, dass sich nun alles zum Guten wenden würde. Was geschah weiter?«

An ihrem wild entschlossenen Blick erkannte Ben, dass sie reden wollte. »Plötzlich stand Gust vor mir, hier in der Ordination. Verlangte, behandelt zu werden. Ich ersparte mir eine Szene und gab nach, nahm es aber zum Anlass, um Marie endlich die ganze Wahrheit zu erzählen. Du fielst aus allen Wolken, Marie, versprachst, Gust an einen anderen Arzt zu vermitteln, was sich als unmöglich erwies. Also einigten wir uns darauf, ihn zu behalten und drüberzustehen. Es war einer der größten Fehler, die ich machen konnte. Denn er brauchte nicht lange, um herauszufinden, dass Hannes bei mir lebte, ein gefundenes Fressen für seine Rachsucht. Mit Akribie und Ausdauer machte er mich daraufhin überall schlecht. Einen Knacki bei mir aufzunehmen, den Mörder meines Sohnes. Wie krank sei ich eigentlich? Sein Problem war aber, dass die Leute nichts mit alldem und insbesondere ihm zu tun haben wollten. Als Nächstes dann der Überfall auf mich in der Praxis. Eine solche Tat passte nicht zu Hannes, brauchte er doch schon längst keine Drogen mehr. Leider schwieg er sich aus, bat mich nur inständig, ihn nicht anzuzeigen. Wenig später traf mich beinahe der Schlag, als ich Hannes und Gust gemeinsam sah. Zufällig, vor einem Wirtshaus in Ebensee. Sofort ahnte ich, was gespielt wurde. Einen Teil bestätigte Hannes dann auch, als ich ihn direkt danach fragte. Zuvor war es ihm peinlich gewesen, es zuzugeben.« Filo hielt kurz inne, schien ihre Gedanken zu schlichten. »Gust hatte mir um jeden Preis wehtun wollen und wie ein Aasfresser gerochen, dass Hannes meine einzig verwundbare Stelle war. Er passte ihn ab und lud ihn zu sich ein, *wegen der guten, alten Zeiten.* Hannes wusste nicht, wie er reagieren sollte, hatten wir doch über alles gesprochen, Gusts Verrat, seine wahren Interessen, seine Niedertracht. Es war ihm nur zu bewusst, und doch kamen ihm seine alten Gefühle für den Mistkerl in die Quere. Also traf er sich heimlich mit ihm. Und Gust spielte sein altes Spiel, tat nett, freundlich, verständnisvoll, entschuldigte sich bei Hannes für sein Verhalten. Was bei uns nie reingegangen wäre, weil wir den falschen Kerl in fünf Sekunden durchschaut hätten, verfehlte bei Hannes leider nicht seine Wirkung. Dann war er plötzlich verschwunden. Ich drehte beinahe durch, weil ich mir ja denken konnte, wo er sich befand. Also fuhr ich nach Lauffen, aber Gusts Haus war leer, Hannes wie vom Erdboden verschluckt. Das Perfide: Kurz danach lief Gust mir über den Weg. Auch das unter Garantie kein Zufall, obwohl er ganz unschuldig tat. Ich überwand mich und fragte ihn, wo Hannes sei. ›Keine Ahnung, meine Liebe‹, säuselte er scheißfreundlich. ›Wahrscheinlich hat er einfach genug von dir. Zu verdenken wäre es ihm nicht. Wer hält es mit einer wie dir schon aus? Da ergreift doch jeder die Flucht.‹ Damit war mir klar, dass er ganz genau Bescheid wusste und sein Plan aufgegangen war, mich zu verletzen. Viel schwerer allerdings wog die Sorge um Hannes.« Sie atmete tief durch. »Ich hatte nichts in der Hand, außer an Gust dranzubleiben, und wurde zu seinem Schatten. Legte mich auf die Lauer, bei meiner Körperlichkeit alles andere als lustig. Aber es musste sein. Ich war auf mich allein gestellt, niemand konnte mir helfen. Auch du nicht, Marie. Nach zwei Tagen machte Gust seinen Fehler. Ich folgte ihm bis nach Hallstatt, in ein Haus an der Müller-stiege. Zum Glück war auch er ein körperliches Wrack, deshalb konnte ich mit ihm mithalten. Ihr könnt euch viel-leicht denken, wie erstaunt ich war, in diesem Gebäude das Elternhaus meiner alten Freundin Burgi Lackner zu erken-nen. So gut ich konnte, versteckte ich mich. Bei den vie-len Touristen war das gar nicht so schwer. Zumindest fiel ich niemandem auf. Doch statt Burgi oder Hannes tauchte schließlich ein ganz anderer alter Bekannter auf: Theo Püh-ringer. Ich kannte mich nicht mehr aus. Was wurde hier gespielt? Ich rief Burgi an. Sie meinte, dass Theo Pühringer das Haus gekauft hätte. Sie alle wollten nach Michae-las Tod nicht mehr dort leben. Hannes sah ich nicht. In der Nacht rief mich dann eine Freundin, sie ist Krankenschwester, aus dem Spital an. Man hätte Hannes aufgenommen. Mit einer Überdosis Fentanyl. Womöglich habe er versucht, sich umzubringen. Ich raste hin. Man erzählte mir, dass er gemeinsam mit Theo Pühringer eingeliefert worden war, der an einem massiven Schwächeanfall leide. Gefühlt zehn Sekunden später stand ich an Pühringers Bett. Er war ein Häufchen Elend, meinte, erst am Vorabend nach einer stationären Chemo samt längerer Erholungsphase aus Linz gekommen zu sein. Er habe Hannes benommen im Sarg liegend vorgefunden, daneben das Fentanyl. Hannes' Erklärung: Er hätte es irrtümlich geschluckt. Stellt euch das vor! Nach Hause zu kommen und auf seinem Dachboden einen verletzten Ex-Klienten vorzufinden, den man jahrelang nicht gesehen hat. Der ihm noch dazu nicht sagen will, wie er dorthin gelangt ist. Pühringer glaubte sich verfolgt und dass Hannes ein Einbrecher im Drogenrausch sei. Nur die Angst um seinen guten Ruf, aber auch vor strafrechtlichen Konsequenzen, führte dazu, dass er Hannes half. Sein ursprünglicher Plan war gewesen, dabei unerkannt zu bleiben, aber sein Kreislaufzusammenbruch machte ihm einen Strich durch die Rechnung. Trotz allem tat Pühringer mir leid. Die ganze Geschichte stank von hinten bis vorne zum Himmel. Dass Gust seine Finger im Spiel hatte, lag auf der Hand. Aber Hannes schwieg sich aus. Und den Idioten Gust zu fragen, ersparte ich mir lieber gleich. Ich holte den Buben nach Hause und redete ihm ins Gewissen. Kein Gust mehr. Keine Lügen. Keine Alleingänge. Stattdessen Arbeit, wie zum Beispiel am Liachtbratlmontag. Was dabei herauskam, wissen wir leider.«

Erschöpft hielt sie inne.

Eine schlimme Geschichte, aber auch eine, die endlich vieles erklärte. Ben empfand die Zusammenhänge als schlüssig, wenngleich sie ihn in seinen aktuellen Fällen nicht wirklich weiterbrachten. Mit Sicherheit wusste er nur eines: Gust Rachlinger war ein Haderlump erster Güte. Was aber war wirklich in Theo Pühringers Haus vorgefallen? Und was auf der Straße zum Bahnhof? Hatte Gust Rachlinger Hannes niedergefahren? Aus welchem Grund?

Gerade wollte Ben mit der Befragung fortfahren, als er durch einen Anruf unterbrochen wurde.

Hannes Reiters Herz hatte aufgehört zu schlagen.

DAS KRANKENHAUS

Zidan wia a Lamplschwaf.
Sich aus Angst beinahe in die Hose machen.

Aufgelöst stürzte Filo auf die Ärztin zu, die vor der Intensivstation auf sie gewartet hatte.

»Was ist mit ihm?«

Die Medizinerin blieb entspannt. »Bitte beruhigen Sie sich, Frau Hemetsberger. Es ist leider so, dass Herr Reiter durch seine Magersucht und seine schlechte Konstitution sehr geschwächt ist. Für den Augenblick konnten wir ihn stabilisieren, aber wir müssen abwarten, wie sich alles entwickelt.«

Das war nicht das, was Filo hatte hören wollen. Immerhin lebte Hannes aber.

Auch Ben war der Schreck gehörig in die Glieder gefahren.

Behutsam berührte er die aufgewühlte Frau an der Schulter. »Soll ich dich heimbringen? Hier kannst du im Augenblick nicht viel tun.«

Wider Erwarten nickte sie.

Zehn Minuten später bremste Ben vor dem Haus in der Rettenbachwaldstraße. Der Bungalow war nur durch eine Reihe von Büschen und Bäumen vom Rettenbach getrennt, der aus dem Hochtal herabfloss. Etwas weiter hinten befand sich die gleichnamige malerische Alm, ein Lieblingsjagdrevier Kaiser Franz Josephs.

Das schindelgedeckte Häuschen war bereits in die Jahre gekommen, aber gut erhalten und gepflegt, umgeben von einem kleinen Garten voller alter Obstbäume.

Müde rutschte Filo vom Autositz. Hielt inne. Warf den beiden Ermittlern einen nachdenklichen Blick zu. »Wisst's was, kommt's doch herein. Ich mag jetzt nicht allein sein, warum also nicht den Rest der Geschichte hören, soweit ich sie kenne?«

Überrascht stimmte Ben zu.

Wenig später hatten sie in der winzigen, aber gemütlichen Wohnküche Platz genommen. »Ich brauch ein Bier«, stöhnte die Hausherrin, »seid's noch im Dienst oder trinkt's eines mit?«

»Ich bin definitiv schon im Feierabend«, sagte Peter Neumüller wie aus der Pistole geschossen. Ben nickte ebenfalls.

»Also, wo waren wir stehen geblieben?«, versuchte Filo, den Faden wiederzufinden.

»Letztes Wochenende«, half Ben ihr aus. »Als Hannes erneut verschwand.«

Sie trank einen Schluck ihres Zwickl und suchte nach einem Anfang. »Ich habe gelogen. Hannes rief mich zwar an, aber nicht mit der Bitte, ihn aus St. Wolfgang zu holen, sondern um mir zu sagen, dass er ein paar Tage untertauchen würde. Er brauche Zeit für sich. Ich raste hin, aber er war schon weg und unauffindbar, hatte sein Telefon ausgeschaltet. Naturgemäß vermutete ich eine erneute Blödheit von Gust. Es dauerte ein wenig, doch dann schwante mir, wo die beiden sein könnten. Theo Pühringer war tot, was im Umkehrschluss hieß, dass sein Haus jetzt sturmfreie Bude war. Für euch galt sein Tod als Selbstmord, die Gefahr, entdeckt zu werden, schien überschaubar. Wir beschlossen, es zu überprüfen. Diesmal ging ich aber nicht allein, sondern bat Burgi mitzukommen. Als wir ankamen, war das Haus dunkel, also schlichen wir uns hinein. Es roch schlecht, wirkte bewohnt. Wir sahen uns um, in jedem Zimmer, doch weit und breit keine Spur von den beiden. Blieb nur noch dieser vermaledeite Dachboden mit dem schrecklichen Sarg. Die Luke war versperrt. Wir holten den Schlüssel aus der Lampe, kletterten hinauf. Und dort fanden wir Hannes dann tatsächlich.« Die Frau war wütend. Zittrig. Angeekelt. Unruhig. Alles zugleich. »Er hockte am Boden, war verängstigt, stank. Wir fackelten nicht lange und brachten ihn nach unten. Er heulte die ganze Zeit, meinte, hierbleiben zu *müssen*. Wenn nicht, würde Gust etwas ganz Schreckliches tun. Etwas richtig Furchtbares. Er könne keinesfalls weg. Er wehrte sich mit Händen und Füßen. Also setzten wir uns an den Küchentisch. Es war gefährlich. Gut möglich, dass man uns entdecken oder dass Gust auftauchen würde. Doch selbst wenn, war es mir längst egal. So wie Hannes beieinander war, hatte er ihn genötigt, gezwungen, der Freiheit beraubt. Alles kriminell. Gemeinsam versuchten wir, den armen Kerl zu beruhigen. Allerdings wollte er uns partout nicht erzählen, was mit ihm geschehen war. Er schwieg, so verstockt wie verstört. Burgi und ich kamen überein, dass sie ihn mit zu sich nach Hause nehmen und ich auf den Wahnsinnigen warten würde. Zum Glück machte Hannes mit. Ich war auf 180, hatte echt zu tun, mich zusammenzureißen. Aber Gust kam nicht. Aus jetziger Sicht denke ich, dass er uns beobachtet haben und Burgi gefolgt sein muss. Woher sonst hätte er wissen können, wo Hannes sich befand?«

»Du meinst«, schlussfolgerte Ben, »dass er sich auf die Lauer legte und den richtigen Moment abpasste, um ihn zu töten?«

Filo schnaubte. »Was denn sonst? Er ist doch der Einzige, der einen Grund dafür hat.«

»Welchen denn?«

»Wenn ich das wüsste, Ben. Für mich sieht die ganze Aktion nach Folter aus. Ich denke, dass Hannes etwas weiß, was für Gust brandgefährlich ist. Er muss ihn massiv bedroht haben. Gut möglich, dass Burgi und ich im letzten Augenblick gekommen sind. Vielleicht ist es auch etwas, was in dem Haus ist, denn warum sonst hätte Gust es riskieren sollen, Hannes dorthin zu locken? In seinem eigenen wäre er doch viel sicherer gewesen.«

Oh ja, Hannes Reiter war ohne Zweifel der Schlüssel zu allem. Inständig betete Ben, dass der junge Mann überlebte.

Die drei Seiterl Bier waren inzwischen ausgetrunken.

»Wollt's noch eines?«, fragte Filo und war schon wieder auf dem Weg zum Kühlschrank.

Ben verneinte, Peter Neumüller war nicht so zurückhaltend. Als Filo sich wieder setzte, legte Bens Kollege einen rasanten Themenwechsel hin. »War Gust eigentlich auch beim Liachtbratln dabei, als Hubert Holzinger ermordet wurde? Ich erinnere mich nicht mehr an alle über 70 Namen auf der Liste.«

Filo nickte. »Aber die beiden waren Kumpel. Gust hat Hubert nicht umgebracht, da bin ich mir sicher.«

Woher nahm Filo diese Gewissheit? Bei einem so jähzornigen, unberechenbaren Egomanen war doch alles möglich. Eine Kleinigkeit genügte, um ihn in Rage zu bringen, umso mehr unter Alkoholeinfluss. Was, wenn Hubert Holzinger seinen Freund provoziert hatte? Womöglich ohne Absicht? Und Gust Rachlinger wieder einen seiner Auszucker bekommen hatte?

»Jedenfalls müssen wir herausfinden, wo Gust Rachlinger sich zu dem Zeitpunkt befunden hat, als Hubert Holzinger umgebracht wurde. Hast du ihn gesehen?«

»Er stand die ganze Zeit bei den Zechern an der Bar. Schüttete einen Schnaps nach dem anderen in sich hinein, schwankte und lallte, war wieder einmal vollkommen betrunken und damit unfähig, Hubert das anzutun, was ihm passiert ist. Ich finde Gust nichts als abscheulich, aber da muss ich für ihn sprechen.«

Mochte sein, dennoch würden sie umgehend noch einmal mit Rudi Zoidl Kontakt aufnehmen und dessen Sichtweise einholen. »Rufst du ihn bitte an, Peter?«

Ben ließ das Thema von vorhin nicht los. »Ich glaube auch immer mehr, dass Gust einen unliebsamen Zeugen beseitigen wollte, ihn erfolglos gequält, verfolgt und niedergefahren hat. Damit würde auch ins Bild passen, dass er heute im Krankenhaus aufgetaucht ist. Vielleicht für einen zweiten Versuch, vielleicht, um Hannes noch mehr Angst zu machen. Ich bezweifle allerdings, dass wir auch nur ein Sterbenswörtchen aus ihm herausbekommen werden. Er wird den Teufel tun, sich um Kopf und Kragen zu reden.«

Filo schüttelte sich. »Hubert Holzinger. Theo Pühringer. Gust Rachlinger. Was für eine Bagage! Ohne Zweifel ist Gust der größte Mistkerl von den dreien, aber verstehe einer ihre seltsame Auffassung von Freundschaft. Männerehre? Das ist doch nichts als erbärmlich!«

Leider war Gust Rachlinger nicht zu belangen, sollte Hannes Reiter weiterhin schweigen und sich zudem herausstellen, dass der Tierarzt beim Liachtbratln tatsächlich nicht vor der Tür gewesen war.

Indessen hatte Peter Neumüller Rudi Zoidl erreicht und stellte auf Lautsprecher.

»Der war am Tresen oder am Klo. Zur Sicherheit frag ich schnell noch den Fredl Wöginger, der die ganze Zeit danebengestanden hat, und ruf euch zurück.«

Zehn Minuten später hatten sie die Bestätigung. »Fredl ist sich auch sicher. Außerdem war Gust so dicht, dass er eher selbst auf den Grillrost gefallen wäre, als jemanden zu stoßen.«

Womit sie wieder am Anfang standen.

»Nun werden wir zwei Dinge tun«, schlussfolgerte Ben. »Zum einen hoffen, dass Hannes Reiter bald vernehmungsfähig ist und, trotzdem ein Erfolg unwahrscheinlich ist, unser Glück bei Gust Rachlinger versuchen. Vielleicht macht er einen Fehler. Jedenfalls wird das ein harter Brocken.«

IN DER AUSNÜCHTERUNGSZELLE

A schlatziges Schlaucherl.
Ein schleimiger, listiger Mensch.

Der Verdächtige hockte mit abwehrend verschränkten Armen auf dem unbequemen Stuhl.

Man hatte ihn in einen kahlen Raum gebracht, in dem drei Stühle und ein Tisch standen und ein halb verdursteter Gummibaum sich erfolglos um etwas Flair bemühte.

Ben sah sich einem halbwegs nüchternen, groß gewachsenen, schweren Mann in langen Lederhosen sowie einem zerknitterten karierten Hemd samt gestricktem Gilet gegenüber. Seine dunklen Haare trug er kurz geschnitten, die Nase war rötlich verfärbt und von geplatzten Äderchen durchzogen, das Gesicht aufgeschwemmt. Unmissverständliche Zeugen seiner Alkoholsucht.

Beim Blick in seine wütenden blauen Augen konnte es einem kalt über den Rücken laufen. Ben allerdings erlebte dergleichen nicht zum ersten Mal, ließ die bedrohliche Aura des Mannes an sich abprallen.

Sie hatten beschlossen, mit der Tür ins Haus zu fallen und den Tierarzt in die Ecke zu drängen. »Hallo, Herr Rachlinger, ich bin Ben Achleitner, das ist Peter Neumüller. Was wollten Sie heute im Krankenhaus von Hannes Reiter?«

Rachlingers Miene verzog sich zu einem spöttischen Grinsen. »Ihn sehen, er ist ein lieber Freund.«

»Frau Dr. Schandl hat sehr klar zum Ausdruck gebracht,

dass er nicht besucht werden durfte. Sie haben sie tätlich angegriffen. Die Anzeige ist bereits erstattet.«

Wenn ihm das Sorge bereitete, verbarg der Verdächtige es perfekt. »Na und? Es tut mir leid. Ich entschuldige mich höflichst, aber man hinderte mich daran, zu Hannes zu gelangen. Ich war außer mir, fühlte mich in meinem freien Willen beeinträchtigt.«

»Nochmals die Frage: Warum wollten Sie denn unbedingt zu ihm?«

»Ich bitte Sie, Herr Achleitner, ein alter Bekannter hatte einen Unfall. Da besucht man ihn doch.«

Ben bewahrte die Contenance. »Wir wissen doch beide, dass mehr dahintersteckt.«

»Ach ja?«, kam es herablassend zurück. Der Mann war in der Tat alles andere als ein Sympathieträger. Andererseits ging es für ihn auch um Kopf und Kragen.

»Ich habe keine Lust auf Spielchen, Gust. Bitte ersparen Sie uns die. Dass Hannes Reiter Ihr willfähriges Opfer war, ist hinlänglich dokumentiert. Sie hatten Ihren Spaß mit ihm, haben ihn gequält und manipuliert. Er war und ist ein Versuchskaninchen für Ihre grausamen Ideen. Dabei war es Ihnen egal, dass es sich bei ihm um einen zutiefst verletzten Menschen handelt, der Ihren Sadismus als Zuneigung missinterpretierte. Im Gegenteil, seine Sensibilität kam Ihnen zugange.«

Gust Rachlinger hatte, ohne mit der Wimper zu zucken, zugehört und schien eher amüsiert denn betroffen darüber, dass man ihn durchschaute. »Ist das gesetzeswidrig?«

»Leider nein, und das nutzten Sie auch schamlos aus.«

Auch das schien ihn nicht weiter zu berühren. »Und?«

»Und wir wissen Bescheid über Ihre Bestialitäten. Zum Beispiel wurden in seinem Blut Spuren von Vomisal nachgewiesen. In einer sehr hohen Dosis. Ich nehme an, das Mittel ist Ihnen bekannt?«

Gust Rachlingers Augen wurden eiskalt, während Ben fortfuhr zusammenzufassen, was sie, dank der Hilfe von Dr. Schandl und Marie, herausgefunden hatten.

Peter Neumüller war die leere Glasflasche vom Dachboden nicht aus dem Kopf gegangen. Also hatte er gebeten, Hannes' Blut darauf zu untersuchen. Tatsächlich waren sie fündig geworden.

»Hauptinhaltsstoff ist Ipecacuana, eine in hohen Dosen sehr giftige Wurzel aus den Regenwäldern Mittel- und Südamerikas. Auf Deutsch heißt sie Brechwurz. Und genau das ist sie auch. Sie verursacht starkes Erbrechen. Bis vor nicht allzu langer Zeit hat man es Menschen verabreicht, die des Drogenhandels verdächtigt wurden, um Beweismittel sicherzustellen, die verschluckt wurden. Bis einige daran gestorben sind. Und wissen Sie, was so ganz besonders an diesem Zeug ist? Dass es auch bei Tieren eingesetzt wird. Wir vergleichen gerade Ihre Fingerabdrücke und sind sicher, dass wir sie auf einem Fläschchen finden werden, das wir auf Theo Pühringers Dachboden gefunden haben. Für Sie als Tierarzt war es wohl kein Problem, unauffällig an das Mittel zu kommen, über dessen Wirkung Sie in Ihrer Funktion wohl ganz genau Bescheid wussten, oder?«

Mit verschränkten Armen und ausgestreckten Beinen hing Gust Rachlinger in seinem Sessel. Antwort gab er keine.

»Sie haben Hannes wiederholt und über einen längeren Zeitraum hohe Dosen verabreicht, woraufhin er sich dermaßen erbrochen haben muss, dass letztlich seine Magenschleimhäute angegriffen wurden, zudem bekam er blutigen Durchfall, kratzte am Schock. Die Frage ist nun, warum. Es gibt drei Optionen: Sie wollten Ihren Sadismus pflegen und sehen, wie viel ein Mensch dahingehend aushält, etwas von ihm in Erfahrung bringen oder Hannes Reiter auf eine ebenso grausame wie für Sie ungefährliche Art und Weise umbringen. Sie wussten, dass Hannes schon früher mit Ipecacuana in Verbindung gekommen war. Er war magersüchtig, nahm es, um sein Essen wieder loszuwerden.«

All das stand in Hannes' Krankenakte und passte ins Bild, das Peter Neumüller und Ben auf dem Dachboden vorgefunden hatten. Die Untersuchungen im Krankenhaus fügten sich ebenfalls perfekt ein.

»Raffiniert, Gust, das muss man schon sagen. Wären Sie damit durchgekommen, hätte es wie Selbstmord ausgesehen, und Sie wären Hannes losgewesen.«

An dieser Stelle seines Monologs hielt Ben inne. Peter Neumüller hatte den Verdächtigen keine Sekunde aus den Augen gelassen, um dessen Reaktion zu beobachten. Die minimal ausgefallen war.

»Ist ja alles ganz nett, was Sie da erzählen, *Benediktus*«, betonte Gust Rachlinger den Namen von oben herab, »aber beweisen können Sie gar nichts. Oder hat der gute Hannes nach seinem Totalausfall etwa wieder sprechen gelernt?«

Insgeheim wunderte Ben sich sehr. Woher war dieser Kerl sich bloß so sicher, dass sein Opfer ihn nicht auffliegen lassen würde, sobald es erwachte?

Irgendetwas passte hier gar nicht zusammen, oder besser gesagt, nur für diesen widerlichen Menschen ihm gegenüber. Obwohl Ben ihn nichts als abstoßend fand, setzte er eine neutrale Miene auf.

»Also nicht«, grinste der Tierarzt. »Wenn das alles ist, würde ich jetzt gerne gehen. Sie haben mich ohnehin schon zu lange festgehalten. Ich kenne meine Rechte, werde aber mal nicht so sein, ihr Süßen.«

Betont langsam stand er auf und machte Anstalten, Ben auf die Schulter zu klopfen. Schnell brachte der sich in Sicherheit. »Setzen Sie sich, Gust, wir sind noch nicht fertig.«

Mit einem niederträchtigen Grinsen tat Gust Rachlinger wie geheißen.

Ben ignorierte die Provokation. »Ist Theo Pühringer tatsächlich gesprungen? Oder haben Sie, aus welchen Gründen auch immer, nachgeholfen?«

Bei Bens letztem Satz war der Mann hochgefahren. Sein Gesicht hatte sich binnen Millisekunden zu einer Fratze verzerrt. »Wie können Sie es wagen? Theo war ein echter Freund, ein toller Kerl, der immer zu mir stand. Es ging ihm saudreckig, wie Sie ja inzwischen wohl wissen, er hatte höllische Schmerzen und verdammte Angst vor dem Sterben. Seine Alte hat ihn im Stich gelassen, es war ihr egal, dass er einsam verrecken würde. Aber ich war für ihn da, bis zum Schluss. Gab ihm Morphium. Er bat mich sogar darum, ihm eine tödliche Dosis zu verabreichen, aber das schaffte ich nicht.«

Wie krank war der Typ eigentlich? Bei Menschen, die ihm nichts bedeuteten, grub er die schlimmsten Scheußlichkeiten aus und trieb sie in den Tod, aber einem dahinsiechenden Freund das Ende zu erleichtern, ging ihm gegen den Strich?

»Ist er gesprungen, weil er nicht länger leiden wollte?«

»Möglich. Kurz davor war ich noch bei ihm, da schien er zwar deprimiert, aber stabil.«

»Wenn es tatsächlich sein Plan war, warum hat er sich dann nicht einfach erschossen?«

»Er meinte, den Schlüssel für die Dachluke verlegt zu haben.«

Der Typ log, und das nicht einmal besonders gut. Irgendetwas musste zwischen den Männern vorgefallen sein, etwas Schlimmes, das Pühringer schockiert haben musste, vielleicht so sehr, dass er aus dem Haus gewankt war und sich umgebracht hatte. Der Anwalt hatte an Recht und Gesetz geglaubt und sich von allen verlassen gefühlt, außer von dem einen Menschen, der ihn womöglich am meisten belogen und hintergangen hatte. Dem Einzigen, der ihm mit seinen Schmerzen und in seiner Verzweiflung noch helfen konnte, von dem er aber keine Hilfe mehr wollte.

Hatte es Streit gegeben? Hatte Pühringer gedroht, Rachlinger auffliegen zu lassen? Kurzum: Hatte Gust Rachlinger auch Theo Pühringer auf dem Gewissen? Bei dessen Tod – zumindest indirekt – nachgeholfen? Oder auch direkt? Denn wie hätte der todkranke, geschwächte Mann den steilen Weg zum Skywalk sonst schaffen sollen? Allein? In seiner körperlichen Konstitution? Und warum auch?

Ben ersparte es sich, dem Verdächtigen all diese Fragen zu stellen. Er würde keine Antwort bekommen. Womöglich nie.

»Lassen wir Theo Pühringer und kommen wir jetzt zu Hubert Holzinger. Haben Sie gesehen, wer ihn umgebracht hat? Immerhin waren Sie ja vor Ort!« Peter Neumüllers Frage kam aus dem Nichts.

Das ohnehin schon rotgeäderte Gesicht des Verdächtigen verfärbte sich noch mehr. »Nein, leider nicht. Aber wenn ich den mörderischen Scheißkerl zwischen die Finger kriege, kann er was erleben. Auch Hubert war ein echter Freund.«

Da wäre sie wieder, die seltsame Männerehre …

Ben reichte es. »Gehen wir, Peter«, presste er schon im Aufstehen hervor. »Hier ist mir die Luft zu schlecht!«

»Aber, aber, Benediktus!«

Aufreizend lehnte Gust Rachlinger sich zurück und grinste den Ermittlern ins Gesicht. »Für mich gilt die Unschuldsvermutung. Du wirst dich doch auch in meinem Fall an die Vorschriften halten, oder?«

Gust Rachlinger war einfach durch und durch ein Fiesling.

Hoffentlich einer, dem sie das Handwerk legen würden.

DER NÄCHSTE MORGEN

Hoit mi net länger am Schmäh.
Ich denke, es ist wichtig, ab sofort ehrlich zueinander zu sein.

Mit verwuschelten Haaren und verklebten Augen stand Ben vor seiner Hütte und schlürfte einen Kräutertee. Halb acht durch, und er hatte den wichtigsten Anruf des Tages schon hinter sich. Hannes Reiter war wieder stabil, aber noch immer im Tiefschlaf.

Vergeblich bemühte Ben sich, Hirn und Körper auf Vordermann zu bringen. Zu tief steckte ihm die Müdigkeit in den Knochen.

Ein Gedanke schlich sich heran und setzte sich fest.

Warum nicht? Einen Versuch war es wert.

Spontan stellte er die Tasse zur Seite, zog sich Jeans, Sweater und seine leichte Daunenjacke an und setzte sich hinters Steuer. Diesmal würde er allein kommen. Und sie mit etwas Glück auch allein vorfinden.

Über Obertraun lag dichter Nebel. In der Nacht hatte es noch mal abgekühlt. Gut möglich, dass es oben am Dachstein schon schneite. Der Winter nahte.

Kein Auto stand in der Zufahrt, das Haus schien verwaist.

Schrill tönte die Klingel durch das Gebäude.

Ben wartete, doch nichts rührte sich. Ein kleiner Pfad führte links an einer Regentonne vorbei auf die dem Wald zugewandte Rückseite. Doch auch in diesem Teil des Anwesens regte sich keine Menschenseele. Er rang mit sich. Kam zu einem Entschluss. Eine Stunde würde er warten, sonst ein anderes Mal wiederkommen.

Die 60 Minuten waren nicht nötig. Bereits nach der Hälfte der Zeit entdeckte er sie im Rückspiegel, an ihrer Seite trabte ein Labrador. Auch die Frau in der grünen Outdoorjacke hatte sein Auto bereits gesehen und blieb stehen. Zum Glück war der Hund an der Leine.

Er stieg aus. »Guten Morgen, Burgi. Entschuldige bitte den Überfall, aber ich denke, dass wir beide uns einmal allein unterhalten sollten.«

»Worüber?«, fragte sie zurückhaltend und kam langsam näher. Der Hund knurrte.

»Über eure Familiengeschichte. Gust Rachlinger mauert. Wenn Hannes Reiter nicht spricht, werden wir ihn nicht drankriegen. Willst du, dass er weiterhin ungestraft durch die Gegend rennt und seinen Untaten nachgeht? Oder hilfst du mir endlich?«

In ihrem Gesicht spiegelte sich eine ganze Palette an widersprüchlichen Gefühlen. Ungeduldig wartete Ben ab. Komm schon, dachte er, gib dir endlich einen Schubs!

»Hm«, sagte sie indifferent. Noch war sie sich also nicht sicher, was sie tun würde.

Neugierig beschnüffelte der schwarze Labrador seine Schuhe. Nachlässig tätschelte Ben dessen Kopf und betrat die Küche. Ungefragt nahm Burgi Lackner eine Kanne mit Kaffee vom Herd und schenkte ihnen ein.

»Also, was willst du wissen, Ben?«

»Wer ist Ingrids Vater?«

»Das wissen wir nicht, Michi hat es uns immer verschwiegen.«

So würde das nichts werden.

»Ich sag dir etwas, Burgi. Ingrid ist groß und dunkelhaarig. Hat durchdringende hellblaue Augen. Ein markantes Gesicht. So richtig ist mir die Ähnlichkeit erst gestern aufgefallen. Und zwar beim direkten Verhör von Gust Rachlinger.«

Die ganze Nacht hatte ihn der Gedanke umkreist. Erst zeitig in der Früh war er plötzlich greifbar geworden – und der Grund gewesen für seine spontane Aktion.

»Du hast scharfe Augen, Ben«, seufzte sein Gegenüber.

»Ist er es? Und welche Geschichte steckt dahinter? Michi und dieser Unmensch? Wie kann das sein?«

Sie biss sich auf die Lippen. »Wir wollten nie mehr darüber reden, haben es uns geschworen. Aber unter den jetzigen Umständen ist es wohl besser, es doch zu tun, da hast du recht. Und auch, dass Ingrid nicht dabei ist.«

»Sehe ich auch so. Magst du gleich anfangen, am besten von ganz vorne?«

Sie seufzte tief. »Also gut, kurz und knapp. Gust hat Michi nach einem Zeltfest vergewaltigt, was er immer abgestritten hat. Sie wollte sich die Schande ersparen, ging nach Linz, kam erst zur Geburt zurück, behauptete allen gegenüber, der Vater sei verstorben. Gust wusste nichts von dem Kind. Sie wollte den Kerl nie wiedersehen. Jahrelang lebten wir in Frieden. Dann lernte Michi Hubert Holzinger kennen. Die beiden waren sehr verliebt. Plötzlich tauchte Gust in dessen Umfeld auf. Sah Ingrid und wusste sofort Bescheid. Er drohte Michi, Hubert alles zu verraten. Sie entschied, es ihm lieber selbst zu erzählen. Doch statt hinter ihr zu stehen, zog der nutzlose Kerl den Schwanz ein und sprach mit Gust. Der selbstverständlich alles anders darstellte. Es endete damit, dass Hubert Schluss machte.

Michi war fix und fertig. Umso mehr, als sie ihre Schwangerschaft entdeckte. Sie rief Hubert an, der meinte, sie solle abtreiben. Das Kind könne nicht von ihm sein.«

Wahre »Ehrenmänner«.

»Brachte sie sich deshalb um?«

Burgi Lackner verzog die Lippen. »Im Grunde war sie ein geerdeter Mensch. Nach wie vor kann ich es mir nicht vorstellen. Aber was soll es denn sonst gewesen sein?«

»Weiß Ingrid Bescheid?«

»Nein. Sie ist labil. Wozu wissen, was für ein Dreckskerl ihr Erzeuger ist? Michi hat es auch nur mir erzählt. Selbst Anni ist nicht eingeweiht. Filo schon, sie hat Augen im Kopf und mich direkt gefragt.«

Einmal mehr hatte Bens Instinkt ihn nicht getäuscht und ihm mit Burgi Lackner den richtigen Weg gewiesen. »Gibt's eigentlich Beweise für Gusts Vaterschaft?«

»Außer Ingrids Ähnlichkeit mit ihm, meinst du? Nein, keinen DNA-Nachweis oder so, wenn du das meinst. Wozu auch?«

»Gusts Erbe? Außer Ingrid hat er keine Verwandten, von denen wir wissen.«

Sie zuckte mit den Schultern. »Sein Blutgeld wollen wir soundso nicht.«

»Aber es würde Ingrid absichern.«

»Vielleicht. Trotzdem sollen er und sein Geld bleiben, wo der Pfeffer wächst.«

Eine letzte Frage brannte Ben auf der Seele, auch wenn sie nicht direkt mit den Fällen zu tun hatte. »Was habt ihr eigentlich mit dem Geld vom Hausverkauf gemacht?«

Sie überraschte ihn mit einer klaren Antwort. »Die Spielschulden meines Ex bezahlt. Und den Kredit dieses Hauses. Wir standen kurz vor der Pfändung. Trotzdem hätten wir das in Hallstatt lieber behalten, es gehörte zur Familie. Aber was soll's. Jetzt sind die Männer weg und wir haben endlich Ruhe. Leider können wir es uns nicht leisten, Ingrid zum Studieren zu schicken. Das Mädl tut mir so leid.«

»Danke für deine Offenheit, Burgi. Ich melde mich, wenn ich etwas Neues erfahre.«

Die Frau am Küchentisch nickte mit gesenktem Kopf.

Im Auto wartete Ben noch ein Weilchen, ehe er den Motor startete. Das Weichei Hubert Holzinger hatte seine schwangere Freundin sitzen lassen und gewusst, was für ein Drecksack Gust Rachlinger gewesen war. Dennoch hatten sie am Stammtisch zusammengehockt. Wie fühlte man sich dabei, so viel Dreck einfach unter den Teppich zu kehren und so zu tun, als sei nichts gewesen?

Und noch eine Frage drängte sich auf: Gab Hubert Holzingers Verhalten ein Mordmotiv her? Was, wenn Ingrid Kirchschlager doch Bescheid wusste und ihre Mutter hatte rächen wollen?

LAUFFEN

Grindige Hittn.
Ein ziemlich heruntergekommenes Etablissement.

Tags darauf saßen die beiden Ermittler gemeinsam vor Bens Hütte beim Frühstück. War es in den letzten Tagen empfindlich kalt gewesen, so sorgte eine massive Föhnlage seit der Nacht für Kopfwehwetter. Tatsächlich verspürte Ben einen leichten Druck hinter den Schläfen.

Vor etwa einer halben Stunde war Peter Neumüller aus Linz gekommen. Aus einem guten Grund. Die Medizinerin im Salzkammergut-Klinikum war am Vorabend guter Dinge gewesen, dass Hannes Reiter heute endlich vernehmungsfähig sein würde.

»Im Augenblick können wir wenig tun, außer abzuwarten, bis Dr. Schandl sich meldet. Vielleicht bringt es etwas, bis dahin noch mal nach Hallstatt zu fahren und den alten Kilian zu befragen. Ich möchte ihm Fotos von Reiter und Rachlinger zeigen.«

»Einen Versuch ist es wert«, bestätigte Peter Neumüller Bens Idee. »Zwar wissen wir, *dass* alle dort waren, nicht aber, wann genau.« Der stämmige Polizist schob sich den letzten Bissen Wurstbrot in den Mund und stand auf. »Ich brenne darauf, den Alten wiederzusehen. Er ist so charmant, und ich mag seine geschliffene Ausdrucksweise.«

»Man kann auch mit wenigen Worten viel sagen.«

»Darin ist er Weltmeister.« Damit schwang sich Bens Kollege hinters Steuer.

Während die Landschaft an ihnen vorbeiflog, hing jeder seinen Gedanken nach. Wieder einmal sehnte Ben sich nach mehr Zeit für eine Bergtour oder eine Ausfahrt mit dem Mountainbike, ehe der erste Schnee auf den Almen es verunmöglichte. Vor allem aber sehnte er sich danach, endlich aufzuklären, was mit Hubert Holzinger und den anderen passiert war. Vorher würde auch der imposanteste Gipfel ihm keine Ruhe verschaffen.

Mit einem Mal unterbrach das Geräusch einer eingehenden Nachricht die Stille.

Neugierig überflog Ben die Signal-Message. »Das ist jetzt nicht wahr. Tobias, du Teufelskerl! Fahr mal rechts ran, Peter, das musst du sehen.«

Sekunden später beugten die beiden sich über das Display.

»Ha!«, entfuhr es Peter Neumüller erfreut. »Ich denke, Kilian kann noch warten. *Das* ist dringender!«

Lauffen.

Der älteste Markt des inneren Salzkammergutes. Im Mittelalter wichtiger Mautpunkt, danach immer mehr dem Verfall preisgegeben. In dem kleinen Wallfahrtsort zwischen Bad Ischl und Bad Goisern lebten nur noch wenige Hundert Einwohner. Seit in den 1970er-Jahren zunächst die Volksschule und später der letzte Kaufladen sowie das Postamt schließen mussten, waren viele weggezogen. Doch gerade wegen des maroden Zustands war der Ort die ideale Kulisse für einen Film von Harald Sicheritz gewesen.

Die Stromschnellen rauschten so laut, dass Peter Neumüller seine Stimme erheben musste, als er auf eines der wenigen neu renovierten Gebäude deutete. »Dort gehen wir nachher essen. Die *Wes'n* hat wieder offen und ist super!«

Ben verdrehte die Augen. Wieder einmal war Peter Neumüllers Appetit durch nichts zu erschüttern. Oder vielleicht doch, nach all dem, was sie über Gust Rachlingers versifftes Haus vernommen hatten.

Er sah sich um. Von Erneuerungen war hier nichts zu erkennen. Man hatte das Ding vor langer Zeit direkt an den Fluss gebaut, über der Uferbefestigung. Die Außenmauer war schimmlig gelb verfärbt, das Dach an einer Stelle undicht, die kleinen Fenster schienen seit Jahren nicht gereinigt worden zu sein. Der alte Kasten wirkte feucht und unbewohnt. Ein verdreckter und verbeulter SUV am schmalen Parkplatz ließ dennoch vermuten, dass der ehemalige Tierarzt zu Hause war.

Eine Klingel gab es nicht. Also klopfte Peter Neumüller einige Male fest gegen das Holz. Probehalber drückte er die abgewetzte Klinke. Die Tür schwang auf.

»Herr Rachlinger? Gust?« Laut schallte seine Stimme durch den Flur.

Ehe Ben ihn betrat, warf er noch einmal einen Blick über seine Schulter. Niemand schien ihre Anwesenheit bemerkt zu haben.

»Puh, hier stinkt's«, schimpfte Peter Neumüller. Er stand ein paar Meter weiter vor einer ehemals weißen Tür zu seiner Rechten.

Tatsächlich waberte leicht nach Fäkalien riechende Luft um Bens Nase. Angewidert hielt er sich seine Hand davor. Was wenig brachte. Noch einmal versuchten sie es. »Gust? Polizei! Sind Sie da? Wir kommen jetzt rein!«

Hinter der Tür ertönte ein leises Geräusch, gefolgt von einem Rumpeln und einem Fluch. Dann erschien der Hausherr in all seiner Pracht. Der massige Mann trug lediglich eine verwaschene ehemals rote Unterhose. Sein Gesicht war ein Krater aus grauen Bartstoppeln, Falten, roten Flecken und zugeschwollenen Augen. Hinzu kam der intensive Körpergeruch, eine Mischung aus Schweiß und Alkohol. Unwillkürlich machte Peter Neumüller einen Satz zurück, wohl auch aufgrund der Aggressivität, die Gust Rachlinger verströmte.

»Schleicht's euch, ihr Arschlöcher! Lasst's mi in Ruh'!«

Hier half nur, Gleiches mit Gleichem zu vergelten. »Aus jetzt, Gust. Wir haben geklopft und gerufen, hörten ein Geräusch, dachten an Gefahr im Verzug.« Absichtlich wechselte Peter Neumüller erstmals zum Du. »Du wirst dich jetzt auf der Stelle beruhigen, sonst führen wir dich ab, wie du bist. Hast du das verstanden?«

Ben hatte seinen Kollegen zuvor nur selten so brüllen gehört. Er war zwar einen halben Kopf kleiner als sein Gegenüber, hatte sich aber zur vollen Größe aufgerichtet und starrte es kampfbereit an. Eine Methode, die unerwartet von Erfolg gekrönt wurde. Der aufgeplusterte Mann sank in sich zusammen.

»Scheiße, tut mir der Kopf weh. Ich brauche etwas zu trinken!«

In seinem Fall offenbar Bier. Nach einigen herzhaften Schlucken war er wieder ansprechbar.

»Also, was wollt's ihr hier und begeht's Hausfriedensbruch?«

Von einer Sekunde zur nächsten war der Ermittler wieder friedlich wie eh und je. »Lass es lieber gut sein, Gust, und zieh dir was an. Dann reden wir. Es hat sich etwas ergeben.«

Frühmorgens schien der Tierarzt für seine Verhältnisse umgänglicher als sonst und schnappte sich ein nicht ganz sauberes T-Shirt und eine fleckige Jogginghose. Mit der Bierflasche in der Hand setzte er sich an den Küchentisch.

Unauffällig musterte Ben die Umgebung. Sie befanden sich in einer niedrigen Wohnküche mit winzigen, trüben Fenstern, einem alten Herd, Kühlschrank, Tisch und Stühlen. Alles war versifft, beim Gehen klebten die Schuhe an etwas fest, das hoffentlich nichts Schlimmeres war als vergossener Alkohol. Wie schaffte es Gust Rachlinger bloß, in diesem Loch zu wohnen? Ben grauste vor der schlechten Luft und er war tunlichst darauf bedacht, nichts zu berühren oder den soeben angebotenen Sessel zu benutzen. Hoffentlich ging das hier schnell.

Peter Neumüller schien das ähnlich zu sehen. Ohne weitere Verzögerung präsentierte er ihrem Zeugen das Foto auf seinem Handydisplay.

»Ich hätte gerne eine schlüssige Erklärung von dir, Gust. Dieses Bild stammt von der Kamera der chinesischen Touristen, die Theo Pühringer haben springen sehen, nur dass einem unserer Kollegen erst jetzt der Zusammenhang aufgefallen ist. Also rede endlich!«

Mit zusammengekniffenen Augen und geschürzten Lippen begutachtete Gust Rachlinger das ihm Dargebotene. Nahm einen Schluck Bier. Und noch einen.

»Na, da habt's ja dann endlich etwas entdeckt«, sagte er dann mit rauer Stimme, allerdings weit davon entfernt, resigniert zu klingen.

Tobias Kofler hatte sich in hoher Auflösung und Vergrößerung sämtliche Fotos der beiden Touristen angesehen, insbesondere auch jene, die vor Pühringers Sprung entstanden waren, an der Bergstation der Seilbahn. Auf einem sah man die Frau im roten Anorak am Anfang der Dr.-Androsch-Brücke stehen, die zum Skywalk führte.

Im Graben darunter war auf dem Original unscharf ein Schatten zu erkennen, der auf den ersten Blick aussah wie ein Stein. Tobias Kofler hatte das Material mit einer speziellen Bildsoftware bearbeitet und herausgefunden, dass es sich bei dem Stein in Wahrheit um eine in einen grünen Parka gekleidete Person mit einer braunen Schiebermütze handelte, die der Kamera das Profil zuwandte: Gust Rachlinger. Genau diese Schiebermütze hatte Ben beim Hereinkommen am Garderobenhaken hängen gesehen. Kaum jemand kannte den Tierarzt ohne sie.

»Also, was ist dort oben wirklich passiert, Gust?«, fragte Peter Neumüller sanft. Er schien den besseren Draht zum Verdächtigen und auch keine Scheu davor zu haben, sich auf einen der grindigen Stühle zu setzen, um mit ihm auf Augenhöhe zu sprechen.

Anstelle einer Antwort trank der Verdächtige sein Bier in einem Zug leer und wischte sich mit dem Handrücken über den Mund. »Was soll's, ich sag euch, was war. Theo wollte nicht mehr leben. Die Schmerzen brachten ihn um. Er bat mich, dem ein Ende zu setzen. Erschieß mich, meinte er, woraufhin ich die Luke zum Dach zusperrte. Ich konnte doch nicht einfach dabei zusehen, wie er sich wegschob! Er war ein Freund, und außerdem wäre es Beihilfe zum Selbstmord gewesen.«

Beim weinerlichen Ton seiner Aussage, wurde Ben beinahe übel. Sogar angesichts der völligen Verzweiflung seines Freundes hatte Gust Rachlinger nur an sich gedacht. Der Mann war nichts als ein vollkommen ichbezogenes Ekelpaket.

»In dieser Nacht blieb ich bei ihm, spritzte ihm Morphium. Er schlief ein, ich kümmerte mich um eine Flasche Vogelbeerschnaps. Als ich bemerkte, dass er verschwunden war, wurde es schon hell. Gerade wollte ich mich auf die Suche machen, da rief er mich an. Er sei auf den Skywalk gegangen und würde jetzt springen. So schnell ich konnte, lief ich hoch. Bei meiner Kondition dauerte das ein wenig. Ich suchte ihn überall, doch es war bereits zu spät. Was hätte ich tun sollen? Ich schlich mich davon, um nicht entdeckt zu werden. Das war's. Theo hat sich umgebracht, glaubt ihr mir das endlich?«

»Gut, Gust", ließ Ben das so stehen, »dann kommen wir jetzt zu Hubert Holzinger. Auch von ihm behauptest du, er sei ein echter Freund gewesen. Wie passt das zu der Tatsache, dass du ausgerechnet jene Frau, in die er sehr verliebt war, vergewaltigt und geschwängert hast? Was Hubert wusste, weil Michaela es ihm gebeichtet hatte. Erzähl uns also bitte nichts von Freundschaft. Vielmehr hätte Hubert Holzinger guten Grund gehabt, dich zu hassen. Was ist also am Liachtbratlmontag wirklich vorgefallen? Hat er dich provoziert? Hast du dich gerächt? Die Kontrolle verloren?«

Genau das passierte Gust Rachlinger jetzt. »Das ist doch alles gequirlte Kacke, Bulle. Du kannst nichts beweisen. Weder, dass ich Michi nach dem Kirchtag ein Kind angehängt habe, noch, dass ich irgendetwas mit ihrem Tod zu tun hatte. Sie hat sich umgebracht. Genauso wie Theo. Beide trafen diese Entscheidung aus freiem Willen. Und auch Hubert habe ich nicht getötet. Hör doch endlich auf, mich für jeden Scheiß verantwortlich zu machen. Ihr beide fischt im Trüben, und euch fällt nichts Besseres ein, als mich zu beschuldigen. Mir reicht's. Raus jetzt!«

Mit hochrotem Kopf sprang er auf und knallte die Tür hinter sich zu.

»Was für ein Herzchen«, stöhnte Ben, als sie wieder im

Auto saßen, »aber er hat recht. Ohne Hannes Reiter haben wir weiterhin gar nichts.«

Langsam zog Peter Neumüller die Bierflasche aus der Tasche seines Parkas. »Vielleicht. Aber wenigstens eines können wir tun«, meinte er lakonisch und hob sie dicht vor seine Augen, »nämlich nachweisen, dass er Ingrids Vater ist. Die Spucke reicht zehn Mal für einen DNA-Abgleich. Der Typ kostet mich den letzten Nerv.«

Beim Gedanken, Gust Rachlinger könnte mit seinen Schandtaten davonkommen, bekam Ben Magendrücken. Irgendetwas *musste* es einfach geben, um ihn dranzukriegen. Selbst dann, wenn Hannes Reiter an irreversiblem Gedächtnisverlust leiden sollte.

Der unverwüstliche Peter Neumüller deutete auf das Gasthaus von vorhin. »Ich brauche etwas, um den ganzen Dreck hinunterzuspülen.«

BLANCA

Do is koa Spazi mehr.
Es gibt nicht mehr den geringsten Spielraum.

Müde legte die hübsche Latina die Beine hoch.

Es half nichts, sie war keine 20 mehr. Und just in dem Moment, da sie sich seit Langem wieder ernsthaft in einen Mann verschaut und ihn nicht bloß als Mittel zum Zweck benutzt hatte, wurde der ermordet.

Gewalt war ihr nicht neu, damit hatte sie schon früh fertig werden müssen, ein Hauptgrund, sich mit allen Mitteln aus dem Gefängnis ihres Geburtsortes zu befreien. Wobei sich Männer eben als die beste Methode erwiesen hatten. Leicht zu durchschauen und zu manipulieren, wenn man wenig Skrupel und große Brüste besaß.

Der attraktive Hubert Holzinger mit seiner schwarzgrauen Mähne und dem charmanten Lächeln hatte es ihr von der ersten Sekunde angetan, vor einem Jahr, als er auf dieser Almhütte vor ihr gestanden hatte. Vergessen war der unbedarfte hässliche Wirt, und als sie bemerkte, dass Hubert auf ihr exotisches Aussehen und ihr strahlendes Lächeln ansprang, war es auch um sie geschehen gewesen. Die Schönheitsoperationen, die in ihrer Heimat schon fast zum guten Ton gehörten, hatten sich ausgezahlt. Zähne, Nase, Lippen, Brüste … alles gemacht und darauf ausgelegt zu gefallen.

Sie vermisste Hubert wirklich. Auch im Bett war er gut gewesen. Brauchbares Männer-Material unter den Gästen zu finden, war schwer. Sie war jetzt 46. Ob ihre Attraktivität langsam nachließ? Jeder Blick in den Spiegel bestätigte ihr zwar, dass sie 15 Jahre jünger aussah, aber trotzdem. Die Zeit war gnadenlos. Bester Beweis: ihre eigene Mutter, die in ihrem jetzigen Alter bereits ausgesehen hatte wie eine vertrocknete Frucht.

Unwillig schob sie die düsteren Gedanken zur Seite und wandte sich dem Karton zu, den man ihr auf der Polizei ausgehändigt hatte. Huberts Sachen, jene Dinge, die er bei seinem Tod getragen hatte. In seinem Leben gab es offenbar tatsächlich niemanden sonst, genauso wie er es immer behauptet hatte. Ein paar halbseidene Jagdfreunde vielleicht, die sie nie näher kennengelernt hatte. Sie waren entweder zu wenig oder zu sehr an ihr interessiert gewesen, und sie wollte Hubert weder teilen noch vergrämen.

Seine Uhr. Eine Omega. Wertvoll. Die würde sie behalten. Genauso wie den Siegelring. Die Lederhose würde man sicher auch verscherbeln können, genauso wie die Schuhe. Die Brieftasche war nahezu leer. Gerade mal 40 Euro steckten neben seinen Dokumenten.

Noch immer lag sein Leichnam in der Gerichtsmedizin. Sie würde sich um die Beerdigung kümmern müssen. Die sollte schlicht werden, es sei denn, jemand anders würde dafür aufkommen. Bislang hatte sich jedoch niemand gemeldet. Auch nicht, um zu kondolieren. Für die Menschen in seiner Welt war sie nicht existent gewesen.

Seine Regenjacke. Vielleicht steckte da noch mehr Geld drin? Sorgsam durchsuchte sie jede Tasche.

Bis sie stutzte.

Einen seltsamen Gegenstand hervorzog.

Ihn ratlos betrachtete, ehe sie begriff.

Dios mio! Oh mein Gott!

HANNES REITER

Trenzen.
Weinen.

»Hannes ist wach!«

Die Freude in Filos Stimme war nicht zu überhören.

Endlich! Soeben waren die Polizisten auf der Station eingetroffen und sahen sich spontan umarmt. Beide ließen es sich gefallen und grinsten sich über den Kopf der Frau hinweg an.

»Das freut uns sehr zu hören«, fand Peter Neumüller als Erster seine Sprache wieder.

In diesem Moment trat Frau Dr. Schandl aus dem Zimmer des Patienten. Auch aus ihrer Miene sprach Erleichterung. »Der Tiefschlaf hat ihm gutgetan. Er scheint endgültig auf dem Weg der Besserung zu sein. Und ja, wenn Sie möchten, dürfen Sie zu ihm«, kam sie Bens nächster Frage zuvor.

Das ließen sich die beiden nicht zweimal sagen.

Gemeinsam betrat das Grüppchen das Einzelzimmer.

Der sehr blasse, spindeldürre Hannes Reiter hatte sich ein wenig aufgerichtet und lehnte in seinen Pölstern, in seinem rechten Arm steckte eine Infusion. Überall prangten blaue Flecken auf der weißen Haut, außerdem hatte sich ein Brillenhämatom um seine Augen gebildet. Der junge Mann war ein Bild des Elends, aber er lächelte sogar. Vorne fehlte ihm ein Eckzahn.

»Hallo, Hannes, wie schön, dass es Ihnen besser geht«, begrüßte Ben ihn freundlich, auch, um ihm die wohlgesonnene Natur ihres Besuches zu verdeutlichen.

Filo nahm wieder in dem Stuhl zu seiner Linken Platz, den sie in den letzten Tagen kaum verlassen hatte. Wohl in der Absicht, ihm ihren Beistand zu signalisieren. Die Ärztin hielt sich im Hintergrund, machte damit deutlich, dass sie sich keinen Millimeter von der Stelle rühren würde. Peter Neumüller platzierte sich neben sie.

Ben hielt sich ans Fußende des Bettes.

»Hannes, es ist ungemein wichtig, dass wir miteinander sprechen. Du bist die Schlüsselfigur in diesem Fall. Oder diesen Fällen. Wirst du uns helfen?«

»Ich erinnere mich nicht an alles«, meinte er schwach und hielt sich damit eine Hintertür offen. Es mochte stimmen oder nicht. Zumindest aber hatte er nicht rundweg abgelehnt.

»Dass alles sehr komplex ist, wissen wir, und einige Dinge können wir auch später noch klären. Was keine Zeit mehr hat, ist Gust Rachlinger.«

Ben hielt inne, um die Reaktion des jungen Mannes auf den Namen seines Peinigers und Mentors zu überprüfen. Unwillkürlich schloss Reiter die Augen.

Sorgsam fuhr Ben fort. »Wir wissen um die komplizierte Beziehung zwischen euch. Gust hat dich unter dem Deckmantel von Zuneigung jahrelang missbraucht und gequält. Ersparen wir uns Details. Aber eines müssen wir wissen: Hat er versucht, dich umzubringen? War er es, der dir große Mengen an Fentanyl und Brechwurz verabreicht und dich später niedergefahren hat?«

Die vielleicht 55 Kilo Magersucht vor ihm schrumpften noch mehr in sich zusammen. Filo nahm Hannes' Hand und drückte sie, sagte aber keinen Ton. Auch ihr war klar, dass Hannes nun einfach reden *musste*.

Doch was er sagte, widersprach dem zur Gänze. »Lasst mich bitte in Ruhe. Ich habe nichts gesehen. Weiß von nichts. Möchte nichts sagen.«

»Hannes, wir verstehen deine Angst«, ließ Ben nicht locker, »aber wenn du uns nicht hilfst, kommt Gust davon. Wir sind uns sicher, dass er noch viel mehr furchtbare Dinge getan hat, können aber nichts beweisen. Du bist unsere einzige Chance, ihn dranzukriegen. Nimm sie uns bitte nicht.«

Der junge Mann fixierte Filo. Und sie ihn. Lange.

Mit einem Mal entfuhr der Frau ein leiser Laut des Erstaunens. »Es hat mit *mir* zu tun, nicht wahr, Hannes? Du möchtest *mich* schonen. Deshalb redest du nicht, obwohl du alles weißt!«

Hannes Reiters Gesicht verzog sich. »Es tut mir so leid, Filo. Alles tut mir so leid!«, schluchzte er und drehte den Kopf zur Seite, denn mehr Möglichkeit, der Situation zu entfliehen, gab es für ihn nicht.

»Bub«, beschwichtigte ihn die Frau, »hör auf damit. Ich möchte, dass du redest, verlange es sogar von dir, will keinen Schutz, sondern dass Gust Rachlinger endlich für seine Schandtaten büßt. Bitte rede!«

»Es tut mir so leid!«

»Hannes, *was* tut dir leid?«

»Der Überfall auf dich in der Ordi«, stieß er hervor. »Ich wollte das nicht tun, echt nicht, brauchte gar keine Drogen. Es war wieder nur einer von seinen Liebesbeweisen, wie er es nannte.«

Ben atmete auf. Damit war die belastende Geschichte zwischen Filo und Hannes Reiter bereinigt. Und auch sich selbst, der er den Überfall gedeckt hatte, konnte er die Absolution erteilen.

»Hat er dich erpresst?« Filo sprach aus, was auch Ben gerade hatte fragen wollen.

Wieder ein intensiver Blickkontakt. Im Raum hätte man eine Stecknadel fallen hören können.

»Er sagte, er hätte Beweise dafür, dass du … früher einmal etwas sehr Schlimmes getan hast. Wenn ich nicht täte, was er wollte, würde er dich verraten und du müsstest in den Knast und mich allein lassen. Wahrscheinlich für immer. Das konnte ich doch nicht riskieren. Ich wollte dich nicht verlieren und verraten schon gar nicht. Deshalb bin ich auch zu ihm nach Hallstatt, obwohl ich da gar nicht mehr hin wollte.«

»Ach, Bub«, stöhnte Filo auf, »das war doch wieder nur einer von Gusts raffinierten Manipulationsversuchen. Ich habe nie etwas Derartiges getan.«

»Aber er zeigte mir Fotos von dir. Auf einem warst du als Schülerin zu sehen, wie du dich über einen nackten, toten Jungen am Boden beugst. Ein weiteres zeigte einen Grabstein mit seinem Namen darauf. Gust meinte, du hättest den armen Kerl getötet, aber außer ihm wisse keiner davon.«

Filo konnte es nicht fassen. »Du meine Güte. Das Polaroid mag echt sein, aber der Junge am Boden ist Gust selbst, kurz nachdem ich mein Knie in seinen Weichteilen versenkt habe, weil er mich begrapscht hat. Denk nach, weshalb hätte er das Foto denn nicht sofort gegen mich verwenden sollen?«

»Er behauptete, es erst später im Nachlass eines Schulkameraden gefunden zu haben, sei selbst schockiert.«

Ben war ob dieser hanebüchenen Geschichte völlig entgeistert. Dieser vermaledeite Gust und der in zwischenmenschlichen Beziehungen grottennaive Hannes, der diesen ganzen Müll auch noch glaubte und meinte, Filo beschützen zu müssen! Zwei Männer an den entgegengesetzten Enden menschlicher Abgründe.

Dass Filo sich ebenfalls wunderte, erkannte er an ihren zusammengezogenen Augenbrauen. »Du hast es gut gemeint, ich danke dir so sehr. Aber bitte sag uns doch jetzt einfach nur, was du erlebt hast!«

Wieder begann der junge Mann zu wimmern. »Gust befahl mich zu sich nach Hallstatt und hat mich dort gequält. Als Nächstes wart dann ihr beide da, Burgi und du, und nahmt mich mit. In dieser einen Nacht ging ich dann spazieren. Da war ein Auto. Mehr weiß ich nicht. Lasst mich doch bitte alle einfach in Ruhe. Ich kann nicht mehr ...«

Dr. Schandl griff ein. »Ich denke, dass es nun reicht. Bitte gehen Sie. Hannes hat ein schweres Trauma erlitten. Vielleicht kommt noch mehr Erinnerung zurück. Aber für heute ist Schluss!«

Das sah Ben angesichts des erschöpften und verzweifelten Patienten ein.

Sie würden auf das Beste hoffen und wiederkommen. Bald.

BLANCA

Koa Trantsch'n ned.
Eine weise weibliche Person.

Widerwillig betrat die Latina das Revier. In ihrer Heimat waren korrupte Polizisten Alltag, man vertraute ihnen prinzipiell nicht. Österreich mochte anders sein. Vielleicht aber auch nicht.

Eine junge Beamtin mit kurzen roten Haaren lächelte sie freundlich an. »Bitte schön?«

»Ich möchte sprechen mit Polizist, der mich gefragt hat nach meine ermordete Freund, die Hubert Holzinger.« Aufgeregt war ihr Deutsch noch schlechter.

Es schien aber ausgereicht zu haben, denn die Polizistin nickte. »Sie meinen Gruppeninspektor Achleitner? Wie war noch mal Ihr Name? Und haben Sie einen Ausweis, bitte?«

Drei Minuten später hatte Blanca ihren Termin. »Er ist gerade noch in Bad Ischl im Krankenhaus und fährt gleich los. Warten Sie bitte einfach draußen.« Sie deutete auf einen Stuhl außerhalb der Sicherheitsschleuse.

Mit mulmigem Gefühl nahm die attraktive Brünette Platz und lugte nervös in die mitgebrachte Nylontasche.

In diesem Moment parkten zwei weitere uniformierte Kollegen ihren Dienstwagen. Der jüngere marschierte mit einem kurzen Gruß an ihr vorbei, der ältere, ein großer Mittfünfziger, blieb stehen. »Du bist doch die Kellnerin von der Hütte am Loser, oder?«

Unsicher sah Blanca an ihm hoch. »Stimmt. Woher weißt du?«, blieb sie auch beim Du.

»Ich war am letzten Wochenende oben. Woher kommst du?«

Damit war klar, dass seine Fragen nichts mit seinem Beruf zu tun hatten. Sofort schaltete sie um auf Flirtmodus. Zehn Minuten später hatte sie eine Verabredung. Simon war recht frisch geschieden und definitiv interessiert.

Das Schäkern hatte sie abgelenkt. Sicheres Terrain, im Vergleich zu dem, was sie hierhergeführt hatte. Im nächsten Moment erblickte sie den feschen, dunkelblonden Ermittler mit den vielen Muskeln und dem netten Lächeln. Auch ihre Kragenweite, vielleicht ein wenig zu jung. Und fünf Zentimeter mehr hätten ihm auch nicht geschadet. Sie stand auf größere Männer. Wie ihren Hubert. Kokett stand sie auf, ergriff die ihr entgegengestreckte Hand und erwiderte die Begrüßung. Wenig später saßen sie sich, versorgt mit bitterem Automatenkaffee, gegenüber.

»Also, Blanca, warum wollten Sie mich sprechen?«

Sie würde nie verstehen, warum die meisten in diesem Land automatisch per Du waren, dann aber wieder nicht. Resolut griff sie nach dem Plastiksackerl und zog die Jacke heraus. »Die ich gekriegt von Polizei. Hat Hubert angehabt, als … Sie wissen schon.«

Ihr Gegenüber schien das Kleidungsstück zu erkennen. »Ich erinnere mich, ja.«

Blanca ließ die Bombe platzen.

»Ist nicht seine.«

BEN

Nimmer vernagelt.
Nicht länger begriffsstutzig.

Entgeistert starrte Ben die Frau an, versuchte, die Konsequenzen dessen zu erfassen, was ihre Aussage bedeutete.

»Sind Sie sicher?«, fasste er nach.

Überzeugtes Kopfnicken. »Ganz sehr. Hubert hatte eine andere. Die Farbe außen ist viel heller, und ... äh ... also innen ist anders. Hier braun. Bei Hubert grau. Das ist nicht Jacke von Hubert. Ist falsch.«

Auch Peter Neumüller schien beinahe der Schlag getroffen zu haben. Wenn dem einmal der Schmäh ausging, war Feuer am Dach. »Aber ...«

Ben fing sich schneller wieder. »Großartig. Das kann jetzt viel bedeuten. Blanca, danke, Sie haben es vollkommen richtig gemacht. Sollen wir Sie irgendwohin bringen, ehe wir weitermachen?«

Sie legte ihm ihre Hand auf den Arm. »Warte, Herr Gruppespektor! Ich bin nicht fertig.«

Noch mehr? Sollte diese winzige Latina der Schlüssel zu ihrem Fall sein? Ben wagte es kaum zu hoffen.

Suchend griff Blanca in ihre Tasche. »Ein paar andere Sachen ist auch dabei. Alles von Hubert, das ich weiß. Außer *das!* War in Tasche.«

Triumphierend hielt sie ein langstieliges Gasfeuerzeug in die Höhe. Versehen mit dem Logo einer lokalen Bau-

firma. Ein Werbegeschenk. Und ganz sicher voller Fingerabdrücke des wahren Besitzers der Jacke.

Peter Neumüller war bereits am Telefon. »In 90 Minuten bin ich mit einem wichtigen Beweisstück in Linz. Wir
nehmen Prints und werden sie mit denen vom Liachtbratlmontag vergleichen.« Kurze Pause. Und dann: »Ja, mit
allen über 70 Anwesenden. Wir müssen wissen, wem es
gehört. Und ja, ich weiß, dass es bereits spät ist, aber ihr
bleibt bitte trotzdem so lange, bis wir Bescheid wissen.
Danke.«

Dankbar lächelte Ben die Latina an. »Blanca, Sie sind
top!«

»Sag du zu mir, Herr Gruppespektor«, lächelte sie zurück,
und zwar mit ihrem allerschönsten Augenaufschlag.

»Ich fahre«, sagte Peter Neumüller. »Du bremst zu oft.«

Was stimmte, Ben aber erst recht Schweißperlen auf
die Stirn trieb. Ihn erwartete ein heißer Ritt, bei Stau mit
Blaulicht. Das liebte sein Partner ganz besonders, weshalb das Teil auch zum Einsatz kam, wenn der Stau nicht
allzu dicht war.

»Okay, überlegen wir unsere Optionen«, schlug Ben vor
und klammerte sich an den Haltegriff in der Beifahrertür,
während sein Partner trotz Gegenverkehr schwungvoll
einen Pritschenwagen überholte.

»So viele sind's ja nicht, also … Geh, du Volltrottel, wieso
bremst denn? Fuß aufs Gas, dann hamma alle Spaß …!« Sein
leidenschaftliches Gefluche über den Rest der autofahren-
den Welt, war legendär. »Also«, fuhr er fort, als ob nichts
gewesen wäre. »Möglichkeit Nummer 1: Blanca irrt sich.«

»Unwahrscheinlich!«

»Sehe ich auch so.«

»Nummer 2: Hubert Holzinger hat sich die Jacke kurz ausgeborgt, möglicherweise ohne das Wissen des Besitzers.«

»Denkbar.«

»Wo hingen die denn überhaupt?«

»Soviel ich weiß, gibt es Haken bei den Tischen. Aber die Hütte ist winzig, wahrscheinlich lagen sie irgendwo rum.« Nachdenklich kratzte Ben sich an der Nase. »Wahrscheinlichstes Szenario: Hubert muss sich übergeben, erinnert sich, dass es draußen stürmt, hat aber keine Zeit mehr, nach seiner Regenjacke zu suchen. Also nimmt er sich einfach eine, geht vor die Tür und wird darin ermordet.«

»Du denkst doch dasselbe wie ich, nicht wahr? Warum hat der wahre Besitzer der Jacke nichts gesagt? Dafür muss es einen sehr guten Grund geben.«

Der Gedanke musste erst einmal sacken.

»Vielleicht ist alles auch bloß Zufall. Aber selbst wenn wir bis morgen früh in unserem Scheiß-Labor festhängen, will ich sofort wissen, wem Jacke und Feuerzeug gehören.«

Weniger war der Schweiß auf Bens Stirn nicht geworden, als sie ihr Auto vor dem LKA in der Linzer Nietzschestraße abstellten. Diesmal war er seinem Kollegen aber dankbar für seine ambitionierte Fahrweise.

Zehn Minuten später war das Feuerzeug im Labor.

»Gehen wir auf einen Kaffee«, schlug Peter Neumüller vor.

Wie Ben dieses Warten hasste. »Ich würde die Welt geben für ein Bier.«

»Nix da, wir sind im Dienst, aber sobald wir das Ergebnis haben, feiern wir es mit einem Großen. Aber nur einem, weil wir gleich morgen früh wieder nach Ischl düsen. Vielleicht sollten wir zur Abwechslung mal den Hubschrauber nehmen?«

Ben grinste. »Gute Idee, wenn du erleben willst, wie der Boss mir den Schädel abreißt.«

»Solange es nicht meiner ist«, zwinkerte Peter Neumüller und trank aus seinem Glas. »Es geht doch nichts über einen herzhaften Schluck Leitungswasser-Pils.«

Endlich erreichte sie der heiß ersehnte Anruf aus dem Labor. »Treffer! Kommt's schnell her!«

Das ließen die beiden müden Ermittler in ihren unbequemen Bürostühlen sich nicht zweimal sagen.

Ein neuer Kollege hatte Dienst. Vor lauter Aufregung erinnerte Ben sich nicht an seinen Namen. »Also, lass hören«, fiel er statt einer Begrüßung über ihn her.

»Dir auch einen guten Abend, und danke, dass du für uns Überstunden schiebst«, brummte der Angesprochene, ein junger Kerl mit Brille und unbändigen Locken.

»Verzeihung, du hast natürlich recht«, bemühte Ben sich um Höflichkeit, »aber es ist wirklich wichtig.«

»Versteh schon«, kam es friedfertig zurück. »Also, die Fingerabdrücke passen zu einem Gast mit Namen Anton Bräutigam, Polier bei der Baufirma Grallinger.«

Den Namen hatte Ben noch nie gehört, bei seinem notorisch schlechten Namensgedächtnis allerdings kein Wunder.

»Deren Chef hatte doch die Mitarbeiter alle zum Liachtbratln eingeladen, oder? Hast ein Foto von dem?«

Der neue Kollege fackelte nicht lange und rief die Führerscheindatenbank auf. Das Foto zeigte einen korpulenten Allerweltstypen mit Doppelkinn. Ben grub in seinem Hirn. »Ich erinnere mich nicht an den. So etwas ist ein Fall für Rudi Zoidl. Der kennt alle seine Pappenheimer. Gleich morgen fahren wir zu ihm. Ich sag Rudi schnell Bescheid.«

»Braucht's nicht extra auf die Alm rauf. Wenn's wollt's, treff ma uns bei Laura Danklmayr in der Bäckerei auf der

Esplanade. Da können wir reden«, bestätigte der Gastwirt ihr Treffen brüllend, um die laute Blasmusik im Hintergrund zu übertönen.

Ben legte auf und machte seinem jungen Kollegen ein versöhnliches Angebot. »Gehst du mit auf ein Bier? Ich lad dich ein.«

Der grinste fröhlich. »Ich hoffe, auf eine Halbe, so fleißig, wie ich war.«

Der Bursche war nach Bens Geschmack.

DIE BÄCKEREI

S' Wischiwaschi löst si.

Das unlogische Durcheinander ergibt langsam Sinn.

Als Ben, dicht gefolgt von Peter Neumüller, gegen halb neun die Tür zu der Bäckerei aufstieß, musste er ob der Ansammlung grinsen.

Die junge Bäckerin Laura mit ihren Dreadlocks und den vielen Tattoos stand an einem der drei Tische und unterhielt sich mit Marie, die eine Tasse Cappuccino in den Händen hielt, sowie Rudi Zoidl mit einem Tee. Gelächter drang ihnen entgegen.

Am Nachbartisch saß ein älterer Mann mit braun gebrannter Lederhaut, buntem T-Shirt und weißen, gekreppten Haaren, die genauso toupiert wie einbetoniert wirkten. Auch er beteiligte sich an der Diskussion.

Dorftratsch. Ein Kaffee, und man war auf dem neuesten Stand.

»Guten Morgen«, rief Ben in die Runde. »Was muss ich tun für ein muntermachendes Heißgetränk?«

Alle Köpfe wandten sich ihnen zu.

»Es bestellen«, meinte Laura Danklmayr trocken. »Etwas Süßes dazu?«

Peter Neumüller war schon längst zur Vitrine abgebogen, in der frisch gebackene Köstlichkeiten verführerisch dufteten. Sein gieriger Blick war Antwort genug.

Eine dezente Befragung ging anders, aber in diesem Fall

fand Ben die Versammlung hilfreich. Denn ausnahmslos alle Beteiligten waren am Liachtbratlmontag Gäste auf der Almrauschhütte gewesen. Auch an den Mann am Nebentisch erinnerte er sich, dank dessen eindrucksvoller Föhnfrisur.

»Ben Achleitner, LKA Linz«, stellte er sich vor.

»Griaß di, i bin der Föhnschaum-Pepi«, kam es fröhlich zurück. Woher er *den* Spitznamen wohl hatte?

»Wir vermuten, dass Hubert sich in der Eile irgendeine Jacke schnappte«, fasste Ben ihre bisherigen Überlegungen zusammen. »Jetzt müssen wir herausfinden, warum der wahre Besitzer der Jacke bis heute geschwiegen hat. Kennt ihr ihn? Es ist ein Polier beim Grallinger namens Toni Bräutigam.« Fragend hielt er ein ausgedrucktes Foto in die Runde.

Marie, Rudi Zoidl und Föhnschaum-Pepi nickten. Laura zuckte mit den Schultern.

»Er ist einer meiner Patienten«, eröffnete Marie den Reigen.

»Und oft heroben, mag Bier, verträgt einiges«, setzte Rudi Zoidl fort.

»Im ›Pfiffikus‹ ist er auch hin und wieder, meistens nicht mehr nüchtern«, gab auch Föhnschaum-Pepi seine Erfahrungen zum Besten.

»Habt ihr gesehen, wo er war, als Hubert verschwand?«

Kollektives Schweigen.

Es war Föhnschaum-Pepi, der schließlich antwortete. »Ich weiß schon, dass das jetzt Vernadern ist, aber der hat auf jeden Fall ein Problem, wenn er trinkt. Wird schnell aggressiv. Hab selbst mal erlebt, dass er jemanden am Krawattl gepackt hat, weil er sich am Tresen vorgedrängt hat. Der ist groß und kräftig und kann einem schon Angst machen.«

Er selbst war klein und dünn.

Rudi Zoidl kratzte sich am Kinn. »Ich bin wohl keine große Hilfe. Zwar hab ich ihn bedient, aber immer an einem anderen Tisch. Außerdem raucht er wie ein Schlot und war sicher auch im Zelt vor der Tür.«

»Moment mal«, hakte Marie nun ein. »Zeigst du mir bitte noch mal das Foto?« Neugierig studierte sie es. »Stimmt, ich hatte es schon vergessen, aber er war tatsächlich draußen, hockte am Boden, als ich Hubert zum ersten Mal suchen ging. Er schien gestürzt zu sein und hatte sich das Knie aufgeschlagen. Ich habe ihn untersucht und ihm geraten, wieder hineinzugehen.«

Die Ermittler waren hellhörig geworden. »Gibt es irgendeinen Bezug zu Hubert Holzinger?«

Vier Köpfe wurden gleichzeitig geschüttelt. »Außer dass sie hin und wieder zur selben Zeit bei mir waren, nicht«, ergänzte Rudi Zoidl. »Glaub kaum, dass die beiden Kontakt hatten, geredet haben sie jedenfalls nie miteinander, wenn ich mich richtig erinnere.« Was für gewöhnlich der Fall war, er kannte seine Gäste genau.

Föhnschaum-Pepi bestätigte es. »Im ›Pfiffikus‹ auch nicht. Hubert war meistens mit einer Frau da, der Bräutigam allein oder mit Kollegen aus der Firma.« Der Mann war Pensionist und hatte genauso viel Zeit wie unzweifelhaft immer noch scharfe Augen.

»Wisst ihr, ob er Feinde hat?«

Marie verstand sofort, was er meinte. »Du glaubst, dass sie verwechselt wurden? Beide trugen ähnliche Kleidung, sind auch ähnlich groß. Mit der Kapuze der Jacke über dem Kopf könnte man sie von hinten schon verwechseln, vor allem bei Regen und schlechter Sicht.«

Hatten sie soeben das wahre Opfer identifiziert? Dann

stellte sich die Frage, wer dem Polier nach dem Leben getrachtet hatte. Bei seiner aggressiven Art hatte er sich wahrscheinlich einige Feinde gemacht, ob bei der Arbeit oder beim Saufen.

Peter Neumüller verputzte soeben den letzten Bissen eines Schokocroissants. Zum Glück versteckte er sein heutiges T-Shirt unter einem unauffälligen Sakko. *Blad ist wurscht, schiach wär' Oasch.*

»Bitte alles einsteigen. Nächste Haltestelle: Baufirma Grallinger!«

GRALLINGER BAU

Waumperte Zwiderwurzn.
Eine gleichermaßen füllige wie schwierige Person.

Das Unternehmen lag etwas außerhalb, direkt an der Einfahrt nach Bad Ischl, von Ebensee kommend. Es teilte sich die Zufahrt über eine Brücke der Traun mit einem Schotterwerk, über dem eine weiße Staubwolke hing.

Vorbei an einigen großen Produktionshallen gelangten sie zum Hauptgebäude, einem zweistöckigen Bau aus den 70ern mit großen Fenstern und oranger Außenfassade. Sie parkten am ausgeschilderten Besucherparkplatz und betraten ihn durch eine große doppelflügelige Glastür.

Hinter einem altmodischen Empfangstresen saß eine ältere Frau mit Pagenkopf in einem weißen Poloshirt, auf dem vorne das Grallinger-Logo aufgedruckt war. Ein Namensschild wies sie als Vroni Gebetinger aus.

In kurzen Worten schilderte Ben ihr sein Anliegen.

Sie verstand. »Sofort?«

»Sofort.«

»Gut, ich lasse ihn rufen.«

»Mir wäre es lieber, wenn wir ihn direkt aufsuchen könnten, ohne Vorwarnung. Wo finden wir ihn denn?«

»In der Montagehalle. Er hat diese Woche strafweise Innendienst, weil …«, sie zögerte. Ihr Versprecher war ihr sichtlich peinlich.

Ben half ihr aus der Bredouille. »Wir wissen, dass er

unter Alkoholeinfluss aggressiv wird, Frau Gebetinger. Aber er ist Zeuge in einem Mordfall, da hat falsch verstandene Solidarität mit einem Kollegen keinen Platz mehr.«

Sie biss sich auf die Lippen. »Gehen Sie wieder raus und dann am Hauptgebäude vorbei zur hinteren der beiden Hallen. Wie er aussieht, wissen Sie?«

Ben nickte und bedankte sich höflich.

Die Beamten machten sich auf den Weg. Ein Blick zurück bestätigte: Sie hing schon am Telefon und alarmierte die Belegschaft. Die Polizei war im Haus.

Kein Geräusch drang nach außen. Auch als die beiden Polizisten eine kleine Tür seitlich des großen Einfahrtstors öffneten, blieb es still. Leise betraten sie die im Halbdunkel daliegende Halle, in der im Augenblick offenbar nicht gearbeitet wurde. Staub flirrte im Sonnenlicht. Von ganz hinten drangen Stimmen zu ihnen.

Im Näherkommen entdeckten sie drei Männer in Arbeitskleidung. Derbe Schuhe, Cargohosen mit vielen Taschen, in denen alles Mögliche steckte, vom Zollstock bis zum Hammer, sowie das weiße Polo der Firma. Zwei der Arbeiter waren klein und bullig, beide hielten gelbe Helme in ihren Händen, der dritte überragte sie um einen Kopf, war massig und hatte seine fettigen braunen Haare zu einem Pferdeschwanz zusammengefasst. Die Versammlung sah nach einer Einsatzbesprechung aus.

Ben unterbrach sie mit einem lauten »Guten Morgen!«.

Die drei Arbeiter fuhren herum. Aber nur einer erhielt alle Aufmerksamkeit. Toni Bräutigam, zu dem auch Ben aufsehen musste. Der Polier hatte es schon eine Zeit lang an seinem Rasierer vorbeigeschafft, aber den Wildwuchs als Dreitagebart zu bezeichnen, wäre eine grobe Übertreibung gewesen. Die Wangen waren gerötet, der Blick verhangen.

»Was soll das?«, fragte er statt einer Begrüßung.

Er wollte es unhöflich? Konnte er haben.

»Mit Ihnen sprechen, Herr Bräutigam. Wir haben einige Fragen im Mordfall Hubert Holzinger. Wo können wir reden?«

»Ich weiß von nix, das wär Zeitverschwendung. Wir müssen ein dringendes Projekt durchgehen.«

»Dann bringen wir es schnell hinter uns, sonst werden wir Sie nach Linz mitnehmen, und dann können Sie den Tag vergessen«, schoss Ben zurück. Der Trick wirkte so gut wie immer.

Auch in diesem Fall. Mit einem Mal verunsichert, nickte der Mann, von dem Ben wusste, dass er letzten Monat 42 geworden war. »Also gut, wenn es sich nicht vermeiden lässt … Wisst's was, Burschen, holt's euch einen Kaffee, wir machen gleich weiter«, schlug er vor. »Gemma ins Büro, da ist es ruhiger.« Ohne auf die Beamten zu warten, stürmte er los.

Das »Büro« entpuppte sich als Verschlag mit Schreibtisch und ein paar Stühlen, einem Computer und einer riesigen magnetischen Wand voller Baupläne.

Breitbeinig und mit verschränkten Armen ließ Toni Bräutigam sich auf einen der Stühle fallen, der vernehmlich ächzte. Ben schnappte sich einen zweiten. Wie immer blieb Peter Neumüller im Hintergrund und würde den Zeugen keine Sekunde aus den Augen lassen.

»Herr Bräutigam«, begann Ben und vermied bewusst das intimere Du, »warum haben Sie uns nie gesagt, dass das Mordopfer Ihre Jacke trug?«

Offensichtlicher konnte man nicht mehr mit der Tür ins Haus fallen. Erschrocken riss der Polier die Augen auf. »Aber …« Schnell hatte er sich wieder im Griff. »Hätten

Sie es getan? Ich hatte Angst, dass Sie mich sofort verdächtigen würden, dabei hab ich doch nix gemacht.«

»Sie wussten, dass Hubert Holzinger in Ihrer Jacke ermordet wurde, und haben es niemandem gesagt?«

Der Riese schrumpfte immer mehr in sich zusammen. »Ich weiß, dass das Blödsinn war, und es tut mir auch echt leid. Aber ehrlich gesagt dachte ich nicht, dass es wichtig ist.«

»Doch, sehr wichtig sogar. Es hätte uns viel Arbeit und Zeit erspart.«

»Es wird nicht wieder vorkommen.«

War das Zynismus oder einfach nur eine patscherte Entschuldigung?

»Kannten Sie Hubert Holzinger eigentlich?«

»Nur vom Sehen, geredet hab ich noch nie mit dem, der lebte in einer anderen Welt.«

»Wo waren Sie, als das Opfer ermordet wurde?«

»Bitte, Herr Inspektor, ich erinnere mich nicht mehr. Da waren so viele Leute, ich hab nicht mal mitbekommen, dass der vor die Hütte ist.« Er klang überzeugend. Dennoch wirkte der Mann angespannt und nervös.

Ben entschied sich für einen halben Bluff. »Wir haben Bewegungsprofile von den Gästen der Almrauschhütte erstellt. Ihres besagt, dass Sie sich zu dem Zeitpunkt, als Hubert Holzinger starb, im Vorzelt befanden. Eine Zeugin bestätigt, Sie gesehen zu haben.«

Die Antwort kam dermaßen prompt, als ob der Polier sie sich schon vorab überlegt hätte. »Frau Dr. Giesinger, stimmt. Ich bin beim Rauchen gestürzt und sie half mir auf. Aber das war doch vorher.«

Zuerst hatte Bräutigam behauptet, sich an nichts zu erinnern, wunderte Ben sich, und jetzt wusste er plötzlich alles ganz genau. »Haben Sie Feinde, Toni?«, schwenkte er auf den Vornamen um.

Verständnislos sah der Riese ihn an. »Wie jetzt?«

»Es ist gut möglich, dass Hubert Holzinger gar nicht das Ziel war, sondern Sie. Sie ähneln sich von hinten, trugen ähnliche Kleidung, er hatte Ihre Jacke an, dazu die Kapuze über dem Kopf.«

Fassungslos klappte der Mund des Mannes auf und zu. »Was? Wie? Sie glauben echt, dass mich wer ermorden wollte? Das gibt's doch nicht!«

»Jeder hat Feinde und, wenn Sie ehrlich sind, halten Sie sich im Suff nicht gerade zurück. Kann schon sein, dass Sie damit jemanden so richtig auf die Palme gebracht haben und der die Gelegenheit zur Rache nutzte.«

»Scheiße«, entfuhr es dem Bauarbeiter. Dann verfiel er in brütendes Schweigen.

»Bitte denken Sie nach, Toni. Und zwar gründlich. Wem sind Sie auf den Schlips getreten? Wer könnte so einen Hass auf Sie haben, dass er Sie aus dem Weg räumen will?«

Der Mann schlug die Hände vors Gesicht. »Am Wochenende hat mich auf der Elisabethbrücke fast jemand am Zebrastreifen überfahren«, stammelte er. »Könnte das etwas damit zu tun haben?«

»Was? Und das haben Sie nicht angezeigt?«

»Ich dachte mir nichts dabei, bin davon ausgegangen, dass es ein Trottel war, der mich nicht gesehen hat.«

Ben seufzte. Toni Bräutigam machte es ihnen nicht gerade leicht. »Wir werden der Sache nachgehen, alles überprüfen und nach Zeugen suchen. Wenn Sie gleich zur Polizei gegangen wären, hätten wir aber größere Chancen gehabt. Ihnen ist schon klar, dass das der Mörder oder die Mörderin vom Hubert Holzinger gewesen sein könnte, oder? Der jetzt einige Tage lang Zeit hatte, seine Spuren zu verwischen.«

Der Polier wirkte inzwischen wie ein Häufchen Elend. »Ich hab schon wieder Mist gebaut, verstanden. Was passiert jetzt?«

»Sie setzen sich hin und machen eine Liste aller Personen, mit denen Sie Streit hatten. Wir kümmern uns um die Brücke. Vielleicht finden wir etwas.«

Im Auto atmete Ben erst einmal tief durch. »Wie dumm kann man eigentlich sein?«

Peter Neumüller schwieg. Das war ungewöhnlich.

»Was ist?«, fragte Ben nach.

»Ein seltsamer Kerl. Ich sag dir was: Der ist bei Weitem nicht so naiv, wie er uns glauben machen möchte.«

Auf dem Weg zum Ischler Polizeiposten läutete Bens Telefon.

»Hallo, Ben, Pia von der KPU«, tönte die Stimme der kleinen, blonden Forensikerin durch den Hörer. »Wir haben jetzt alle Spuren im Fall Hubert Holzinger ausgewertet und im Leberkäs-Ofen etwas entdeckt.«

Interessant. Der Trasoscan, wegen seiner Form von allen liebevoll »Leberkäs-Ofen« genannt, war ein spezielles System zur Untersuchung flacher Gegenstände, wie Fuß- und Fingerabdrücke oder Dokumente. Kürzlich hatten Kollegen damit eine Schrift entziffert, die sich durch einen Schreibblock gedrückt hatte, deren oberste zehn Seiten abgerissen worden waren.

»Wie du weißt, können wir damit auch Schuhsohlenabdrücke sichtbar machen. Trotz Regen fanden wir einige brauchbare am Tatort und haben sie mit unserem Katalog verglichen. Einer ist besonders interessant, weil ungewöhnlich, wegen Größe und Marke. Dabei handelt es sich um einen Sicherheitsschuh für schwere Einsatzbereiche der Klasse S3, in Größe 47. Wenn ihr den Träger findet, würde ich ihn mir genau anschauen. Gut möglich, dass er der Täter ist.«

»Mädel, du hast echt etwas bei mir gut«, jubelte Ben und legte auf.

»Ich weiß nicht, warum du dich so freust, Alter. Seit wann macht es dir Spaß, in stinkenden Schuhschränken zu wühlen und deine Nase in gebrauchte Treter zu stecken?«

»So schlimm wird's wohl nicht. Wer trägt denn so etwas schon? In Wahrheit kenne ich nur eine naheliegende Person. Viele waren nicht draußen beim Smoker und Rudi trägt keine Größe 47, dafür ist er zu klein. Hubert Holzinger hatte Hafferlschuhe an, Hannes blieb im Durchgang. Marie und Filo sind ebenfalls zu klein.«

Peter Neumüller klopfte sich selbst auf die Schulter. »Sagte ich nicht vorhin, dass er lügt? Auf Peterchens Bauchgefühl ist doch einfach immer Verlass!«

»Er wird nicht begeistert davon sein, uns so schnell wiederzusehen, noch dazu mit diesen Nachrichten. Wenn es wahr ist, haben wir den Scheißkerl endlich.«

So wie nur wenige Minuten zuvor betraten sie die Halle unbemerkt. Was allerdings wegen des Baulärms keine Kunst war. Hämmern. Eine Kreissäge. Männerstimmen.

Toni Bräutigam stand auf einer Leiter und nagelte gerade mit einem monströsen Hammer zwei Bretter zusammen. Er trug Kopfhörer – und abgetragene Sicherheitsschuhe. Konnte er sich keine anderen leisten, oder war er tatsächlich so idiotisch, die nicht schon längst entsorgt zu haben? Womöglich war er aber auch tatsächlich unschuldig.

Ben näherte sich ihm von vorne und wartete ab, bis der Polier ihn entdeckte. Als es so weit war, spiegelte sich eine

Mischung aus Ungläubigkeit und Wut in seinem Gesicht. Ben winkte und deutete auf seinen Mund. Toni Bräutigam legte den Hammer zur Seite, stieg von der Leiter und baute sich vor ihm auf. »Was gibt's denn noch? Ich hab zu arbeiten.«

Es war Zeit für das Du.

»Griaß di noch mal, Toni. Sag, was hast du denn für eine Schuhgröße?«

Überrumpelt musterte der Mann seine Böcke. »47, warum fragst?«

»Trägst du die Dinger eigentlich auch außerhalb der Arbeitszeit?«

Erst jetzt wurde Toni Bräutigam misstrauisch. »Warum willst du das wissen?«

In diesem Augenblick ging einer seiner Kollegen an ihnen vorbei. Der Blick, mit dem er den Polier musterte, war alles andere als nett. Freunde waren die beiden nicht. »Der trägt doch nix anderes, Tag und Nacht, hat locker vier Paar, alle bezahlt von der Firma.«

»Halt die Gosch'n, Brenner, sonst knallt's. Mit dir red' i nachher, halt dich fest!« Toni Bräutigam wurde immer aggressiver.

Mit der Aussage hatte Ben, was er wollte. »Wir haben die Abdrücke deiner Schuhe am Tatort identifiziert, Toni, und damit den Beweis, dass du dort warst. Warum hast du den Hubert Holzinger umgebracht?«

Die Augen des Mannes waren beim Zuhören immer größer geworden.

Mit einem Mal ging alles blitzschnell.

Toni Bräutigam, der Ben zur Seite stieß. Ben, der nach hinten kippte und sich gerade noch abfangen konnte. Peter Neumüller, der Bräutigams Reaktion vorweggenommen hatte und angesegelt kam wie eine Mittelstreckenrakete, direkt ins Kreuz des Flüchtenden. Der umfiel wie ein gefällter Baum, mit der Stirn gegen eine Werkbank knallte und stöhnend liegen blieb, dicht gefolgt von seinem Endgegner, der ihm die Arme auf den Rücken riss und mit einem Kabelbinder fixierte.

Toni Bräutigams Kollegen hatten die Szene mit offenen Mündern verfolgt. »Rufen Sie Ihren Chef an und vorher noch die Polizei«, befahl Ben ihnen und untersuchte seine blutigen Handflächen.

Peter Neumüller packte den mutmaßlichen Täter an den Oberarmen, setzte ihn auf und lehnte ihn gegen dieselbe Werkbank, die dem Mann gerade eine riesige Beule verpasst hatte. »So, Freundchen, reden wir. Dass du gerade wegrennen wolltest, werten wir als Schuldeingeständnis. Jetzt sag uns endlich, was beim Liachtbratln passiert ist. Und zwar flott.«

Mit einem Mal vollkommen kraftlos ließ der riesige Kerl den Kopf hängen. Waren das tatsächlich Tränen? Mangels Alternative reichte der Polizist ihm einen schmutzigen Fetzen vom Boden.

Das Schweigen dehnte sich aus. Geduldig warteten die Ermittler ab.

Erst einige Augenblicke später hob Toni Bräutigam plötzlich ruckartig den Kopf, zog den Rotz hoch und wischte sich mit dem müffelnden Stück Stoff über die Augen.

»Okay, jetzt habt's mi. Ich sag euch, was war ...«

LIACHTBRATLMONTAG
AUF DER KATRIN

An Pick auf wen ham.
Sich furchtbar über jemanden ärgern.

Himmel, war ihm schlecht!

Toni Bräutigam schielte in seine Halbe Bier, die sechste oder siebte, so genau war das nicht mehr zu sagen an diesem Nachmittag. Er brauchte dringend frische Luft und einen Tschick.

Schwankend schob er sich durch die Masse der Feiernden. Am Tresen war sie besonders dicht. Dahinter hing ein Berg Jacken an den wenigen Krickeln, die als Garderobenhaken dienten. Keine Zeit, seine eigene zu finden, der Alk wollte leider an der falschen Stelle wieder ans Tageslicht. Er stürzte durch Eingangstür und Vorzelt und schaffte es gerade noch ins Freie, ehe es ihm den Magen umdrehte. Zum Glück hatte niemand die Aktion bemerkt. Erst jetzt spürte er den eisigen Regen, der ihm schon längst das Hemd durchnässt hatte. Wie ein Sturzbach prasselten die Tropfen auf ihn ein. Besser, er machte, dass er wieder ins Warme kam.

Oder doch vorher noch eine schnelle Zigarette gegen den schlechten Geschmack? Er tastete nach seiner Brusttasche, in der das Packerl samt Feuerzeug steckte. Oder besser gesagt stecken sollte, denn beides war verschwunden. Geh leck jetzt …

Just in diesem Moment wankte eine Gestalt an ihm vorbei, ohne ihn zu bemerken, und verschwand in Richtung Terrasse. Kein guter Ort, um zu pinkeln, dort ging es steil in die Tiefe. War das nicht dieser Kulturmanager? Der Weiberer, von dem auch seine Ex-Freundin schwärmte, obwohl der locker 20 Jahre älter war als sie? In seinen Augen nichts als ein Vollkoffer mit einer hübschen Loavn.

Egal, und apropos Wasserlassen: Das musste schon noch sein, bevor er wieder reingehen und sich eine Zigarette schnorren würde.

Gesagt, getan.

Im Umdrehen hörte er laute Männerstimmen hinter der kleinen Hütte, dort, wo der Smoker stand. Neugierig schlitterte er über die glitschige Terrasse und versteckte sich im Halbdunkel. Zwar wollte er wissen, was los war, hatte aber wenig Lust auf fremden Streit und schon gar keine, sich einzumischen.

Der Kulturmanager, wie hieß der bloß noch mal, ach ja, der schöne Hubert, stand mit offenem Hosentürl neben dem Smoker. Hatte er da jetzt draufgepinkelt? War der komplett angeschüttet? Daneben tobte der Hüttenwirt.

»Spinnst du, Hubert? Du kannst doch nicht auf meinen Rost pinkeln!«

»Wollt ich doch nicht, aber …«, lallte der Beschimpfte und kippte nach vorne.

Rudi Zoidl versuchte, ihn zurückzureißen, aber so unglücklich, dass der Betrunkene mit dem Kopf gegen den Bräter knallte, umfiel wie ein gefällter Baum und regungslos liegen blieb.

Toni Bräutigam schlug die Hand vor den Mund. Hatte der Rudi den Hubert jetzt gar umgebracht?

Rudi Zoidl schien ebenso entsetzt zu sein. Schüttelte

den Mann am Boden, aber der rührte sich nicht mehr. Beim Aufstehen erstarrte der Wirt. »Was machst *du* denn da, Hannes?«

Noch jemand musste also Zeuge des Unfalls gewesen sein, aber von seiner Position aus konnte Toni nicht sehen, wer.

Rudi war inzwischen zu dem Unbekannten hingelaufen und redete flüsternd auf ihn ein. Was er sagte, war wegen des Regens nicht zu verstehen.

Toni blieb, wo er war, bis sich auch am hinteren Durchgang nichts mehr rührte.

Dafür bewegte sich die Gestalt am Boden.

Himmel! Da musste man doch helfen. Widerwillig und mit flauem Magen näherte Toni sich dem Mann, der sich inzwischen aufgerichtet hatte.

»He, alles okay bei dir?« Ungeschickt beugte er sich zu dem Manager hinunter, fasste ihn an seiner Jacke und zog ihn hoch.

Moment mal! Das war doch *seine* Jacke! Und sie war voll Blut und stank nach Pisse.

»Ich wollt doch nicht auf den Grill pinkeln, aber da vorn ist's so steil und hier nicht, und dann wurde mir schwindlig«, stöhnte der Manager. In diesem Moment begann er, sich zu erbrechen. Alles ergoss sich auf Toni.

Dessen Wut kam schnell und ebenso heftig. »Bist ang'rennt, du Wichser? Zuerst klaust du mir meine Jacke und dann speibst mich voll!«

Er packte sein Gegenüber, gab ihm eine Ohrfeige und stieß es dann wütend von sich weg. Der Mann strauchelte, drehte sich im Fallen ungeschickt um seine eigene Achse und landete mit Gesicht und Händen auf dem glühenden Rost. Es zischte. Alles war so schnell passiert, dass der arme Kerl nur noch einen erstickten Laut von sich geben konnte, ehe er erschlaffte.

Mit offenem Mund starrte Toni auf das, was als Nächstes passierte. Durch die Erschütterung stürzte eine Flasche mit klarer Flüssigkeit um, die auf der Abstellplatte neben dem Rost gestanden hatte. Rudi Zoidls Selbstgebrannter ergoss sich über den Grill und den Bewusstlosen.

Die Stichflamme war riesig und erfasste alles. Entsetzt machte Toni einen riesigen Satz zurück und knallte gegen die Bretterwand. Die Flammen! Er musste sie ersticken! Vollkommen panisch schnappte er sich den Deckel des Bräters und presste ihn mit aller Kraft gegen den Rücken des schönen Hubert. Erst mal die Flammen löschen. Dann hinsehen.

Erst nach ein paar Sekunden traute er sich, die Lider wieder zu öffnen.

Hubert Holzingers Oberkörper steckte unter dem Deckel, der Rest bewegte sich nicht.

»Sakra, hab i di jetzt umbracht?«, murmelte er geschockt, schluckte ein paarmal heftig und stolperte tränenblind zurück ins Vorzelt. Erst dort bemerkte er, dass er sich das Knie aufgeschlagen und die Hände verbrannt hatte.

»Geht's dir gut?«, fragte mit einem Mal eine sanfte Frauenstimme und er erkannte die nette Ärztin, bei der er manchmal zur Behandlung war.

Ob sie etwas mitbekommen hatte?

IM KRANKENHAUS

A Wisch.
Ein unliebsames Dokument.

Beim Betreten des Zimmers blickten ihnen drei erwartungsvolle Augenpaare entgegen.

Hannes'. Filos. Und Maries.

»Hallo, zusammen«, sagten Ben und Peter Neumüller gleichzeitig.

»Warum habt ihr uns denn kommen lassen?«, fragte Ben.

Marie ergriff das Wort. »Wir haben gehört, dass ihr ihn habt?«

Ben zog sich einen Stuhl heran und setzte sich auf die andere Seite von Hannes Reiters Krankenbett, Peter Neumüller auf das zweite unbenutzte.

»Ja. Toni Bräutigam war's.«

Dann erzählte er ihnen, was am Vormittag in der Baufirma passiert war.

»Irgendetwas hat mich gestört«, stellte Marie fest. »Eine Kleinigkeit nur, aber jetzt weiß ich es. Er roch so streng. Außerdem behauptete er, eine rauchen gewesen zu sein, hatte aber keine Zigaretten dabei. Und seine Hände waren ganz rot. War das ein Unfall? Totschlag?«

»Das wird das Gericht entscheiden. Du bist jedenfalls endgültig aus dem Schneider, Hannes, genauso wie Rudi Zoidl. Ich denke nicht, dass man euch wegen unterlassener Hilfeleistung einen Strick drehen wird. Ich finde, ihr wart halbwegs kooperativ.«

Der junge Mann, der endlich wieder mit etwas mehr Farbe im Gesicht in seinem Bett saß, lächelte dankbar. Ben konnte sich nicht erinnern, diese Gefühlsregung schon einmal bei ihm gesehen zu haben.

»Ich freue mich, dass es dir besser geht. Sagt ihr mir jetzt, warum wir unbedingt und sofort ins Krankenhaus kommen sollten?«

»Magst du es immer noch erzählen?«, fragte Filo leise.

Hannes Reiter nickte. »Ja, ich denke, es ist das Richtige.«

Er griff unter die Bettdecke und holte einen Brief hervor, behielt ihn aber noch in der Hand. »Der stammt von Theo Pühringer. Er hat ihn vor seinem Tod an mich geschrieben und seinen alten Nachbarn gebeten, darauf aufzupassen und bei Gelegenheit an Burgi weiterzuleiten. Sie würde schon wissen, was zu tun sei. Heute früh haben wir drei ihn gemeinsam gelesen. Herr Pühringer meinte, es sei meine Entscheidung, was ich damit tu.«

Sehr vorsichtig nahm Ben ihn in Empfang. »Ist das so etwas wie ein Geständnis?«

»Mehr sogar. Es ist sein Testament.«

Noch ein Lächeln. Endlich einmal wirkte Hannes Reiter so jung, wie er wirklich war. »Ihr müsst es noch verifizieren, aber ich bin mir sicher, dieser Brief ist auch der Grund dafür, warum Gust mich gequält und dann überfahren hat. Auch über alles andere werde ich nicht länger schweigen.«

»Du meinst, Gust wusste von diesem Brief und wie gefährlich er für ihn war, und wollte dich deshalb zum Schweigen bringen?«

»Jedenfalls wollte er ihn um jeden Preis haben. Hat es mit diesem Brechmittel versucht. Dann mit Gewalt. Herr Pühringer hat einem Vertrauten von diesem Schreiben erzählt, aber der war wohl doch nicht ganz so vertrauenswürdig.«

»Das war auch der Grund dafür, warum ich Hannes anonym ins Krankenhaus gebracht habe«, ergänzte Filo das Gehörte. »Damit Gust erst so spät wie möglich davon erfährt. Er ist gut vernetzt, weiß, wie man an Informationen kommt. Ich hatte schon früh den Verdacht, dass er hinter allem stecken könnte.«

Burgi Lackner druckste herum. »In dem Schreiben steht leider auch unser großer Fehler, das möchte ich unbedingt noch vorwegschicken. Filo und ich haben nämlich etwas ausgeheckt, um Ingrid zu helfen. Vielleicht wäre alles anders gekommen, hätten wir das nicht getan.«

»Na, dann wollen wir mal«, war Ben immer neugieriger geworden. »Danke, Hannes. Danke, Filo. Und danke dir, Burgi, für die Ehrlichkeit. Alles wird gut. Manchmal zumindest.«

THEO PÜHRINGERS TESTAMENT

Des, wos woa is.
Die Wahrheit.

Es ist mitten in der Nacht.

Die Schmerzen sind gerade halbwegs erträglich. Wenn die Wirkung des Morphiums nachlässt, werden sie sich wieder anfühlen wie Klauen, die sich in tausend Wunden gleichzeitig schlagen und dort bohren und wüten.

Noch bin ich bei klarem Verstand, aber in einem Stadium, da dies mehr Qual denn Segen ist. Ich wünsche mir seliges Vergessen. Keine Schmerzen mehr.

Ich will sterben.

Alle sind jetzt weg. Niemand wird mich je wieder lebend sehen.

Jede Sekunde vermisse ich dich, Angelika. Meine liebe Frau, die ich für eine Jüngere verlassen habe. Wie dumm wir Männer doch sind. Wenn wir alles erreicht haben und genießen könnten, was wir in lebenslanger Vertrautheit aufgebaut haben, glauben wir, dass wir etwas vermissen. Wie naiv von mir anzunehmen, dass ein neuer Mensch die vermeintlichen Defizite füllen könnte, solange ich derselbe blieb.

Wie tief ich diesen Irrtum bereue. Angelika, verzeih, ich habe dir so viel Schmerz zugefügt. Mein eigener, ob körperlich oder seelisch, ist der gerechte Ausgleich. Als du gingst, sagtest du zu mir, du möchtest dich mit Menschen umgeben, die das Sanfte und Gute in dir hervorbringen, nicht deinen Zorn. Wie konnte ich bloß in Kauf nehmen, dich zu verlieren? Und damit alles, was wirklich wertvoll war.

Sobald ich den Mut dafür finde, werde ich mein Leben beenden. Ich möchte dort sterben, wo ich mich immer am wohlsten gefühlt habe. Im Wald. Und werde es so machen wie mein verehrter Ludwig Hirsch, der große singende Philosoph. Ich werde springen. Ich werde fliegen.

Komm, großer schwarzer Vogel ...

Zuvor, und mir ist bewusst, was für ein Klischee ich gerade abgebe, werde ich noch reinen Tisch machen. Alle dürfen wissen, was passiert ist. Mein guter Ruf ist mir inzwischen egal. Zu viele mussten dafür leiden. Ich entschuldige mich auch bei ihnen allen.

Genug der Theatralik.

Mein Leben war gut. Meistens. Ich bin dankbar dafür. Hatte alles.

Diese eine Geschichte aber, auf die bin ich nicht stolz.

Gust Rachlinger.

Meine Nemesis.

Ich hatte ihn vor Gericht kennengelernt, im Zuge des Prozesses gegen einen jungen Mann namens Hannes Reiter. Gust stellte sich mir als dessen väterlicher Freund vor und meinte, meine Verteidigung hätte ihm imponiert, nun bräuchte er selbst Hilfe in einer rechtlichen Angelegenheit. Ich vertrat ihn, warum, tut hier aber nichts zur Sache.

Wir freundeten uns an, waren wir doch beide Jäger, gingen danach zusammen auf die Pirsch.

Immer mehr jedoch entdeckte ich auch seine grausame Seite. Er pflegte seltsame Rituale. War ein Meister der Manipulation. Leider faszinierte mich das mehr, als es mich abstieß. Außerdem war es für mich falsch verstandene Ehrensache, dass man als Jagdkumpane zusammenhielt.

Eines Tages nahm Gust mich zur Seite, meinte, er benötige erneut meine Dienste als Anwalt. Vor vielen Jahren habe er eine junge Frau geschwängert, sich aber nie zu dem Kind bekannt. Die Frau sei zwar inzwischen verstorben, aber nun sei eine Verwandte auf den Plan getreten und fordere einen DNA-Test, um die Vaterschaft zu beweisen. Und Geld. Sonst würde sie Dinge ans Tageslicht bringen, die ihm sehr schaden könnten.

Welche Dinge, fragte ich. Und dann rückte er mit der Wahrheit heraus. Die Kindsmutter habe angeblich nicht ausschließlich freiwillig mit ihm geschlafen. Es sei eine dumme Geschichte nach dem Altausseer Kirchtag gewesen. Was er tun könne.

Den Test verweigern, schlug ich vor, man dürfe ihn nicht zwingen, es sei aber eine heikle Sache. Er fragte, ob ich ihm helfen würde.

All das roch massiv nach Problemen. Deshalb lehnte ich ab.

Er reagierte äußerst jähzornig. Die Frau habe damals schließlich mitgemacht, was könne er dafür, dass sie zu dumm gewesen sei, um zu verhüten? Auf keinen Fall würde er sein Erbe an ein fremdes Balg verschleudern, das vielleicht doch nicht mal seines sei. Ziemlich sicher sogar nicht, die Dame habe doch überall herumgevögelt, das wisse jeder. Ich solle jetzt nicht so letztklassig sein und ihn im Stich lassen.

Er packte mich an der Ehre, als Jagdfreunde sei man doch immer füreinander da. Damit er Ruhe gab, versprach ich ihm, mich unverbindlich schlauzumachen.

Und stach in ein Wespennest ungeahnten Ausmaßes.

Denn diese Frau, die er seinerzeit genötigt hatte, war keine Geringere als Michaela Zierler, die Vorbesitzerin meines Hauses in Hallstatt, deren Verwandte, die Gust nun bedrängte, meine Hausbesorgerin Burgi Lackner.

Das Resultat der Vergewaltigung kannte ich auch: Ingrid Kirchschlager. Ein DNA-Test war im Grunde unnötig. Sie war Gust wie aus dem Gesicht geschnitten. Die Augen. Die Haare. Die Größe. Außerdem musste sie niesen, wenn sie in die Sonne schaute, so wie auch Gust, der meinte, es handle sich dabei um den so genannten photischen Niesreflex. Ich habe nachgelesen: Er wird von den Eltern auf die Kinder übertragen.

In der Zwickmühle riet ich Gust, den Ball flach zu halten, nicht nur, weil es tatsächlich das Beste war, sondern auch, um mich selbst nicht anzupatzen. Erbärmlich, ich weiß.

Frau Lackner sei bereit, weiterhin zu schweigen, wenn Gust Ingrid Kirchschlager ihre Ausbildung finanziere, ein Studium in München. Die junge Frau arbeite als Kassenfrau in Hallstatt, weil die Familie es sich nicht leisten könne, sie an die Uni zu schicken. Was Frau Lackner offenbar nicht wusste: Gust war durch seine beiden Scheidungen pleite, besaß nur noch das Haus in Lauffen, eine Bruchbude sondergleichen. Aber er war ein Blender, erzählte den Leuten weiß Gott was.

Eines Tages stand Frau Lackner plötzlich in meiner Küche, fragte ganz ruhig, ob ich mich nicht schämen würde, Gust Rachlinger zu vertreten. Ich sagte ihr, dass das nicht der Fall sei, und bat sie, mir – natürlich unter dem Siegel der Verschwiegenheit – die ganze Geschichte zu erzählen, gab ihr mein Ehrenwort, sie für mich zu behalten.

Sie vertraute mir alles an.

Michaela Zierler und Gust hatten diesen Kirchtag zusammen verbracht. Er bot ihr an, sie nach Hause zu bringen. Sie war verliebt, stimmte zu. Doch dann geriet die Sache außer Kontrolle. Statt ihn anzuzeigen, siegte ihr schlechtes

Gewissen, weil alle mitbekommen hatten, dass sie gemeinsam mit ihm aus dem Zelt verschwunden war. Man hätte ihr nicht geglaubt, es gäbe keine Zeugen. Gust hätte sowieso alles abgestritten, wäre umgehend nach Wien verschwunden.

Frau Zierler, als Kellnerin alles andere als reich, zog ihr Kind allein groß. Gust lebte in Wien. Doch dann kehrte er in die Gegend zurück.

Zu etwa derselben Zeit lernte sie auf einem Fest in Ischl Hubert Holzinger kennen, einen weiteren meiner Jagdfreunde. Verliebte sich Hals über Kopf, obwohl er als Hallodri galt, und wurde leider von ihm schwanger.

Zu ihrem Entsetzen bemerkte sie, dass Gust und Hubert befreundet waren.

Sie entschied, Hubert die Wahrheit zu sagen. Erzählte ihm von der Vergewaltigung, von Ingrid und von dem Baby. Musste leider erkennen, dass sie auf den nächsten Versager hereingefallen war. Denn Holzinger zog sofort die Reißleine und verlangte eine Abtreibung.

Sie war stolz. Und stark. Schickte Holzinger zum Teufel, suchte Gust auf. Wenn er schon ihr Leben zerstört hätte, dann solle er wenigstens das seiner Tochter absichern.

Am selben Abend rief Frau Zierler bei Frau Lackner an und meinte, keine Zeit für ein ausgemachtes Treffen zu haben. Niemand weiß, was danach geschah, nur, dass Gust zu der Zeit in der Nähe des Hauses gesehen worden sein soll – und dass Frau Zierler später mit einer Überdosis Medikamenten und Beruhigungsmitteln intus tot aufgefunden wurde. Zum Glück befand ihre Tochter sich im Internat in St. Wolfgang, sonst wäre womöglich sie es gewesen, die ihre tote Mutter entdeckt hätte.

Gust stritt stets alles ab, man konnte ihm nichts nachweisen. Dennoch bin ich überzeugt davon, dass er seine Finger im

Spiel hatte. Müsste ich mich festlegen, würde ich sagen, er hat sie auf dem Gewissen. Zu beweisen ist das leider nicht mehr.

Frau Lackner hatte also mit ihrer moralischen Erpressung versucht, zu Ende zu bringen, was ihrer verstorbenen Verwandten Michaela Zierler nicht gelungen war: Gust dazu zu bewegen, alles zuzugeben, seine Tochter endlich anzuerkennen und ihr zu helfen.

Ich war in einem Dilemma. Die Frauen taten mir leid. Gust war ein Freund. Also steckte ich den Kopf in den Sand und tat nichts. Wie konnte ich nur?

Kurz darauf erhielt ich die Hiobsbotschaft. Mein Krebs hatte gestreut. Überall. Ich hätte nur noch wenig Zeit. Sofort ließ ich mich einweisen, verbrachte viel Zeit im Spital, war nie in Hallstatt. Nicht viel später allerdings galt ich als austherapiert, sollte heim zum Sterben. Und was soll ich sagen? Der Einzige, der sich regelmäßig bei mir gemeldet hat, mich fragte, wie es mir ging, und anbot, mir beizustehen, war Gust. Ich war erleichtert, die Krankheit nicht allein durchstehen zu müssen. Wie naiv ich war, kannte ich Gust doch, der alles andere als ein Menschenfreund war und nichts ohne Hintergedanken tat.

Ein paar Tage früher als besprochen entließ ich mich selbst, erreichte ihn aber nicht am Telefon. Also fuhr ich allein nach Hallstatt und schleppte mich zum Haus.

Was für eine schlimme Überraschung war es, Gust dort anzutreffen. Er war vollkommen überrumpelt, mich zu sehen, gab vor, nur nach dem Rechten gesehen zu haben. Aber weder hatte ich ihm meinen Schlüssel gegeben noch es ihm erlaubt. Außerdem war alles verdreckt. Es sah so aus, als ob er hier gelebt hätte. Ich war wütend und entsetzt, leider aber auch schwach. Gust schlug vor, mich zunächst einmal hinzulegen und später über alles zu reden. Er spritzte mir die Medikamente, gab mir zu trinken. Ich schlief ein.

In der Nacht erwachte ich von seltsamen Geräuschen. Die Luke zum Dach war geöffnet. Plötzlich stand jemand vor mir, mit dem ich überhaupt nicht gerechnet hatte: mein ehemaliger Klient Hannes Reiter. Ich erschrak furchtbar. Der Kerl war vollkommen abgemagert, schwankte, heulte. Sichtlich aufgeregt meinte Gust, sein lieber Freund sei tags zuvor plötzlich vor der Tür gestanden und habe ihn gebeten, ihm zu helfen. Hannes Reiter stand daneben und sagte keinen Ton.

Es war offensichtlich, dass Gust log. Es ärgerte mich ungemein. Ich weiß nicht, woher ich die Kraft nahm, aber ich verwies ihn des Hauses. Er wurde laut, aggressiv, befahl Reiter mitzukommen. Eine ungute Situation. Dann fiel Hannes Reiter einfach um und blieb regungslos liegen. Gust fragte, ob er jetzt tot sei. Nur, um ihn loszuwerden, sagte ich Ja, worauf der feige Kerl einfach türmte. Ich verstand die Welt nicht mehr. In dem Moment kam Hannes wieder zu sich.

Da hockten wir nun, am Boden im Flur, beide am Ende unserer Kräfte, und starrten uns an. Ich bat Hannes, mir doch zu erzählen, was geschehen war, und zwar von Anfang an. Das tat er, die ganze, lange, dreckige Geschichte.

Hannes Reiter.

Man muss wissen, dass er vor Jahren in Linz im Drogenrausch einen jungen Mann totgefahren hatte.

Für mich war sein Fall zunächst nichts als eine wunderbare Gelegenheit für Publicity. Der Unfall mit Fahrerflucht war durch die Medien gegangen, hatte Aufmerksamkeit erzeugt. Der Prozess würde es auch. Eine sichere Bank.

Reiter war ein verstockter Kerl, bei seiner Lebensgeschichte allerdings kein Wunder. Weggelegtes Kind, Pflegefamilien, Absturz. Und just, als er sich zu fangen schien, dieses Blackout.

Ich verteidigte ihn. Danach vergaß ich die ganze Geschichte schnell wieder.

An dieser Stelle interpretiere ich, weil Hannes aus seiner subjektiven Sicht berichtete.

Für mich sieht die objektive Wahrheit wie folgt aus:

Gust war Hannes alles andere als wohlgesonnen, betrachtete ihn vielmehr als sein persönliches Experiment, genoss es, ihn zu quälen, lotete die Grenzen immer weiter aus. Man muss sich die Beziehung der beiden wohl so vorstellen: Er gab ihm Liebe, aber nur, wenn Hannes im Gegenzug etwas Schlimmes tat, was dem jungen Mann gegen den Strich ging oder er sogar hasste. Zum Beispiel musste Hannes Dinge essen, von denen ihm schlecht wurde. Kutteln. Innereien. Austern. Oder es gab seltsame Mutproben. Sich in einem Schrank einsperren lassen etwa, oder in einer Tiefkühltruhe. Lauter krankes Zeug. Gust schien fasziniert davon zu sein, wie sehr sich Menschen manipulieren ließen. Und Hannes machte alles freiwillig mit, hechelte um Aufmerksamkeit, glaubte, dass das, was Gust mit ihm anstellte, ganz normal sei, dass Liebe so funktionierte – und traf auf eine Welt, die es akzeptierte. Gust war ein Sadist, Hannes für viele nicht mehr als ein Ex-Junkie, ein Totraser ohne Herz, Hirn und Seele. Man war blind für sein Leid, bloß weil er nicht in die gängige Auffassung von Gut oder Böse passte.

Als Hannes mir alles gebeichtet hatte, kippte er erneut um. Das Resultat von Gusts letzter Grausamkeit. Einem Experiment mit dem Schmerzmittel Fentanyl, welches er in meinem Haus gefunden hatte. Und auch mir schwanden beinahe die Sinne. Ich rief die Rettung. Danach sah ich ihn nie wieder.

Immer noch fehlen mir die Worte für meine Gefühle in jener Nacht und für Gusts Ungeheuerlichkeiten uns allen gegenüber. Er ist der böseste, schlimmste Mensch, der mir in meinem Leben je begegnet ist, und es war reich an Eskapaden. Er widert mich an. Meine Verachtung für ihn ist grenzenlos. Leider damit aber auch jene vor mir selbst.

Von allen, die je mein Leben gekreuzt haben, ist ausgerechnet er mir als Einziger geblieben. Der, den ich am tiefsten verabscheue, aber wegen dem Morphium doch nicht zum Teufel schicken kann. Wo er hingehört.

Ich werde also jetzt drei Dinge tun.

Zunächst mein Testament verfassen. Ich denke, es ist nur fair, mein Vermögen zu gleichen Teilen Hannes Reiter, Ingrid Kirchschlager und Angelika zu vererben.

Danach Gust Rachlinger das Handwerk legen. Dieses Schreiben dient auch als Zeugenaussage. Da ich Hannes Reiter Vertraulichkeit zugesagt habe, wird er es bekommen und entscheiden, was damit zu tun ist. Ich werde es meinem Nachbarn zur Aufbewahrung geben und zur Absicherung meinen Jagdfreund Fritz Gändl darüber informieren. Gust ist gefährlich, wer weiß, was ihm alles einfällt, sollte er davon erfahren.

Sobald ich den Mut und die Kraft aufbringe, werde ich hinauf zum Skywalk gehen und dort meinem Leben ein Ende setzen. Was würde ich dafür geben, nicht allein sterben zu müssen, aber es wird niemand für mich da sein, wenn es so weit ist.

Dies waren meine schlimmsten Fehler:

Jene gehen zu lassen, die ich unbedingt hätte festhalten müssen.

Und jenen zu vertrauen, die es nicht wert waren.

ENDE

AN GUADN ...
LASST ES EUCH SCHMECKEN.

Natürlich habe ich auch alle Rezepte, die in »Salzkammerblut« vorkommen, nachgekocht.

Hier sind sie:

*

Holzknechtnocken mit Apfelsauerkraut

Zutaten:
Für das Kraut:
100 g Zwiebeln
2 EL Schweineschmalz
500 g Sauerkraut
etwas Apfelsaft
1/2 Liter Rindsuppe
1 Lorbeerblatt
1 großer Apfel

Für die Nocken:
500 g Mehl
1/2 Liter kochendes Wasser
Salz
Butterschmalz

Zubereitung:

Zwiebeln schälen, in feine Streifen schneiden, in Schweineschmalz anschwitzen, Sauerkraut zugeben und kräftig anrösten. Mit Apfelsaft ablöschen und mit Suppe aufgießen. Lorbeerblatt zugeben und das Kraut 30 Minuten köcheln lassen.

Den Apfel ohne Kerngehäuse ins Sauerkraut reiben und fünf Minuten lang fertig garen.

Für die Nocken Mehl in eine Schüssel geben und mit einer kräftigen Prise Salz würzen. Kochendes Wasser eingießen, mit einem Kochlöffel rasch vermischen und zu einem glatten Teig verkneten.

Danach kleine Nockerl mit 3–4 cm Durchmesser formen, sie in Salzwasser sieben Minuten lang köcheln, herausheben und auf einem Geschirrtuch abtropfen lassen.

In einer beschichteten Pfanne einen halben Zentimeter hoch Butterschmalz erhitzen, die Nocken dicht nebeneinandersetzen und bei mittlerer Hitze anbraten, umdrehen, fertig braten und in der Pfanne servieren. Mit dem Kraut anrichten.

*

Oaschmoizfleg

Zutaten:
Für den Nudelteig:
300 g glattes Mehl
2 Eier
1 kleines Glas Wasser
Salz

Zwiebelringe von einer Zwiebel
1 Bund Schnittlauch

Für die Füllung:
10 Eier
Salz, Pfeffer
Butter

Zubereitung:
Mehl auf ein Brett geben und salzen, in der Mitte eine Grube formen und etwas Wasser und versprudelte Eier hineingeben, mehr Wasser hinzufügen, einen glatten Teig kneten, danach eine Rolle formen und in etwa acht Scheiben schneiden, diese dünn auswalken.

Eier in warme Butter schlagen, salzen und pfeffern, die Eierspeise stocken lassen, die Füllung auf die Teigflecken verteilen und wie einen Strudel einrollen. Danach eng nebeneinander in kochende Suppe legen, sodass sie bedeckt sind. Eine halbe Stunde kochen und danach in tiefen Tellern mit ein wenig Suppe anrichten. Schnittlauch und geröstete Zwiebelringe darübergeben und servieren.

*

Murhachtl

Zutaten:
250 g Knödelbrot
5 Eier
1 Knoblauchzehe
500 g grob faschiertes Kalbfleisch

200 g Butter
Salz, Pfeffer

Zubereitung:
Knödelbrot mit Eiern anweichen und salzen, das faschierte
Fleisch mit Salz, Pfeffer und Knoblauch würzen und mit
dem Knödelbrot locker vermischen. In einer backofenfes-
ten Pfanne Butter zergehen lassen und die Masse hineingeben, im Rohr knusprig backen und währenddessen einmal
durchmischen. Dazu schmeckt grüner Salat.

*

Krautfleckerl

Zutaten:
500 g Fleckerl (Nudeln)
1 weißer Krautkopf
150 g Speck
1 Zwiebel
1 EL Öl
1 EL Essig
Salz, Pfeffer, Paprika, Kümmel

Zubereitung:
Nudeln kochen, abseihen. Zwiebel und Speck in Würfel
schneiden und in einer Pfanne mit Öl anrösten, das Kraut
vom Strunk befreien, in Streifen schneiden und mit Kümmel und den restlichen Gewürzen in die Pfanne geben,
schwenken, mit Essig mischen, die Nudeln dazugeben
und durchmischen.

WAS ICH ZUM SCHLUSS NOCH SAGEN MÖCHTE

Wie schön, dass ihr auch bei Teil 2 der Salzkammergut-Serie mit Marie, Filo, Ben und den anderen mitgefiebert habt. Teil 3 ist bereits in Arbeit. ;o)

Das erste große Dankeschön geht natürlich an euch, liebe Leserinnen, Leser, Hörerinnen und Hörer, Follower – und wie immer sonst wir in Verbindung stehen – sowie an die vielen großartigen Buchhändlerinnen und Buchhändler, Bibliothekarinnen und Bibliothekare, Veranstalterinnen und Veranstalter – einfach an alle, für die Bücher eine ebenso große Leidenschaft sind wie für mich. Vielen Dank an die vielen Menschen, denen ich bei Lesungen begegne und für die Gespräche, aber auch an die Kritiker, auch wenn mir positives Feedback natürlich viel lieber ist. ;o)

Großartig auch das Team des Gmeiner-Verlages, allen voran meine Lektorin Teresa Storkenmaier, Maike Worczewski-Schwarz, Laura Oberndorff, Jochen Große Entrup und die anderen Buchverliebten dort sowie die Verlagsagentur Neuhold in Graz (die Autorinnen- und Autorentreffen auf der Buch Wien sind immer ein Highlight).

Mich umgeben wunderbare Menschen. Meine Lieblingsmänner (ihr wisst, wer gemeint ist ;o), meine heiß geliebte Mom, meine tolle Schwester und meine wunderschönen Nichten. Zudem bin ich dankbar für die wenigen, aber wichtigen ehrlichen und verlässlichen Freundinnen und Freunde, die Gmundner, die Gipfelglückverrückt-Girls, die Biophilia-Lions und Soroptimistinnen sowie einige wunderbare Kolleginnen und Kollegen in der Branche – und abseits davon.

Speziell Danke auch an Werner Nöhmer und Dr. Hans Joachim Weber, die mir während der Soling EM am Attersee das Liachtbratln nähergebracht haben, und, Joachim, dass du das Role Model eines Bad Ischler Arztes bist. Den Liachtbratlmontag auf der Katrin (und danach in Ischl) werde ich stets in eindrucksvoller Erinnerung behalten ;o). Danke Birgit für einen ausgesprochen witzigen gemeinsamen Tag am Hallstätter Skywalk, Helga sowieso für alles, Gipfel, Reisen, Radeln, SUPen, durchgequatschte Nächte, Freud und Leid sowie Angelika und Ulli für absolute Offenheit seit langen Jahren.

Meine Plots und sämtliche Personen sind frei erfunden, aber gerne inspiriert von wahren Begebenheiten und Erfahrungen. Das ist mir wichtig, um authentisch zu sein. Ich mag facettenreiche Frauen, deshalb prägen sie meine Bücher. Und ich mag Männer, die zu ihren Schwächen stehen, sie mit Humor nehmen und sich selbst hinterfragen. Männer wie Ben. Immer auch Thema: Frauensolidarität, echte Freundschaft und die ganze Palette an Gefühlen, die einen bunten Lebensweg ausmachen.

Natürlich nehme ich alle Fehler, die im Buch vorkommen mögen, auf mich und entschuldige mich dafür.

Viele Locations in den Büchern existieren. Ich habe alle Wanderungen selbst absolviert und natürlich auch sämtliche Rezepte gekocht (für die Oaschmoizfleg hab ich ehrlicherweise mehrere Versuche gebraucht ;o).

Die Almrauschhütte auf der Katrin gibt es nicht, aber ein echtes Pendant – mit im Übrigen hervorragender Küche. Unbedingt mal besuchen! Ein echter Tipp ist auch die zauberhafte Katrin Seilbahn, die ihr unbedingt ausprobieren solltet, wenn ihr in der Gegend seid, genauso wie die Cremeschnitten am Loser. Der Ausblick vom Hallstätter Skywalk ist in der Tat so atemberaubend wie der Heidelbeerkuchen auf der Goiserer Hütte köstlich.

Ich bin Medienfrau, Event-Moderatorin, Podcasterin, Keynote-Speakerin und liebe meine »Talkungen«. Natürlich lernt ihr bei meinen Lesungen die Hauptfiguren kennen, und das, was sie erleben, aber ich erzähle auch ganz offen von mir und meinem Leben mit allen Höhen und Tiefen. Vielleicht sehen wir uns bald einmal bei einer. Ich würde mich freuen.

Und zum Schluss noch eine Einladung: Wer noch nie im Salzkammergut war – kommt hin! Ob 2024, in dem Bad Ischl und 23 weitere Gemeinden Europäische Kulturhauptstadt sind, oder abseits davon. Lernt die Menschen und die einzigartige Gegend, in der sie leben, kennen. Es ist mein Seelenzuhause. Vielleicht macht ihr es – zumindest ein wenig – auch zu eurem. Ganz bewusst habe ich die Handlung nicht während, sondern vor dem Kulturhauptstadtjahr angesetzt. In diesem Projekt steckt unglaublich viel Herzblut einer ganzen Region, da wollte ich nicht »querdurch morden«.

Wenn ihr online mit mir in Kontakt kommen wollt, klickt doch einfach auf meinen Blogcast www.dagmarsbuchwelt.com, auf meine persönliche Website www.dagmarhager.com oder folgt mir auf Facebook, Instagram oder LinkedIn.

Eure Dagmar

Alle Bücher von Dagmar Hager:

Ärztin Marie Giesinger und LKA-Ermittler Ben Achleitner ermitteln:

1. Fall: Salzkammerwut
ISBN 978-3-8392-0407-8

2. Fall: Salzkammerblut
ISBN 978-3-8392-0639-3

TV-Reporterin Lilly Speltz ermittelt:

Schöner sterben in Wien
ISBN 978-3-8392-0077-3

GMEINER SPANNUNG

WWW.GMEINER-VERLAG.DE
Wir machen's spannend